FENNA JANSSEN

Die kleine Strandbar

atb aufbau taschenbuch

Fenna Janssen wurde in Lübeck geboren und wuchs in Hamburg auf. Viele Jahre war sie als Journalistin für diverse Zeitungen tätig. Inzwischen arbeitet sie erfolgreich als Autorin und bleibt auch in ihren Büchern ihrer norddeutschen Heimat treu.

Im Aufbau Taschenbuch sind bereits ihre Romane »Der kleine Inselladen« und »Das kleine Eiscafé« erschienen.

Als die schüchterne Sara ihren Job als Schuhverkäuferin verliert, nimmt sie all ihren Mut zusammen und zieht samt bester Freundin und Hund nach Langeoog. Vielleicht gelingt es ihr hier, endlich über ihren Schatten zu springen und ihren Traum, Cocktails zu mixen, zu verwirklichen? Vor fünf Jahren hat sie sich auf der Nordseeinsel in Keno verliebt und ihn seitdem nicht vergessen können. Der Fährkapitän und Wattführer jedoch weiß überhaupt nicht mehr, wer sie ist. Da bietet sich eine einmalige Chance: Eine Bude am Strand steht leer und scheint nur auf Sara zu warten. Hier könnte sie ihre eigene Bar einrichten! Und eine Sache hat Sara vollkommen vergessen: einen Mann namens Benedikt – ein einstiger Kunde, der ganze dreißig Paar Schuhe bei ihr gekauft hat, ohne je den Mut zu finden, sie um eine Verabredung zu bitten …

FENNA JANSSEN

DIE KLEINE *Strand* BAR

ROMAN

aufbau taschenbuch

MIX
Papier aus verantwortungsvollen Quellen
FSC® C083411

ISBN 978-3-7466-3778-5

Aufbau Taschenbuch ist eine Marke
der Aufbau Verlag GmbH & Co. KG

1. Auflage 2021

Umschlaggestaltung Christin Wilhelm, www.grafic4u.de
unter Verwendung von Motiven von shutterstock /
© Enshpil, © laura.h, © Jurjen Veerman, © Hortimages,
© lukeruk, © Ostancov Vladislav, © icemanphotos,
© Spalnic, © Valentyna Chukhlyebova, © AnEduard, © iiinuthiii
Satz Greiner & Reichel, Köln
Druck und Binden CPI books GmbH, Leck, Germany
Printed in Germany

www.aufbau-verlag.de

1. Kapitel

Hoffentlich ging der Mann da draußen vor dem Schaufenster bald weiter! Er stand mit zur Seite geneigtem Kopf da, hatte die Hände in den Hosentaschen vergraben und schien konzentriert ein Paar dunkelbraune Wildlederschuhe zu betrachten. In Wahrheit hielt er jedoch im Inneren des Ladens Ausschau nach Sara – das wusste sie genau. Um ihn herum floss das entspannte Leben in der Füssener Altstadt wie ein stetiger, ruhiger Strom – aber dieser Kerl rührte sich nicht vom Fleck, die Passanten mussten ihm ausweichen wie einem Tisch in einem Café.

»Der schon wieder!«, sagte Sara seufzend.

»Wer?«, fragte Vroni und sah von dem dicken Briefumschlag hoch, den sie seit zehn Minuten ungeöffnet in den Händen hielt. Dann breitete sich ein Lächeln auf ihrem Gesicht aus. »Wie nett! Der reizende Benedikt Hoffmann!«

Vroni redete ihre Stammkunden ausschließlich mit Vor- und Zunamen an und fand sie allesamt entweder nett, reizend oder charmant – wobei die Zahl ebendieser geschätzten Stammkunden von *Vronis Schuheck* in den letzten Jahren rapide zurückgegangen war. Vielleicht, so dachte Sara, war ihre

Chefin ja deshalb so begeistert von diesem einen Mann, der mindestens einmal im Monat vorbeikam.

»Der ist nicht reizend«, murmelte sie und senkte den Blick wieder auf den Schuhkarton in ihren Händen. »Der ist seltsam.«

»Unsinn, Kind. Das redest du dir ein!« Vroni Schwarz war 62 und damit fast dreißig Jahre älter als Sara – ein Umstand, der sie ihrer Meinung nach dazu befähigte, ihrer Angestellten und besten Freundin gute Ratschläge fürs Leben zu geben.

Einen weiteren Seufzer unterdrückte Sara lieber. Sie legte sich nicht gern mit Vroni an. Eigentlich stritt sie sich grundsätzlich nicht mit anderen Leuten, lieber ließ sie jedem seine Meinung und hielt den Mund.

Im Stillen jedoch dachte sie: *Dieser Mann ist wirklich seltsam!*

Vor ziemlich genau einem Jahr war er zum ersten Mal aufgetaucht. Es war ein ähnlich warmer Junitag wie heute gewesen, leicht verwirrt hatte er nach dem hellen Sonnenschein draußen in das Dämmerlicht geblinzelt und sich dann umgesehen. Er war ein großer, schlaksiger Typ mit hängenden Schultern, die ihn kleiner wirken ließen. *Schöne Haare,* hatte Sara damals gedacht und einen zweiten Blick auf die schwarzen, schulterlangen Locken geworfen. *Und schöne schwarze Augen.*

Dann hatte sie schnell weggesehen, weil sie gespürt hatte, wie sie vor lauter Verlegenheit rot angelaufen war. Und während sie nach hinten ins Lager geflüchtet war, hatte sie gehört, wie Vroni ihn nach seinen Wünschen fragte.

»Ein sehr netter junger Mann«, hatte die Chefin eine halbe

Stunde später zu ihr gesagt. »Geradezu reizend. Er hat dir übrigens nachgeschaut.«

Sara war lieber nicht weiter darauf eingegangen.

Seitdem kam Benedikt Hoffmann regelmäßig in den Laden, redete nur wenig, wirkte auf seltsame Weise fast durchsichtig, blickte Sara aber stets an und kaufte ein Paar Schuhe nach dem anderen. Mittlerweile hatte er bestimmt genug für den Rest seines Lebens.

Sara linste kurz zum Schaufenster und sah, dass er immer noch draußen stand. Dann bemerkte sie den teils resignierten, teils hoffnungsvollen Blick ihrer Chefin – und schämte sich augenblicklich für ihre abfällige Bemerkung über diesen Kunden. Sie wusste ja, es stand nicht gut um *Vronis Schuheck*.

Um es wiedergutzumachen nahm Sara ihren ganzen Mut zusammen, ging zur Ladentür und öffnete sie.

»Grüß Gott …«, brachte sie hervor, bevor sie erschrocken abbrach. *Herzlich willkommen, treten Sie ein*, hatte sie noch hinzufügen wollen, aber die Worte erstarben in ihrer Kehle, bevor sie ausgesprochen werden konnten, weil Benedikt Hoffmann sie regelrecht erschrocken, fast abgestoßen anschaute.

Augenblicklich trat Sara den Rückzug an. Sie eilte durch den Laden und machte erst hinten im Lager Halt. Zwischen hohen Regalen und verstaubten Kartons fühlte sie sich einigermaßen sicher. Sie hasste es, so angestarrt zu werden! Sie fühlte sich einfach nicht wohl, wenn sie die Aufmerksamkeit anderer Leute auf sich zog. Sara litt unter extremer Schüchternheit, und in schlimmen Momenten half nur die Flucht.

Was war denn bloß mit dem los?, dachte sie. *So hässlich bin ich nun auch wieder nicht*. Sara war 35 Jahre alt und hielt sich für nicht besonders hübsch. Alles an ihr war mittelmäßig, die geringe Größe, das schmale Gesicht, die knabenhafte Figur, die braunen Augen und die Haare, die nur einen halben Ton heller waren.

Trotzdem! Er hätte wenigstens freundlich nicken oder zumindest lächeln können!

Was glaubte der denn, wer er war? Ein Märchenprinz von einer der berühmten Allgäuer Burgen? Gar eine Art moderner Ludwig II, der auf einem weißen Ross von Schloss Neuschwanstein nach Füssen galoppiert kam, um eine holde Maid zu entführen?

Pah! Er war bloß ein langweiliger Mann mit hängenden Schultern.

Maximal ein Erdbeer-Tonic.

Augenblicklich fühlte Sara sich ein bisschen besser. Hier, wo niemand sie sehen konnte, grinste sie sogar breit. Sie liebte es, Cocktails zu mixen. Und Menschen, so hatte sie schon vor Jahren festgestellt, ähnelten manchmal auf beinahe unheimliche Weise einem bestimmten Drink. Dieser Benedikt Hoffmann hatte nicht einmal genug Temperament für einen Schuss Rum, Gin oder Champagner. Der war alkoholfrei – wie ein Erdbeer-Tonic.

Immer noch grinsend setzte sie sich auf einen ausrangierten Hocker und ging im Geiste die Zutaten durch: 8 cl Tonic Wasser, 4 cl Erdbeersirup, 2 cl frischer Zitronensaft, ein paar Erdbeeren und Eiswürfel. Sirup und den Saft in ein mit Eiswürfeln gefülltes imaginäres Longdrinkglas geben, ein paar Erdbeeren dazu – dann wurde die Mischung mit Tonic gestreckt und noch einmal vorsichtig verrührt. Fertig. Mehr war nicht dran an dem Cocktail – und an dem Mann auch nicht. Sara nickte zufrieden. Benedikt Hoffmann würde niemals davon erfahren, aber sie hatte sich für seinen entsetzten Blick gerächt!

Während sie nebenan Vroni freundlich mit ihm sprechen hörte, stand sie auf und suchte nach der Lieferung vom Vormittag. Einmal pro Woche schickte ein Schuhmachermeister aus Kempten die bestellte Ware – Maßanfertigungen für die wenigen Kunden, die sich einen solchen Luxus leisten konnten. Der Paketbote war eingetroffen, kurz bevor sie Benedikt Hoffmann vor dem Schaufenster entdeckt hatte. Aber wo war die Lieferung?

Heute war Freitag, und freitags kam immer ein Paket aus Kempten. Sara runzelte die Stirn, als ihr wieder einfiel, dass der Bote nur einen dicken Briefumschlag für Vroni dabeigehabt hatte.

Die Stimme ihrer Chefin riss sie aus ihren Überlegungen.

»Sara, kommst du mal bitte?«

Der Kunde war bestimmt noch da, deshalb zögerte Sara auch sehr lange, bevor sie reagierte. Sie stellte sich vor, wie sie mit stolz erhobenem Kopf in den Verkaufsraum stolzieren würde und diesen Benedikt Hoffmann mit einer scharfen Bemerkung für seinen entsetzten Gesichtsausdruck strafen würde. Bei der Gelegenheit konnte sie auch noch den ausgedachten Erdbeer-Tonic über seinen Kopf gießen.

Als Vroni zum zweiten Mal rief, ging sie schließlich hinüber – mit vor der Brust verschränkten Armen, den Blick fest auf den abgetretenen Linoleumboden geheftet, alles andere als stolz und streitlustig. Innerlich zitterte sie vor Verlegenheit, und ihr Hals war schrecklich trocken.

»Herr Hoffmann fragt, ob wir die Wildlederschuhe noch

eine halbe Nummer größer dahaben«, sagte Vroni, und ihrer Stimme war nicht anzuhören, ob sie sich über Sara ärgerte. »Ich habe ihm versprochen, du kümmerst dich darum. Ich muss mal kurz weg.«

Sie wedelte mit dem Briefumschlag und verließ den Laden, bevor Sara irgendetwas erwidern konnte.

Benedikt Hoffman hockte auf einem altmodischen Anprobierstuhl. Der linke Fuß steckte in einem Wildlederschuh, der rechte nur in einer schwarzen Socke. Seine langen Gliedmaßen wirkten irgendwie zusammengeklappt, den Kopf hielt er gesenkt. Er machte den Eindruck, als würde er sich am liebsten auch hinten im Lager verstecken. Fast gegen ihren Willen fand Sara ihn in dieser Haltung ein wenig sympathisch.

»Haben wir nicht«, murmelte sie.

»Wie bitte?« Er sprach mindestens genauso leise wie sie.

»Die Schuhe. Es gibt nur dieses Paar.«

»Oh, dann gehen die hier auch. Ganz wunderbar sogar. Bestimmt weiten sie sich noch beim Tragen.«

»Was haben Sie denn eigentlich für Füße?«

Wie er da so vor ihr saß, fühlte sie sich nicht ganz so befangen wie sonst. Bis zu diesem Tag hatte sich stets Vroni um ihn gekümmert, weil Sara ihm und anderen Kunden lieber aus dem Weg ging. Mit weiblicher Kundschaft kam sie besser zurecht, vor allem mit älteren Frauen. Auch bei Kindern konnte sie ihre Hemmungen ablegen. Aber Männer, vor allem sehr große, schüchterten sie ein.

Es sei denn, sie sitzen, fügte sie in Gedanken hinzu. Diese Erkenntnis war ihr schon vor Jahren gekommen, hatte ihr bislang jedoch keine wesentlichen neuen Möglichkeiten eröffnet.

Sara widmete sich wieder ihrem Kunden, der noch nicht auf ihre Frage reagiert hatte. »Nun?«

»Bedaure. Ich verstehe nicht ...«

»Na, haben Sie besonders breite Füße? Oder schmale? Haben Sie schiefe Zehen? Oder ein Überbein?«

Mit fachmännischem Blick prüfte sie seinen bestrumpften rechten Fuß. Der sah eigentlich ganz normal aus.

»Nichts von alldem«, gab Benedikt Hoffmann irritiert zurück.

»Und warum ... warum kaufen Sie dann bei uns?«

»Oh, ich ...«

Er verstummte, beeilte sich, den neuen Schuh auszuziehen, und schlüpfte wieder in ein Paar leichte Mokassins, die er ebenfalls hier erstanden hatte.

Sara sagte nichts, wartete ab. Vermutlich war ihr Verhalten geschäftsschädigend, aber dieser Mann brachte sie einfach durcheinander.

»Ich ... schätze gute Qualität«, brachte er schließlich hervor.

»Aha.«

»Und die reizende persönliche Beratung.« Er rang die Hände.

»So.« Täuschte sie sich oder zeichneten sich da Schweißperlen auf seiner Stirn ab?

Bevor Sara zu einem Ergebnis kommen konnte, stand Benedikt Hoffmann auf und überragte sie wieder um Hauptes länge. Seine Stirn konnte sie jetzt nicht mehr so gut sehen.

Eine Erinnerung stieg plötzlich in ihr auf, eine an einen anderen Mann, der noch ein Stück größer war als dieser hier, mit ungefähr doppelt so breiten Schultern. Ein Mann, stark wie seine norddeutsche Heimat. Für einen Moment sah sie wieder die Stranddünen vor sich, auf denen das lange Gras sanft im Wind schaukelte; im Geiste lief sie über einen Bohlenweg nach oben und blickte weit hinaus auf die glitzernde Nordsee, wo sich am Horizont die riesigen Containerschiffe klein wie Spielzeugboote abzeichneten; und sie atmete tief die gesunde, salzhaltige Luft ein.

»Keno«, flüsterte sie, und ihre Träume flogen über ganz Deutschland hinweg bis zur kleinen Insel Langeoog. Keno, daran erinnerte sie sich plötzlich, hatte bei ihrer ersten Begegnung im Sand gesessen.

»Verzeihung?«, fragte Benedikt Hoffmann.

Da war sie schlagartig wieder im Laden, der nach Leder und Schuhcreme roch – und bei ihr war nicht der phantastische Nordmann, sondern ein dünner, schwächlicher Kerl, den die erste steife Brise wahrscheinlich umpusten würde.

»Keno?«, wiederholte er. »Ist das eine neue Schuhmarke?«

Beinahe hätte Sara gelacht.

Sie bückte sich, packte die Wildlederschuhe zurück in den Karton und hob ihn hoch.

»Möchten Sie die kaufen?« Sie hatte es jetzt eilig, ihn loszuwerden. Es war nicht mehr lang bis zum Feierabend, und sie sehnte sich danach, allein zu sein und ihren Träumen nachzuhängen. Außerdem hatte sie jetzt wirklich genug von diesem Kunden. So viel wie an diesem Nachmittag hatten sie im gesamten vergangenen Jahr nicht miteinander geredet.

»Sehr gern«, sagte er.

Also ging sie zur Kasse, zog den Barcode über den Scanner und schaute zu, wie er sorgfältig die passende Summe abzählte.

Der Typ war auch noch richtig altmodisch, stellte sie fest. Wer zahlte heutzutage noch ohne Karte? Erst nach einem Moment bemerkte sie, dass sie fasziniert seine Hände beobachtete. Lang und schmalgliedrig waren sie, nicht breit und voller Schwielen wie Kenos Hände. Trotzdem strahlten sie etwas ausgesprochen Männliches aus.

Okay, entschied Sara. *Jetzt bin ich es, die seltsam ist.*

Sie beeilte sich, den Schuhkarton in eine Papiertüte zu stecken, und reichte sie über den Tresen.

»Auf Wiedersehen«, sagte sie noch.

»Hoffentlich recht bald«, murmelte Benedikt Hoffmann, lächelte flüchtig und verließ den Laden.

Sara schüttelte den Kopf. Dann beeilte sie sich, Ordnung zu schaffen, und wartete auf Vronis Rückkehr.

Eine ganze Stunde verging, bis die Chefin endlich wieder da war. Sara wunderte sich gewaltig, denn normalerweise ließ Vroni sie nie lange allein im Laden – sie wusste ja um Saras Schüchternheit und fürchtete stets, ihre Verkäuferin könnte die Kunden vergraulen. Sara rechnete es ihr hoch an, dass sie ihr trotzdem nie gekündigt hatte, und sie gab ihr Bestes, um für Vroni keine Last zu sein.

»Herr Hoffmann hat die Wilderlederschuhe gekauft«, sagte sie daher als Erstes.

Vroni nickte nur, und Sara wunderte sich noch mehr. Normalerweise konnte nichts die fröhliche Grundstimmung ihrer Chefin verderben. Sie mochte über sechzig sein, aber sie besaß die Lebensfreude und den Optimismus einer Zwanzigjährigen. Zu Saras leisem Staunen kleidete und stylte sie sich auch so und stieß damit im bürgerlichen Füssen auf so manch unverständlichen Blick. Heute trug sie knallenge schwarze Jeans und ein Top mit Spaghettiträgern, das ihre zahlreichen Tattoos zur Geltung brachte.

Sara hätte sich im Leben nicht in die Haut stechen lassen, aber Vroni liebte das. Sie behauptete, jedes neue Tattoo mache sie ein Jahr jünger.

Sie war fast so etwas wie eine zweite Mutter für Sara. Deren Eltern waren bei einer Bergwanderung ums Leben gekommen, als sie noch ein Kleinkind gewesen war. Ihre Großmutter Maria hatte sie dann aufgezogen, und als Sara mit sechzehn bei Vroni in die Lehre gegangen war, hatte die Ladenbesitzerin sie unter ihre Fittiche genommen.

Ungefähr zur selben Zeit, vor fast zwanzig Jahren, hatte Vroni sich auf Komfortschuhe spezialisiert – ein Ausdruck, den sie hübscher fand als »orthopädische Schuhe«. Ihr Geschäft florierte, denn es gab keinen Spreiz-, Platt- oder Senkfuß im ganzen Allgäu, der bei ihr im richtigen Schuhwerk nicht Erleichterung fand. Mit den immer billigeren Angeboten im Internet konnte sie allerdings nicht konkurrieren, und ihren Kunden schien es inzwischen gleichgültig zu sein, ob ihre Füße wie auf Wolken liefen, oder ob der ein oder andere Spezialschuh doch hie und da drückte.

Sara ahnte, dass Vroni die größten Sorgen vor ihr verborgen hielt. Manchmal wünschte sie sich, mehr wie eine gleichberechtigte Partnerin behandelt zu werden.

»Wo warst du eigentlich?«, fragte sie daher.

Vroni schüttelte ihren Kopf, und ihre knallrot gefärbten Haare tanzten um ihre Schultern. »Nicht so wichtig. Hast du mit dem reizenden Benedikt Hoffmann endlich Freundschaft geschlossen?«

»Selbstverständlich nicht«, gab Sara empört zurück.

Vroni warf ihr einen langen Blick zu. »Schade. Ihr zwei würdet wunderbar zusammenpassen.«

»Du machst Witze!«

»Nein.« Vronis Augen blitzten jetzt. »Ihr wärt ein tolles Paar.«

»Im Leben nicht!« Sie fragte sich, woher sie den Mut nahm, zu diskutieren. Aber diese Behauptung war wirklich zu lächerlich.

»Maria hätte mir zugestimmt«, setzte Vroni ruhig hinzu.

Sara musste schlucken. Ihre Großmutter war im vergangenen Jahr im stolzen Alter von 94 Jahren gestorben. Sara hatte es nicht leicht bei ihr gehabt. Maria Wegner hatte ihre Enkelin von Herzen geliebt, war aber auch eine strenge Frau gewesen und hatte jegliche Eitelkeit für Firlefanz gehalten. Auch deshalb war Sara wohl zu einer so schüchternen Frau geworden. Dennoch war sie die einzige Familie gewesen, die Sara je gekannt hatte, und es schmerzte sie noch immer, dass Maria nicht mehr da war.

»Tut mir leid«, sagte Vroni schnell, die Saras Gesichtsausdruck ganz richtig deutete. »Aber es stimmt. Vor Marias Augen hätte dieser freundliche und zurückhaltende Mann bestimmt Gnade gefunden.«

Sara zuckte nur mit den Schultern. Dann sagte sie: »Er hat mich im Laufe eines ganzen Jahres nicht ein einziges Mal um ein Date gebeten.«

»Vielleicht ist er einfach nur genauso schüchtern wie du«, gab Vroni ungerührt zurück. »Ihr seid eben zwei scheue Rehe, und irgendjemand müsste euch mal auf die Sprünge helfen.«

»Untersteh dich!«, rief Sara aus. »Ich kann schon selbst für mein Liebesglück sorgen.«

Vroni rollte nur mit den Augen, ließ aber endlich von dem Thema ab.

»Lass uns für heute den Laden zusperren und eine Kleinigkeit essen gehen«, schlug sie vor. »Ich muss mit dir über etwas ganz anderes reden.«

Sara spürte auf einmal ein mulmiges Gefühl in der Magengegend. Sie wollte fast fragen, worum es ging, aber dann sagte sie doch nichts, nickte nur und folgte ihrer Chefin.

2. Kapitel

Die beiden Frauen machten sich auf den Weg in ein Café. Vroni wählte einen Tisch draußen, und Sara zögerte kurz. Lieber wäre sie hineingegangen, wo sich angesichts der milden Abendluft vermutlich niemand aufhielt. Aber sie gab schnell nach und setzte sich zu ihrer Chefin, behielt jedoch aufmerksam im Auge, was um sie herum passierte.

Die Reichenstraße war Füssens Herzstück mitten in der Altstadt. Sie wurde gesäumt von mittelalterlichen Bürgerhäusern und prächtigen Barockkirchen. Die Besucher dieser Gegend liebten das Allgäu, diese sanfte Landschaft zwischen Gebirgsriesen, glitzernden Seen, dunklen Wäldern und hellen Wiesen. Viele von ihnen blieben der Region ein Leben lang treu, und Sara hatte im Laufe der Jahre erlebt, wie Kinder, die einst mit ihren Eltern hier Urlaub gemacht hatten, später mit dem eigenen Nachwuchs zurückkehrten.

»Beruhige dich, niemand tut dir was«, sagte Vroni.

Erst da bemerkte Sara, dass sie sich hektisch umsah, die Leute an den Nachbartischen abschätzte und die Passanten nicht aus den Augen ließ.

»Ich finde, das wird immer schlimmer mit dir«, fuhr Vroni

fort. »Eines Tages wirst du so menschenscheu sein, dass du nicht mehr vor die Tür gehst.«

Sara stellte sich augenblicklich eine solche Zukunft vor. Allein im Häuschen ihrer Großmutter am Stadtrand, vielleicht mit ein paar Katzen als Gesellschaft. Oder nein, lieber mit einem Hund! Sie liebte Hunde, obwohl sie nie einen besessen hatte. Großmutter Maria war allergisch gewesen.

Der Gedanke, ihre Tage geruhsam in Gesellschaft eines treuen Vierbeiners zu verbringen, gefiel ihr gar nicht mal so schlecht.

Sie nippte an ihrem Radler, das Vroni für sie bestellt hatte. Ein kräftigerer Drink als Bier mit Zitronenlimonade wäre ihr im Augenblick lieber gewesen, denn ihr Magendrücken war geblieben. Ein Gin-Tonic oder ein Mojito mit einem extra Schuss weißem Rum hätten wenigstens die Nerven beruhigt. Dummerweise trank Sara selbst nur selten Alkohol, obwohl sie so gern Cocktails mixte – der Spaß der Zubereitung war alles für sie. Bei den Kursen für Barkeeper, die sie in Kempten besucht hatte, war sie die einzige Teilnehmerin gewesen, die anschließend nicht mit den anderen in fröhlicher Runde zusammengesessen und ihre Kreationen probiert hatte. Ihre Angst, sich irgendwie danebenzubenehmen, war größer als der Spaß an dem einen oder anderen Gläschen.

Auch das Essen hatte Vroni schon für sie beide bestellt: Eine große Brotzeit mit würzigem Obazda, Wurstsalat und Presskopf.

»Lang zu!«, sagte sie nun. »Du bist viel zu dünn geworden.«

Zögerlich nahm sich Sara eine Brezel und knabberte daran. Vroni tat es ihr mit einer Scheibe Kümmelbrot nach. Offensichtlich hatte sie auch keinen Appetit. Schließlich holte sie den Briefumschlag aus ihrer großen Umhängetasche und hielt ihn hoch.

»Ich muss mit dir darüber reden.«

Sara schwieg, schaute sie nur an.

Vroni räusperte sich umständlich. »Du weißt, dass ich seit Jahresbeginn keinen Gewinn mehr mache.«

Langsam nickte Sara. Natürlich war sie im Bilde. Die letzten Jahre waren schon schwierig gewesen, aber seit Januar glich *Vronis Schuheck* einem Museum, in dem sich die Leute vielleicht umschauten und die schönen Stücke bewunderten, aber niemand kaufte mehr etwas – mit Ausnahme von ein paar wenigen älteren Stammkundinnen und Benedikt Hoffmann. Auch das Geschäft mit den Schuhen nach Maß war rapide zurückgegangen.

»Erst hatte ich auf den Frühling gehofft«, fuhr Vroni fort. »Die Wandertouristen sind immer gute Kunden gewesen. Aber es kam kaum jemand ins Geschäft. Und der Sommer macht es jetzt auch nicht besser. Wir müssen schließen, Sara, bevor ich mich hoch verschulde. Ende des Monats machen wir zu.«

Wir müssen schließen, wiederholte Sara in Gedanken. *Wir müssen schließen ... schließen ... schließen ...*

»Alles in Ordnung?«, fragte Vroni. »Hast du verstanden, was ich gesagt habe?«

Offenbar hatte sie laut vor sich hingeredet. Sara riss sich zusammen, blickte ihrer Chefin fest in die Augen und sagte: »Ich wüsste eine Lösung.«

Vroni verengte ihre Augen zu Schlitzen. »Nämlich?«

»Ich ... verkaufe Großmutters Haus. Mit dem Geld ...«

Vroni hob die Hand, um ihr Einhalt zu gebieten. »Nein! Denk nicht einmal dran! Das kommt nicht infrage!«

»Aber …«

Vroni beugte sich vor und sah sie streng an. »Hör zu, Sara. Wenn du das tust, entsteigt deine Großmutter ihrem Grab und dreht mir persönlich den Hals um.«

Sara fuhr erschrocken zusammen.

»Wie kannst du so etwas sagen«, murmelte sie.

»Reg dich ab, ich wollte dich nur aufrütteln.«

Vroni lehnte sich wieder zurück, schüttelte ihr rotes Haar und lachte. Es klang ein bisschen schrill. Am Nebentisch saßen drei Männer mittleren Alters und beobachteten sie fasziniert. Vroni sonnte sich in der Bewunderung, ließ sich aber nicht ablenken.

Sie wurde wieder ernst und sagte: »Die liebe Verstorbene bleibt wo sie ist, und dein Heim wird nicht verhökert, um meinen Laden über ein weiteres Jahr zu retten.«

Sara dachte an das Haus, in dem sie aufgewachsen war. Es lag direkt am Forggensee und war im Stil eines typisch bayerischen Bauernhauses erbaut worden, mit einem hölzernen Obergeschoss und einem geweißelten steinernen Untergeschoss. Es war nicht übermäßig groß, bot aber genug Platz für eine vier- oder fünfköpfige Familie. Sara hatte immer gern dort gelebt und frühmorgens die Aussicht auf den glitzernden See genossen, doch seit dem Tod ihrer Großmutter hatte sie manches Mal daran gedacht, auszuziehen.

»Ich will es aber sowieso verkaufen und lieber in der Stadt wohnen«, sagte sie. Die Vorstellung, dort allein mit einem Hund zu leben, gefiel ihr doch nicht so gut wie eben noch geglaubt.

Vroni hob die Augenbrauen. »Tatsächlich? Das wäre eine ziemlich große Veränderung für dich. Wie auch immer – das Geld wird nicht in meinen Laden gesteckt. Außerdem fällt dir vielleicht noch etwas Besseres ein.«

»Was denn zum Beispiel?«

Vroni legte den Kopf schief. »Du könntest eine eigene Bar eröffnen. Ich wäre deine beste Kundin.«

Sara ließ den Kopf hängen. »Du weißt doch, dass ich das nicht kann.«

Es wäre ein Traum, dachte sie bei sich. *Ich würde es lieben, die schönsten Cocktails zu mixen. Aber wie soll ich eine Bar betreiben, wenn ich Angst vor fremden Menschen habe?*

»Eine Sitzbar«, schlug Vroni vor. Sie kannte Sara sehr gut. »Alle Gäste, besonders die männlichen, werden verpflichtet, sich sofort nach Eintritt hinzusetzen. Und hohe Barhocker gibt es natürlich keine.«

»Sehr lustig«, erwiderte Sara dumpf.

»Entschuldige.« Vroni griff über den Tisch und legte ihre Hand auf Saras. »Ich verstehe dich ja. Aber irgendwas musst du tun! Auf Dauer wirst du vom Verkaufserlös nicht leben können, und falls du irgendwann Vater Staat auf der Tasche liegen solltest, wird Maria wirklich wiederauferstehen und *dir* den Hals umdrehen.«

»Vroni!«

Ihre Chefin zog die Hand zurück. »Entschuldige«, sagte sie erneut. »Ich bin selbst ziemlich durcheinander.« Sie starrte auf den Briefumschlag. »Damit war ich vorhin bei meinem Anwalt. Das Angebot ist gut.«

»Angebot?«, fragte Sara nach, obwohl sie die Antwort schon ahnte.

»Eine Fast-Food-Kette bietet mir genug für den Laden, dass ich mir von nun an ein sorgenfreies Leben machen kann.«

»Und …« Sara musste sich räuspern. »Und was wirst du tun?«

Vroni ließ sich Zeit mit der Antwort. Sie aß etwas von dem Wurstsalat, spülte mit Radler nach und sagte schließlich: »Ich würde gern auf Reisen gehen. Die tollsten Städte der Welt will ich sehen. New York, Rio de Janeiro, Sydney, Tokio …«

»Mhm.« Sara brauchte einen Moment, um die Neuigkeit zu verarbeiten. Nicht nur ihren Job würde sie verlieren, sondern auch ihre Chefin und beste Freundin.

Auf einmal fiel ihr ein Cocktail ein, der zu Vroni passte – das lenkte sie ein wenig von ihrem Kummer ab. Seit Jahren dachte sie schon darüber nach, war mit ihren Einfällen aber nie zufrieden gewesen.

Pineapple Fizz, ganz klar. Exotisch, spritzig, und doch auch süß und liebenswert. 5 cl weißer Rum, 6 cl Ananassaft, 3 cl Zitronensaft, 2 cl Zuckersirup und Eiswürfel. In Gedanken füllte Sara alle Zutaten samt Eiswürfeln in einen Shaker und schüttelte sie sehr gut durch. Danach seihte sie die Mischung in ein Glas ab und füllte mit Sodawasser auf. Ihre Chefin mochte eine Ladenbesitzerin in Füssen sein, aber gleichzeitig war sie exotisch und voller Überraschungen.

Sie war so zufrieden mit dem Ergebnis, dass Sara fast vergessen hätte, warum sie hier saß, bis Vroni fragte: »Und du? Hast du keine Träume? Gibt es nichts, was du unbedingt mal machen möchtest, wenn es schon keine Cocktailbar sein soll? Hast du einen Ort, an den du gern reisen würdest?«

Sara spürte, dass Vroni sich schlecht fühlte, weil sie ihr kündigte.

»Doch«, erwiderte sie daher schnell. »Es gibt einen solchen Ort. Langeoog!«

Vroni verzog das Gesicht zu einer gespielt verzweifelten Miene. »Nicht diese Insel schon wieder!«

»Aber da habe ich mich sehr wohl gefühlt.«

»Das ist fünf Jahre her, Sara, und du redest noch immer davon.«

»Weil es so schön war.« *Und weil die Menschen dort besonders sind,* fügte sie in Gedanken hinzu. *Ruhiger als die Leute in Bayern, nahezu wortkarg.* Diese ostfriesische Art, nur das Nötigste zu sagen, war ihr damals sehr entgegengekommen.

»Momentchen«, bat Vroni, ehe Sara weiterreden konnte. »Bevor du jetzt wieder von deinem Wikinger anfängst, brauche ich was Stärkeres.«

Sie winkte der Bedienung und bestellte zwei Obstler. Einer der Männer vom Nebentisch erkundigte sich, ob er die Damen dazu einladen dürfe.

»Nein, Schätzchen«, erklärte Vroni ihm ernsthaft. »Das dürfen Sie nicht. Wir haben wichtige Sachen zu besprechen und keine Zeit für Spielchen.«

Beleidigt wandte der Mann sich ab. Die Kellnerin kam mit der Bestellung, Vroni kippte ihren Obstler, Sara nippte nur daran. Ein sattes Birnenaroma entfaltete sich in ihrem Mund, und sie überlegte, zu welchem Cocktail er passen könnte. Statt Wodka vielleicht, oder statt Gin … Sie kam nicht weit, denn Keno drängte sich in ihre Gedanken, zum zweiten Mal an diesem Nachmittag. Das musste etwas zu bedeuten haben!

»Hör sofort auf damit, so verträumt nach Norden zu gucken!«, befahl Vroni. »Das hast du lange genug gemacht. Außerdem ist das die falsche Himmelsrichtung.« Sie zeigte mit dem ausgestreckten Arm in Saras Blickrichtung. »Das ist Südosten, Süße. Da liegt Österreich. Da willst du bestimmt nicht hin. Noch mehr Berge und weit und breit kein Wattenmeer.«

Sie lachte wieder, und Sara stellte ihren eigenen kaum angerührten Obstler außerhalb von Vronis Reichweite an die Tischkante. Die schien es nicht zu bemerken.

»Am besten bleibst du sowieso hier in Füssen, heiratest den reizenden Benedikt Hoffmann und bekommst ein halbes Dutzend Kinder mit perfekten Füßen.«

»Ich denke gar nicht daran! Niemals! Ich ... ich will nur Keno!«

»Pfft!«, machte Vroni. »Du hattest vor Urzeiten mal einen Urlaubsflirt – was bei deiner Schüchternheit an sich ja schon ein Wunder ist! Glaubst du im Ernst, du kannst da einfach wieder anknüpfen? So ein Krabbenfischer hat doch bestimmt haufenweise Touristinnen im Netz.«

»Keno ist kein Fischer«, widersprach Sara. »Er heißt nur mit Nachnamen so. Von Beruf ist er Fährkapitän und Wattführer.«

»Ist doch egal. Du weißt schon, was ich meine.«

»Und warum bist du dir da so sicher?«

»Glaub mir, ich kenne die Männer.« Dabei warf Vroni einen Seitenblick zum Nebentisch, wo man so tat, als würde man nicht lauschen.

Ziemlich abrupt stand sie auf. »Komm, wir müssen hier weg. Zu viele große Ohren.« Sie gab der Kellnerin ein Zeichen, zahlte und zog Sara mit sich mit.

Vroni ging voran und machte erst Halt, als sie am Ufer des jadegrünen Wildflusses Lech angekommen waren.

»Da«, sagte sie und zeigte auf das rasch dahinfließende

Wasser. »Flüsse, Seen, Berge, Hügel, Täler und Wiesen. Das ist deine Welt. Keine einsame Insel inmitten der grauen Nordsee.«

Sara musste lachen, und aus Gründen, die sie selbst nicht verstand, fühlte sie sich auf einmal leicht und frei. »Die Nordsee ist nicht immer grau, und Langeoog ist keineswegs einsam. Es gibt rund 2000 Einwohner, und eine Viertelmillion Urlaubsgäste im Jahr. Aber wer will, kann auch für sich bleiben.«

Sie dachte daran, wie sie damals auf einer Wanderung plötzlich auf eine große Gruppe singender Menschen gestoßen war. Im Dünental zwischen Hauptbad und Wasserturm waren stimmungsvolle Lieder in den Abendhimmel geflogen. Wie verzaubert war Sara stehen geblieben und hatte gelauscht. Mitzusingen hatte sie sich nicht getraut, vor allem, nachdem sie diesen unfassbar gut aussehenden blonden Mann im Sand hatte sitzen sehen. Er hatte sie nicht aus den Augen gelassen und am lautesten gesungen: »Dat du min Leevsten bist.« Da war es um Sara geschehen gewesen, und erst viel später hatte sie erfahren, wie das Lied auf hochdeutsch hieß: »Dass du meine Liebste bist.«

»Ich war seine Liebste«, sagte sie nun träumerisch.

»Kruzifix!«, stieß Vroni aus. »Bist du auf einmal verhext, oder was? Du hast seit Monaten nicht mehr von deinem Wikinger gesprochen. Warum jetzt?«

Sara musterte die Freundin lange und nachdenklich. »Vielleicht«, sagte sie schließlich und zog die Schultern ein, »vielleicht würde ich ihn gern mal wiedersehen.«

Vroni schüttelte den Kopf. »Komm mir bloß auf keine dummen Ideen, Süße.«

Wenig später verabschiedete Sara sich von Vroni und fuhr in ihrem Kleinwagen heim. Sie redete sich ein, sie müsse verzweifelt sein, weil sie zum Monatsende keine Arbeit mehr haben würde. Stattdessen lächelte sie die ganze Zeit vor sich hin. Erst als sie schon fast zu Hause war, überlegte sie es sich noch einmal anders, blieb auf der Bundesstraße und fuhr nach Rieden am Forggensee. Dort folgte sie den Hinweisschildern zum Tierheim.

»Und Sie sind sich ganz sicher?«, fragte eine halbe Stunde darauf eine Mitarbeiterin, während sie Sara an Zwingern und größeren Ausläufen vorbeiführte. »Normalerweise wünschen sich die Leute süße kleine Welpen.«

»Absolut«, erwiderte Sara leise. »Ich möchte einen Hund, den sonst niemand haben will.«

Es würde schön sein, ein wenig Gesellschaft zu haben.

»Tja, da habe ich genau das richtige Tier für Sie.«

Die Mitarbeiterin blieb vor einem der kleineren Zwinger stehen. »Sie heißt Lotte und ist schon seit drei Jahren bei uns. Leider wird sie von den anderen Hunden im Rudel nicht akzeptiert, deswegen muss sie allein bleiben.«

»Arme Lotte«, murmelte Sara und dachte: *Sie ist wie ich. Eine Einzelgängerin.* Unwillkürlich empfand sie Zuneigung für die Hündin – und zwar noch bevor sie sie entdeckte.

Was vermutlich ein großes Glück für das Tier war, sollte sich Sara später sagen. Denn hätte sie Lotte zuerst gesehen, wäre sie möglicherweise schnell weitergegangen.

»Da ist sie«, sagte die Mitarbeiterin und deutete auf die kleine Hundehütte im Zwinger. Sie fischte ein Leckerli aus der Hosentasche und stieß kleine Lockrufe aus.

Es dauerte eine ganze Weile, bis sich Lotte heraustraute.

Und sie ist genauso schüchtern wie ich, überlegte Sara liebevoll, und dann erschrak sie heftig.

Lotte war ungefähr der hässlichste Hund, den sie je gesehen hatte. Nur so groß wie ein ausgewachsener Hauskater, mit einer platten Schnauze, riesigen Glubschaugen und abgeknickten Ohren. Die Rute war lang und haarlos. Das Fell war vielleicht weiß, vielleicht grau – jedenfalls dort, wo es überhaupt welches gab. An vielen Stellen schimmerte ihre kahle, schweinchenrosa Haut durch.

»Mein Gott!«, entfuhr es Sara.

Die Mitarbeiterin tat lässig. »Wir schätzen, sie ist eine Mischung aus Mops, Spitz und irgendwas sehr Kleinem. Schätzungsweise Chihuahua. Das mit dem Haarausfall ist uns ein Rätsel. Wir haben Lotte auf alles Mögliche untersucht, aber es fehlt ihr nichts. Wir glauben, es ist der Stress. Weshalb sie so keucht, konnte uns der Tierarzt auch nicht sagen.«

In derselben Sekunde ließ Lotte eine Art asthmatisches Bellen vernehmen, das Sara durch Mark und Bein fuhr.

»Ich nehme sie«, hörte sie sich selbst sagen. »Das ist genau der Hund, den ich gesucht habe.«

»Wunderbar.« Die Mitarbeiterin strahlte.

»Was meinen Sie, würde das Nordseeklima dem Hund guttun?«

»Ähm … bestimmt. Planen Sie einen Urlaub?«

»Ganz genau«, erwiderte Sara, aber in Wahrheit ging ihr bereits eine wilde Idee durch den Kopf.

3. Kapitel

Zwei Wochen später war Sara auf dem Weg in den Norden. Ihre neue vierbeinige Freundin lag in einem speziellen Hundegeschirr angeschnallt auf der Rückbank. Sie keuchte schwer, und ihre Glubschaugen quollen noch weiter heraus als sonst. Aus der platten Schnauze hing eine lange, rosafarbene Zunge.

»Das Vieh ist mir unheimlich«, sagte Vroni, die auf dem Beifahrersitz saß.

Sara lächelte. »Bella ist vielleicht außen hässlich, aber sie hat eine schöne Seele – deshalb habe ich sie auch umbenannt. Bella bedeutet auf Italienisch *Schöne.*«

Vroni lachte. »Was du nicht sagst.«

»Ich dachte, wenn sie schon nicht hübsch ist, dann soll sie wenigstens einen wundervollen Namen haben.«

Vroni drehte sich kurz nach hinten um. »Wird ihr nicht viel nützen, fürchte ich.«

»Das macht nichts.« Sara warf einen Blick in den Rückspiegel. Sie konnte es selbst kaum glauben, wie sehr ihr die kleine Hündin bereits ans Herz gewachsen war. Schon eine Woche nach ihrem Besuch im Tierheim hatte sie sie mit nach Hause nehmen dürfen. In den ersten Tagen war Bella ihr nicht von der Seite gewichen, denn ihre neue, große Welt hatte ihr mächtig Angst gemacht. Aber nach und nach wurde sie mutiger und erkundete sogar den Garten hinter dem Haus. Jede Nacht schlief sie in ihrem Körbchen neben Saras Bett, jeden Morgen waren ihre hervorstehenden, runden Augen voller Liebe auf ihr neues Frauchen gerichtet. Und während Sara beobachtete, wie rasant sich Bella von einem ängstlichen Wesen in eine selbstbewusste kleine Hundedame verwandelte, wuchs auch ihre eigene Zuversicht.

Der Plan, nach Langeoog zu fahren, reifte in jenen Tagen heran, und als Vroni verkündete, es lohne sich nicht mehr, den Laden offen zu halten, erklärte Sara ihr, was sie vorhatte. Sie sprach von einem Urlaub, obwohl sie insgeheim anderes im Sinn hatte. Sie erzählte auch, sie habe einen Makler mit dem Verkauf des Hauses ihrer Großmutter beauftragt, und genug gespart, um sich eine Weile über Wasser zu halten.

»Über Wasser?«, hatte Vroni stirnrunzelnd zurückgefragt. »Und was machst du, wenn die Flut kommt?«

Sara hatte das nicht so recht verstanden, aber zwei Tage später war Vroni bei ihr aufgetaucht und hatte verkündet: »Ich fahre mit, zumindest für ein Weilchen. Ich kann dich unmöglich ganz allein in die Fremde ziehen zu lassen.«

So kam es, dass sie nun zu dritt auf der A7 unterwegs waren. Es war wieder Freitag, der letzte im Juni, und seit Vronis schicksalsträchtiger Ankündigung über das Ende ihres Schuhladens waren genau zwei Wochen vergangen. Sara hatte das Gefühl, nicht ganz mitzukommen mit diesem Tempo, und deshalb rieb sie sich hin und wieder unauffällig über das Gesicht.

Nicht unauffällig genug.

»Lass das!«, befahl Vroni. »Beide Hände ans Steuer. Sonst

fahre ich!« Und das war eine echte Drohung, denn Vronis Fahrstil war abenteuerlich, wie Sara wusste.

»Das ... wird nicht nötig sein«, sagte sie freundlich.

Vroni lachte schon wieder auf ihre leicht schrille Art, Bella hustete dazu. »Nette Art, mir zu sagen, dass ich nicht Autofahren kann. Aber das ist Quatsch. Ich bin nur ein bisschen aus der Übung.«

Anstatt darauf einzugehen, sagte Sara: »Ich habe immer noch nicht verstanden, warum du überhaupt mitkommst.« Insgeheim war sie froh darüber, denn ihr Abenteuer machte ihr selbst ziemlich große Angst. Vor fünf Jahren war das etwas anderes gewesen. Da hatte der Hausarzt sie nach Langeoog zur Kur geschickt, damit sie einen hartnäckigen Husten loswurde. Alles war organisiert gewesen – von der Bahnfahrt bis zur Aufnahme im Kurheim.

»Weil ich dich unmöglich allein fahren lassen konnte«, erwiderte Vroni. »Ich fühle mich verantwortlich für dieses ganze Chaos.« Wieder drehte sie sich kurz zu Bella um.

»Der Hund, der Verkauf deines Hauses, deine planlose Flucht ... Das kann ich nicht untätig mit ansehen.«

»Ich flüchte nicht«, widersprach Sara leise. »Aber ich habe das Gefühl, dass ich an einem Wendepunkt stehe. Deshalb möchte ich dort hinfahren, wo ich einmal glücklich war.«

Die Abfahrt nach Ulm kam in Sicht und flog vorbei.

»Vielleicht wird mir ja auf Langeoog klar, was ich in Zukunft machen möchte«, fügte sie hinzu.

Vroni stieß eine Art Schnauben aus. »Ziemlich viele Worte für ein einziges Thema: Du willst deinen Krabbenfischer wiederhaben.«

»Er ist kein Fischer!«

»Schon klar. Aber im Kern habe ich recht.«

Es war keine Frage, also hoffte Sara, sie müsse sich nicht weiter dazu äußern. Es stimmte ja, was Vroni behauptete. Sie träumte wirklich davon, Keno wiederzusehen, und dann … weiter dachte sie lieber nicht. Sie erinnerte sich nur daran, wie selbstbewusst sie sich in seiner Nähe gefühlt hatte. Wie stark und leicht zugleich.

Eine Weile schwiegen sie beide, bis Vroni sanft sagte: »Ich verstehe dich ja. Ich träume seit zwölf Jahren von Richard Gere.«

Sara warf ihr einen schnellen Seitenblick zu. »Im Ernst?«

»Natürlich nicht von dem echten. Aber als ich damals in Rimini im Urlaub war, hatte ich einen heißen Flirt. Marco hieß er, und er sah Richard Gere verflixt ähnlich.« Vroni stieß ein langes Seufzen aus. »Ah, Marco! Das war noch ein richtiger Mann! Kein Vergleich zu diesen Weichlingen, die mir seitdem untergekommen sind. Er …« Sie brach ab und schaute träumerisch aus dem Fenster.

Sara ließ sie in Ruhe, denn Vroni erzählte normalerweise nicht viel aus ihrem Privatleben. Sie wusste nur, dass Vroni als junge Frau einmal verheiratet gewesen war, aber die Ehe hatte nicht lange gehalten.

»Nun, ganz egal«, sagte Vroni nach einer Weile. »Ich muss jedenfalls mit. Irgendjemand muss dich ja vor einer großen Dummheit bewahren.«

Sara presste die Lippen aufeinander. Manchmal fühlte sie sich noch immer wie das junge Lehrmädchen, das sie vor vielen Jahren gewesen war.

»Aber was ist mit New York und den anderen tollen Städten? Du wolltest doch so viel Neues sehen.«

»Ach, die laufen schon nicht weg. In ein paar Wochen oder Monaten kann ich immer noch ins Abenteuer starten. Außerdem muss ich für meinen Anwalt erreichbar sein, bis die Übergabe des Ladens abgewickelt ist.«

Für Sara klang das nach einer lahmen Ausrede, und erst jetzt, unterwegs nach Langeoog, begriff sie: Vroni kam nicht bloß aus lauter Sorge oder Freundschaft mit. Sie fürchtete sich auch davor, die große weite Welt zu erobern. Da schien es ihr womöglich einfacher, mit Langeoog zu beginnen – und nicht ganz allein.

Unwillkürlich empfand Sara große Zuneigung für die ältere Freundin. »Es wird bestimmt ganz wunderbar. Du wirst dich genauso heftig in die Insel verlieben wie ich damals.«

»Also, lieber würde ich mich in einen stattlichen Nordmann verlieben«, gab Vroni zurück. »Natürlich einen mit Verstand und nicht nur mit Muskeln, so wie deiner. Hast du eine Ahnung, ob es viele Singlemänner da oben gibt? Sie dürfen auch gern ein bisschen jünger sein als ich.«

»Ich weiß nicht.«

Sara war stellvertretend für Keno beleidigt, und auf einmal überfiel sie die ungute Ahnung, dass es mit Vroni schwierig werden könnte auf Langeoog. Sie fragte sich, ob sie nicht doch besser nur mit Bella gefahren wäre. Aber nun war es zu spät, um ihre Meinung zu ändern.

Mittags passierten sie Würzburg, gegen Abend erreichten sie Kassel. Sara war inzwischen erschöpft von der langen Fahrt, und sie suchten sich ein einfaches Hotel für die Nacht. Der zweite Reisetag war kürzer, am späten Nachmittag erreichten sie Bensersiel an der Nordseeküste.

Den Wagen ließen sie in einem Parkhaus und begaben sich dann zum Fährhafen. Langeoog war eine autofreie Insel, das wusste Sara noch von ihrem Kuraufenthalt. Die letzte Fähre fuhr am frühen Abend. Während ihr Gepäck verladen wurde, trug Sara die zappelnde Bella auf dem Arm und betrat mit klopfendem Herzen das Schiff. Vroni blieb dicht hinter ihr.

»Ich schätze mal, das ist nicht dein Nordmann«, sagte sie und zeigte auf den älteren, kleinen Mann mit Kapitänsmütze. »Du hast mir zwar nie ein Foto gezeigt, aber ich habe ihn mir doch ganz anders vorgestellt.«

»Das ist er nicht«, gab Sara zurück und bemühte sich, ihre Enttäuschung zu verbergen.

Sie hatte auf der Herfahrt tatsächlich gehofft, Keno würde genau die Fähre steuern, die sie für die Überfahrt nahmen.

Die beiden Frauen blieben an der Reling stehen, obwohl ein frischer Wind wehte. Vroni schlang die Arme um den Oberkörper. Heute trug sie ein superknappes und wild gemustertes Kleid im Stil der siebziger Jahre und dazu Sandalen mit Plateausohlen. Immerhin war sie vernünftig genug gewesen, auch einen Pulli überzuziehen. Sara selbst hatte einfach eine Jeans, ein Sweatshirt und eine Windjacke angezogen. Bella hockte zu ihren Füßen und schnupperte misstrauisch in die salzhaltige Luft. Als die Dieselmotoren ansprangen, nieste sie ein paarmal vernehmlich, wobei der ganze magere Hundekörper erbebte.

Sara bemerkte die verwunderten Blicke einiger Fahrgäste.

Wir müssen ein schönes Bild abgeben, dachte sie. Ein tätowierter Rotschopf unbestimmbaren Alters, eine dünne, unscheinbare junge Frau, die den Kopf gesenkt hielt, und ein erbarmungslos hässliches vierbeiniges Wesen, das vielleicht ein Hund war – oder eine zu groß geratene Ratte mit platter Schnauze.

Sie musste plötzlich kichern.

»Was ist so lustig?«, wollte Vroni wissen.

Sara erklärte es ihr.

»Zum Glück war es mir schon immer herzlich egal, was andere von mir denken«, erklärte Vroni daraufhin und öffnete zwei Knöpfe ihrer Bluse, damit ein großes Engelstattoo am Ausschnitt besser zur Geltung kam. »Aber vielleicht solltest du deine arme Hündin in eine Decke wickeln. Mit ihrem bisschen Fell friert die sich ja tot. Guck nur, wie sie zittert.«

Sara bekam sofort Gewissensbisse, weil sie nicht selbst daran gedacht hatte. Sie nahm Bella wieder hoch und verbarg sie halb unter ihrer Windjacke.

»Du holst dir so aber auch eine Erkältung«, sagte sie zu Vroni.

»Hast recht«, erwiderte die Freundin, knöpfte die Bluse wieder zu und schlang sich einen Schal um den Hals. »Ich bin mir nicht so sicher, ob mir dieses raue Klima gefällt. Im Allgäu ist es lieblicher.«

»Das ist der Norden«, erklärte Sara. »Und die Luft ist sehr gesund. Meinen Husten bin ich damals schnell losgeworden.«

Sie blickte hoch in den Himmel, wo sich die Wolken wie Berge türmten, dann auseinanderflogen und sich wieder neu formierten. Direkt über der Fähre kreisten die Möwen. Mit ihrem Gekreisch zogen sie die Blicke der Fahrgäste auf sich und spekulierten offensichtlich auf Brotreste oder Fischhäppchen.

»Das ist ja wie bei Hitchcock«, sagte Vroni. »Gleich stürzen sie sich auf uns und hacken uns die Augen aus.«

»Igitt!« Sara schüttelte sich, was ihr ein kurzes protestierendes Keuchen von Bella einbrachte. »Die Vögel sind frech, aber nicht mörderisch.«

»Optimistin.«

»Es sind übrigens fast alles Silbermöwen. Das siehst du an dem hellen Gefieder: oben blaugrau, unten weiß. Aber da vorn sind auch ein paar Sturmmöwen.«

»Die sehen genauso aus.«

»Fast. Ihnen fehlt der roten Fleck am Schnabel.«

Vroni hob die Brauen. »Du bist ja die reinste Möwenexpertin.«

»Ich habe nur ein gutes Gedächtnis«, erwiderte Sara bescheiden. Sie erinnerte sich deutlich an einen Tag mit Keno im östlichen Teil der Insel. Seitdem wusste sie, dass das Wattenmeer nicht nur heimische Vogelarten gut ernährte, sondern auch für Zugvögel eine beliebte Station auf ihrer langen Reise war. Bis zu 130 verschiedene Arten waren auf Langeoog schon gezählt worden. Die gefiederten Reisenden fanden hier genug Nahrung, um sich für ihren langen Flug zu stärken.

Seit jenem Tag wusste sie auch, dass der Anblick einer Möwe oder eines Austernfischers sie stets an Keno denken lassen würde.

Vronis Stimme holte sie aus ihren Erinnerungen. »Mir sind die Viecher jedenfalls nicht geheuer. So ein Schnabel tut bestimmt ziemlich weh, wenn er dich erwischt.«

»Ich wusste gar nicht, dass du so ängstlich bist.«

»Bin ich nicht. Aber das hier ist eine fremde Welt für mich.« Sie deutete auf das Wattenmeer um sie herum. »Mir fehlen jetzt schon unseren schönen Berge. Und diese kreischenden Bestien machen es nicht besser.«

»Sie greifen ganz bestimmt keine Menschen an.«

»Wollen wir's hoffen. Dem reizenden Benedikt Hoffmann würden sie mit ihren Krallen die schönen schwarzen Locken büschelweise ausreißen – so groß wie der Mann ist.«

Sara rollte die Augen. »Wieso fängst du denn schon wieder mit dem an?«

»Guck nicht so, du siehst aus wie dein Hund«, gab Vroni ungerührt zurück und tat, als würde sie interessiert die kräuseligen Wellen auf dem Meer betrachten.

Sara ließ sich nicht beirren. Fast schien es ihr, als sei ihr Selbstbewusstsein mit jedem Kilometer nach Norden gewachsen, und nun, da Langeoog am Horizont auftauchte, legte sie einen großen Teil ihrer Schüchternheit ab – ganz so, als wäre auf der Insel kein Platz dafür. Sie ahnte zwar, es würde nicht so einfach werden, aber allein die Hoffnung machte ihr Mut. Deshalb hakte sie noch einmal nach. Ein sicheres Gefühl sagte ihr, dass Vroni etwas im Schilde führte.

»Jetzt sag schon!«

Vroni zuckte mit den Schultern. »Ach, nur so. Er ist mir halt eingefallen.«

»Das glaube ich dir nicht.«

Vroni hob den Blick vom Wasser und schaute sie überrascht an. »Seit wann so streitlustig?«

Sara war selbst ein bisschen über sich erstaunt, erwiderte dann jedoch friedfertig: »Das bin ich nicht, ich möchte nur wissen, was du mit dem seltsamen Kerl zu schaffen hast.«

»Gar nichts, Süße, überhaupt nichts.«

Vronis Gesichtsausdruck jedoch verriet etwas anderes. Sie schien fast so etwas wie Schuldgefühle zu haben.

Sara dachte an den schlaksigen, großen Mann in Füssen, aber es gelang ihr nicht, ihn vor sich zu sehen. Sein Bild wollte nicht richtig scharf werden. Außerdem füllte Keno jeden Winkel ihrer Phantasie aus. Seufzend ging sie zu einer Bank und setzte sich. Bella wurde langsam ein bisschen schwer, obwohl sie noch immer fast nur Haut und Knochen war.

Vroni blieb, wo sie war. Schließlich kam sie offenbar zu einer Entscheidung, denn sie sagte: »Er war noch mal im Laden, bevor wir geschlossen haben.«

»Aha.«

»Du hattest dir an dem Nachmittag freigenommen, um mit dem Immobilienmakler zu sprechen.«

»Ja«, entgegnete Sara, »Ich weiß. Das war letzte Woche.«

»Genau. Nun, Benedikt war über den Räumungsverkauf sehr überrascht. Nein, mehr als das. Der arme Mann war regelrecht entsetzt.«

»Bist du mit ihm inzwischen per Du?«

»Er tat mir leid, also habe ich ihm meine Freundschaft angeboten.«

Sara erwiderte nichts, wartete ab.

»Als ich ihm erzählt habe, dass du fortgehst, musste er sich erst mal setzten. Richtig bleich war er im Gesicht.«

Irgendwo, in einem versteckten Winkel ihres Herzens spürte Sara einen winzigen Ruck. Sie achtete nicht darauf.

»Du hast ihm hoffentlich nicht das Ziel meiner Reise genannt.«

»Selbstverständlich nicht. Wo denkst du hin? Ich habe nur etwas vom anderen Ende Deutschlands gesagt, und dass das doch gar nicht so weit weg sei wie zum Beispiel Australien oder Neuseeland.«

Sara konnte nur hoffen, dass Benedikt Hoffmann niemals auf die Idee kommen würde, in den Norden zu reisen.

»Wir sind gleich da«, verkündete Vroni, offenbar als Versuch, vom Thema abzulenken. »Siehst du?«

Sara erhob sich und trat wieder an die Reling. Der grüne Streifen Land vor ihnen verwandelte sich in eine flache Insel mit einem Hafen und erstaunlich vielen Bäumen.

»Einen Wald hätte ich hier am allerwenigsten erwartet«, bekannte Vroni.

»Das ist das Inselwäldchen«, informierte Sara sie friedfertig. Sie war froh um den Themenwechsel. »Das ist eine besondere Attraktion von Langeoog. Ich bin damals gern dort spazieren gegangen. Ist eine schöne Abwechslung zu Strand und Dünen. Direkt daneben gibt es auch einen kleinen Reiterhof, und man kann auf Ponys über die Waldwege traben.«

Vroni nickte. »Hauptsache, ich habe bald wieder festen Boden unter den Füßen, auch wenn's nur auf einer Insel ist.«

»Die Überfahrt hat doch nur knapp eine halbe Stunde gedauert.«

»Mir kam's wie ein halbes Leben vor. Ich bin eben nicht geschaffen für die sieben Weltmeere. Und deine hässliche Bella gibt mir recht. Die kann's auch kaum abwarten, von dem Kahn runterzukommen.«

Tatsächlich zappelte die kleine Hündin so heftig, dass Sara sie schließlich wieder hinunterließ und fest an der Leine hielt. Und endlich, zehn Minuten später, konnten sie die Fähre verlassen.

4. Kapitel

Als Sara zum ersten Mal seit fünf Jahren einen Fuß auf die Insel setzte, wurde sie von ihren Gefühlen überwältigt. In ihren Augen glitzerten Tränen, ihr Herz schlug auf einmal schneller.

»Na, na«, mahnte Vroni. »Jetzt fall bitte nicht auf die Knie und küss den Boden. Du bist nicht der Papst.«

»Was?«

»Ach, vergiss es. Wie geht's weiter?«

Sara sammelte sich. »Wir fahren noch ein Stück mit der historischen Inselbahn ins Zentrum. Da werden wir dann abgeholt. Die Ferienwohnung liegt im Norden der Insel, ganz in der Nähe des Hundestrandes.«

»Okay«, erwiderte Vroni langsam. »Hauptsache, du erwartest nicht von mir, dass ich meine Tage zwischen lauter Kläffern verbringe.«

»Natürlich nicht«, versicherte Sara ihr schnell. »Gleich daneben ist auch ein ganz normaler Strand.« Insgeheim war sie erleichtert. Sie hatte Vroni von Herzen gern, wollte aber auch unbedingt Zeit allein verbringen. Wie sonst sollte sie entscheiden, wie es mit ihrem Leben weitergehen würde?

Am Bahnhof stiegen sie wie alle Anderen aus und sahen sich um.

»Ich hatte mir das irgendwie romantischer vorgestellt«, sagte Vroni mit Blick auf die modernen Straßen und die roten Backsteinhäuser mit ihren schrägen Schindeldächern. »Historischer, mit verwinkelten Gässchen und Stroh auf den Häusern.«

»Du meinst Reet«, erwiderte Sara.

»Ist das was anderes?«

»Ja, Reet ist Schilfrohr. Und Hausdächer so zu decken ist eine uralte Handwerkskunst.«

Vroni lächelte. »Was du so alles weißt. Erzähl mir von Langeoog.«

»Die Insel hat eine wechselvolle Geschichte hinter sich«, erklärte Sara, während sie gleichzeitig nach jemandem Ausschau hielt, der sie abholen würde. »Sie ist mehrmals von schweren Sturmfluten zerstört worden und sogar in drei Teile zerbrochen.«

»Großer Gott!«

»Ist lange her. Die Insulaner mussten fliehen. Über viele Jahrzehnte war Langeoog vollkommen versandet und unbewohnbar. Später haben die Neusiedler dann solide und praktisch gebaut. Ihre Häuser sollten allen Stürmen standhalten.«

»Heute kann das hoffentlich nicht mehr passieren, oder? Ich meine, dass die Insel auseinanderbricht.« Vroni trat zwei Schritte zur Seite, als fürchte sie, genau dort, wo sie eben gestanden hatte, könnte sich ein Riss im roten Pflaster bilden.

Sara schüttelte den Kopf. »Nein. Ein hoher und langer Dünengürtel schützt Langeoog vor weiteren Katastrophen, der wird gehegt und gepflegt. Du wirst staunen! Die Dünen sind so stark mit Grünpflanzen befestigt, dass sie beim ersten Anblick wie ganz normale Hügel aussehen. Erst wenn man auf der Strandseite angelangt ist, bemerkt man den Sand.«

»Hauptsache, sie halten«, sagte Vroni.

»Ganz bestimmt. Außerdem liegt Langeoog so ziemlich in der Mitte der ostfriesischen Inseln. Das ist ein zusätzlicher Schutz. So schnell passiert hier nichts.«

»Wollen wir's hoffen.«

Sara setzte zu einer weiteren beruhigenden Antwort an, als ihr Blick auf einen großen, breitschultrigen, weißblonden Mann fiel, der keine zehn Meter entfernt vorbeiging. Sie stockte, schluckte Luft und musste husten.

Bella jaulte leise auf, Vroni klopfte Sara kräftig auf den Rücken. »Ist das etwa ansteckend, was dein Hund hat? Dieses Keuchen?«

»Was? Nein«, erwiderte Sara, als sie wieder Luft bekam. Sie deutete mit dem ausgestreckten Arm in die Richtung, in die der Mann verschwunden war. »Ich habe Keno gesehen.«

»Wirklich?« Vroni betrachtete sie ungläubig. Offenbar hatte sie geglaubt, Saras toller Urlaubflirt sei ein reines Phantasiegebilde.

Kurz entschlossen ging Sara los. Vor lauter Freude über die Bewegung hüpfte Bella fröhlich an der Leine, musste aber bald wieder hochgenommen werden. Vroni folgte leise schimpfend.

Sara hatte genau gesehen, wie Keno auf der Hauptstraße nach Westen gegangen war. Sie schlug dieselbe Richtung ein.

Oder habe ich mir das nur eingebildet?, fragte sie sich beklommen. *Habe ich mir so sehr gewünscht, ihn zu treffen, dass ich ihn mit einem anderen Mann verwechselt habe?*

Sie erinnerte sich an jede Einzelheit ihres Urlaubsflirts.

Keno hatte sie damals schneller erobert, als ein Sturm aus Nordwest aufziehen konnte. Und das, obwohl sie es zunächst mit der Angst bekommen hatte, als er nach dem Dünensingen zum ersten Mal aufgestanden war. Riesig und bedrohlich war er ihr erschienen. Aber sein Lächeln ließ sie dahinschmelzen, und als er sie auf einen Drink einlud, sagte sie Ja. Sara hatte sich nie für eine leichtfertige Frau gehalten, aber diesem unfassbar starken Mann konnte sie nicht lange widerstehen. Er war ein zärtlicher und erfahrener Liebhaber, während sie selbst kaum wusste, wie ihr geschah. Sie hatte bis zu jenem Urlaub auf Langeoog überhaupt nur zwei Beziehungen gehabt, und die waren laue Lüftchen im Vergleich zu dieser Naturgewalt gewesen.

Ganze drei Wochen hielt der Sturm der Leidenschaft an, bis er langsam abflaute. Als Sara abreisen musste, hatte sie das Gefühl, Keno wäre nicht gerade todunglücklich darüber. Aber natürlich versprach er, sie würden in Kontakt bleiben, und bat sie, bald wiederzukommen.

Sie hörte jedoch nie wieder etwas von ihm. Eine Zeitlang schrieb sie ihm noch Nachrichten, doch es kam keine Antwort, und so gab sie es schließlich auf. Aber vergessen, nein, vergessen konnte sie einen solchen Mann nicht – zumal ihr Leben ansonsten eher ereignislos verlief.

Als sie den Platz vor dem Rathaus erreichte, blieb sie so abrupt stehen, dass Vroni gegen sie stieß. Das gediegene, zum Teil mit Efeu bewachsene Backsteingebäude war Sara unvergesslich. Hier draußen hatte Keno sie zum ersten Mal geküsst – an jenem ersten Abend auf dem Weg in eine Bar.

»Da«, sagte sie, während die Freundin schnell einen Schritt

zurücktrat und sich die Hüfte rieb. »Der mit dem blauen Polohemd, der mit der älteren Frau spricht. Er ist es. Ich bin mir ganz sicher.«

Vroni schaute in die angegebene Richtung. Dann stieß sie einen Pfiff aus, der Sara in den Ohren klingelte und Bella dazu brachte, ihren Kopf wieder unter die Windjacke zu stecken.

»Potzblitz!«, schickte Vroni lautstark hinterher. »Das nenne ich mal ein stattliches Mannsbild! Ich bin beeindruckt.«

»Hast du wirklich gedacht, den habe ich mir nur ausgedacht?«

Vroni antwortete nicht, sondern starrte Keno mit großen Augen an. »Faszinierend.«

Sara hoffte, er würde jetzt nicht in ihre Richtung schauen.

»Was ist der denn für ein Cocktail?«, fragte Vroni, die ihre geheime Angewohnheit gut kannte. »Nein, sag's nicht. So ein Prachtkerl kann kein Drink sein.«

»Doch«, gab Sara zurück. »Bei ihm denke ich immer an einen Mojito. Weil er für mich so ... exotisch ist.« Unzählige Male hatte sie an ihn gedacht, wenn sie diesen Cocktail zubereitete. 5 cl Rum, 6 cl Soda, 1 Limette, 4 EL zerstoßenes Eis, 2 TL brauner Zucker, frische Minze ...

»Quatsch«, unterbrach Vroni ihre Gedanken. »Das ist viel zu süß und zu südlich für so einen. Der ist irgendwas Klares. Wie Obstler. Was trinkt man denn hier oben so?«

»Küstennebel«, gab Sara leise zurück.

»Und das wäre?«

»Ein hochprozentiger Anisschnaps.«

»Passt!«

In diesem Moment befreite Bella ihren Kopf aus Saras Windjacke und zappelte so lange, bis sie zu Boden gelassen wurde. Dann rannte sie los – genau auf Keno und die ältere Frau zu!

»O Gott!«, stieß Sara aus und zog den Kopf ein.

»Die hast du aber prächtig dressiert«, meinte Vroni.

Kurz vor dem riesigen Mann bremste Bella ab, wedelte mit ihrem Rattenschwanz und schnüffelte dann hingebungsvoll an seinen Gummistiefeln.

»Der Hund riecht die Krabben«, sagte er und lachte dröhnend.

»Also doch!«, zischte Vroni.

Aber da sagte er auch schon: »Hab dem Piet beim Ausladen seines Kutters geholfen.«

Die ältere Frau neben ihm stimmte in sein Lachen ein. Sie war in einen wadenlangen Rock, eine helle Bluse und eine Strickjacke gekleidet. Ihr graues Haar war kurzgeschnitten und insgesamt wirkte sie recht bieder, fand Sara. Im Augenblick schien es klüger, sich auf diese Frau anstatt auf Keno zu konzentrieren. Die Fremde musterte Sara nur kurz, schaute dann jedoch interessiert Vroni an. Sara kannte das schon, und es machte ihr nichts aus. An Vronis Seite wurde sie leicht übersehen.

»Gehört diese Schönheit hier Ihnen?«

»Ja«, flüsterte Sara und starrte fest zu Boden, während Vroni und sie sich den beiden näherten. Sie hatte sich ihr Wiedersehen mit Keno ganz anders vorgestellt, viel romantischer. Vielleicht wieder in den Dünen, oder bei einem Spaziergang am Strand – wenn sie frisch, ausgeruht und gut frisiert war, nicht zerzaust und müde nach einer zweitägigen Reise.

Die ältere Frau führte weiterhin das Wort. »Armes kleines

Geschöpf«, sagte sie zu der Hündin. »Hübsch bist du nicht, aber du hast bestimmt ein großes Hundeherz.«

»Das hat unsere Bella«, gab Vroni fröhlich zurück. »Und sie besitzt auch einen Instinkt für den schönsten, aber falschen Mann.«

»Wie bitte?« Die Frau strich sich über ihr graues Haar. »Ich fürchte, ich kann Ihnen nicht folgen.«

»Halb so wild. Ich bin Vroni Schwarz.«

»Pauline Fischer.« Sie gaben sich die Hände.

»Moment mal«, sagte Pauline dann. »Veronika Schwarz?«

»Mit vollem Namen, ja. Aber meine Freunde nennen mich Vroni.«

Pauline Fischer zwinkerte ihr zu. »Ein bisschen schwer auszusprechen für norddeutsche Zungen, aber ich werde mir Mühe geben.«

Sie wandte sich an Sara. »Dann sind sie Sara Wegner? Na, das nenne ich einen glücklichen Zufall. Ich bin Ihre Vermieterin und war auf dem Weg zum Bahnhof, um Sie abzuholen. Habe nur kurz eine alte Freundin besucht und eben noch meinen Neffen hier getroffen.«

Sara ergriff ebenfalls die ausgestreckte Hand, blieb aber stumm und schaute ängstlich zu Keno. Der schien nichts mitbekommen zu haben. Er hatte sich inzwischen hingehockt und kraulte Bella das wenige Fell. Die Hündin rollte sich prompt auf den Rücken und präsentierte ihm ihren überwiegend kahlen Bauch.

»Na sicher, das haben wir gern«, dröhnte er und kraulte weiter.

»Kein Benehmen, die Dame.«

Vroni lachte auch schon wieder. Hingebungsvoll betrachtete sie den hockenden Wikinger. Erst als Sara sie anstieß, löste sie seufzend ihren Blick.

»Keno«, sagte Pauline Fischer streng. »Wirst du wohl so höflich sein, meine Gäste zu begrüßen?«

Folgsam richtete er sich wieder auf und nickte erst Vroni, dann Sara zu. »Die Hand gebe ich Ihnen man lieber nicht. Der Hund hat vielleicht die Räude.«

»Hat sie nicht«, gab Sara zurück und lächelte ihn an. Sie beschloss, das Beste aus dem Moment zu machen. Das Schicksal hatte sie hier und jetzt wieder zusammenführen wollen, also war das wohl in Ordnung.

»Bella ist auf sämtliche Krankheiten untersucht worden. Wahrscheinlich ist sie nur gestresst und verliert deshalb ihr Fell. Sehen Sie? Da wo die rosafarbene Haut durchscheint, sieht sie ganz gesund aus.«

»So was kenne ich«, sagte Pauline Fischer, während Keno nur unbestimmt die Mundwinkel verzog. »Wenn bei mir ein Strandkorb wegfliegt, raufe ich mir auch die Haare.«

»Bei Ihnen fliegen die Strandkörbe?«, erkundigte sich Vroni beeindruckt.

»Tja, wenn's ordentlich stürmt, muss man schon aufpassen. Ich betreibe einen Strandkorbverleih. Die Ferienwohnung habe ich erst seit diesem Frühling. Und bis letztes Jahr hatte ich auch noch eine Bude mit kleinen Snacks und Getränken.«

»Wow!«, stieß Vroni aus. »Sie sind ja ganz schön geschäftstüchtig.«

»So sehe ich wohl nicht aus, was?«

»Das wollte ich damit nicht sagen.«

»Keine Sorge, ich bin nicht so leicht zu beleidigen. Die Bude habe ich inzwischen geschlossen, lohnt sich einfach nicht mehr. Sophie und Matteo haben nebenan ihr Eiscafé eröffnet, und da bieten sie auch Getränke, Zeitungen und andere Kleinigkeiten an.«

»Entschuldigung«, warf Vroni ein. »Ich komme nicht ganz mit. Wer sind Sophie und Matteo?«

Pauline lachte. »Das erzähle ich Ihnen alles noch in Ruhe.« Die beiden Frauen plauderten weiter, aber Sara hörte nicht mehr zu. Noch immer schaute sie hoch in Kenos Augen. Sie waren hell wie der Mittagshimmel und blickten höflich zurück.

Höflich. Nicht mehr als das.

Nicht erfreut.

Schon gar nicht liebevoll.

Sara hatte das Gefühl, der Platz um sie herum dehne sich aus, werde weiter und weiter, bis sie selbst darauf nur noch ein winziger Punkt war.

Keno erkennt mich nicht!

Ihr Lächeln verrutschte, sie schlug die Augen nieder. Dann bückte sie sich, hob Bella hoch und wandte sich an ihre Vermieterin.

»Können wir bitte gehen?«

Pauline Fischer wirkte kurz verwirrt, nickte dann aber. Vroni hingegen starrte erst Sara, dann Keno an. Sie begriff im Bruchteil einer Sekunde, und ein Ausdruck des Mitleids zeichnete sich auf ihrem Gesicht ab.

Unerträglich!

Pauline Fischer bekam nichts davon mit. »Wenn es Ihnen recht ist, gehen wir zu Fuß. Dann sehen Sie gleich ein bisschen was vom Ort. Ihr Gepäck wird vom Bahnhof direkt zur Wohnung gebracht. Tschüs Keno, komm mal wieder vorbei.«

»Jo«, gab er zurück, nickte freundlich in die Runde und marschierte davon.

Sara starrte ihm hinterher, bis Vroni ihr fest in den Oberarm kniff. »Haltung, Süße!«

Das half. Sara schüttelte sich kurz, gewann ihre Fassung wieder und nahm Bellas Leine auf. Die kleine Hündin schien zu spüren, dass mit ihrem Frauchen etwas nicht stimmte, denn sie hielt sich nun eng an ihrer Seite und schaute von Zeit zu Zeit hoch.

Sara war Vroni außerordentlich dankbar, weil diese nun ihr Gespräch mit Pauline Fischer wieder aufnahm und so tat, als wäre alles ganz normal. Als wäre Saras Herz nicht mit einem deutlichen Knacken auseinandergebrochen, als wäre Langeoog nicht plötzlich ein Ort, an dem sie zwar ein neues Leben beginnen konnte, aber niemals glücklich sein würde.

Sie schlurfte mit Bella hinter den beiden her, als sie in die Barckhausenstraße einbogen und Richtung Norden gingen. Sie hörte, wie Pauline auf eine Teestube zeigte und sagte: »Da war letztes Jahr die Eisdiele *Dolomiti* drin. War ein ziemlich turbulenter Sommer mit unserem Inselcasanova, das kann ich Ihnen verraten.«

Sara verstand den Zusammenhang nicht und nahm an, sie sei viel zu durcheinander.

Auch Vroni fragte nicht nach. Sie bewunderte die schönen, schlichten Häuser, die herrliche Luft und die freundlichen Insulaner, die Pauline hie und da ein »Moin!« zuriefen.

»Tja«, sagte die Vermieterin. »Hier kennen wir uns alle. Momentchen, ich sag nur kurz Hallo.«

Sie entfernte sich und begrüßte ein Ehepaar etwa in ihrem Alter.

Vroni nutzte die Gelegenheit, um Sara aufmunternd die Schulter zu drücken. »Fünf Jahre sind eine lange Zeit.«

»Aber für ihn bin ich eine völlig Fremde!«

»Mhm.«

»Himmel! Was habe ich mir nur dabei gedacht!«

»Als du rein zufällig bei Pauline Fischer gebucht hast? Als du gehofft hast, über die Tante wieder an den Neffen zu kommen?«

Sara spürte, wie sie rot wurde. »So war das nicht! Ich wusste noch, wie sie heißt, aber damals hat sie keine Ferienwohnungen vermietet. Als ich nun auf der Webseite von Langeoog auf ihren Namen stieß, dachte ich ... Ach, verdammt!« Zu ihrem Entsetzen stiegen ihr nun die Tränen in die Augen.

»Haltung, Süße«, sagte Vroni noch einmal sanft. »Wir sind stolze Allgäuerinnen, wir heulen nicht wegen irgendeinem dahergelaufenen Krabbenfischer.«

In diesem Moment trat Pauline Fischer wieder zu ihnen, und Vroni fragte: »Haben Sie eigentlich noch weitere männliche Verwandte, die so prächtig geraten sind wie Ihr Neffe?«

Pauline kratzte sich verwirrt am Kopf, dann lachte sie. »Bedauere außerordentlich. Mein Bruder ist genau wie ich eher mittelgroß. Wir fragen uns alle, wie er so einen Burschen zeugen konnte.«

»Zu schade.« Vroni ließ sich so leicht nicht entmutigen. »Na, vielleicht gibt es ja noch Exemplare, die nicht mit Ihnen verwandt sind.«

So plauderten die beiden Frauen, während sie ihren Weg fortsetzten. Sara bildete weiterhin mit Bella an der Leine den Schluss. Sie hörte wie Vroni sich erkundigte, warum die Leute in Ostfriesland am Abend »Morgen« sagten, und prompt wurde sie von Pauline über das besondere »Moin« aufgeklärt. »Das ist ein Gruß, der zu jeder Tageszeit angemessen ist. Und übrigens nur einzeln. ›Moin, moin‹ ist schon Gesabbel.«

»Wie lustig«, erklärte Vroni und revanchierte sich mit der Auskunft, dass in Bayern dafür bei jeder Gelegenheit der Liebe Gott gegrüßt wurde. Das wiederum gab Pauline wohl zu denken, denn eine Weile herrschte einträchtiges Schweigen.

Sie ließen den Ort hinter sich und kamen an einer hohen Düne mit einer Plattform obenauf vorbei.

»Tjard sin Utkiek«, erklärte Pauline. »Tjards Ausguck. Von da oben hat man einen herrlichen Blick über die Dünen des Pirolatals, den Wald am Dünenfriedhof und das Meer.«

»Und dieser Tjard steht da auch immer und guckt?«, fragte Vroni.

Pauline schüttelte den Kopf. »Nein, nicht mehr. Aber früher war dort ein Beobachtungsposten unserer Seenotretter, und Tjard Georg Mannot war einer der Besten.«

»Ich glaube«, sagte Vroni nachdenklich, »diese Insel hat einige spannende Geschichten zu bieten.«

Sara ließ den Kopf hängen. Ihre Freundin war begeistert, aber sie selbst wünschte nur, sie könnte die Begegnung mit Keno aus ihrem Gedächtnis streichen.

5. Kapitel

Das Ferienhaus für Sara, Vroni und Bella lag am Pirolatalweg, direkt hinter den Dünen. Als sie es erblickte, vergaß Sara für einen Moment ihren Kummer.

»Wie wunderhübsch!«, stieß sie aus.

»Das reinste Hexenhäuschen«, fügte Vroni begeistert hinzu.

Es gab einen kleinen Garten, der vorwiegend mit Heidekraut bewachsen war; mittendrin stand das kleine Haus aus rotem Backstein mit weißem Fachwerk und sah aus, als wäre es direkt einem Märchen entsprungen.

Vroni strahlte sie an. »Fehlt nur noch der Lebkuchen am Mauerwerk.«

Sara nickte. Ihr Kurhotel damals war ein moderner, zweckmäßiger Bau gewesen. Dieses Haus hier war tausendmal romantischer.

»Und es hat sogar ein Strohdach«, stellte Vroni fest.

»Reetdach«, korrigierte Sara.

»Meinetwegen. Hauptsache schön malerisch.«

Pauline zeigte ein überaus stolzes Lächeln. »Nicht wahr? Habe ich dem ollen Ragnar abgekauft. Der wollte lieber ins

Ortszentrum ziehen. Hat behauptet, es wird ihm hier zu einsam.«

»Der olle Ragnar«, wiederholte Vroni hingerissen. »Von dem müssen Sie mir erzählen.«

Sara bemerkte, dass Pauline kurz die Brauen hob. »Natürlich, meine Liebe. Ein andermal vielleicht.«

Vroni schien das Zögern nicht zu bemerken. »Prima. Lasst uns reingehen.«

Sie öffnete eine kleine hölzerne Pforte, aber Pauline Fischer blieb auf dem Weg stehen. Sie wirkte jetzt unsicher, fand Sara.

»Von hier aus kommen Sie direkt ins Pirolatal«, begann die Wirtin zu erklären. »Das ist die schönste Dünenlandschaft Langeoogs, zumindest meiner Meinung nach. Sie wurde nach der Pirolapflanze, einem hübschen Wintergrün mit runden Blättern, benannt. Bei uns heißt die Pflanze auch Wintermaiglöckchen. Allerdings ist sie selten geworden, seit das Tal trockengelegt wurde. Stattdessen wächst da nun vorwiegend die Krähenbeeren-Heide, genau wie im Vorgarten hier. Ich habe ja überlegt, ein paar Blumen und Sanddornbüsche anzupflanzen, eventuell auch Kartoffelrosen. Die gedeihen nämlich auch gut auf dem sandigen Boden. Aber der Strandkorbverleih nimmt meine ganze Zeit in Anspruch und deshalb ...« Sie brach ab, als Vroni die Hand hob.

»Herzlichen Dank für diese Einführung in die Botanik. Aber das hat vielleicht noch Zeit, ja? Wir sind doch langsam etwas müde. Schließlich sind wir seit zwei Tagen unterwegs, und die Wochen davor waren äußerst hektisch. Sogar der armen Bella treten vor Erschöpfung schon die Augen aus dem Kopf.«

Eigentlich sah Bella nicht anders aus als sonst, fand Sara,

aber sie widersprach nicht. Im Augenblick wollte sie selbst auch nur ins Haus, die Tür hinter sich schließen und endlich in Ruhe weinen.

Pauline nickte eifrig, zeigte dann aber mit dem ausgestreckten Arm nach Norden. »Sehen Sie den Weg aus Holzbohlen dort? Der führt Sie direkt über die Dünen zum Strand. Auf keinen Fall dürfen Sie die Dünen betreten. Die stehen, wie die ganze Insel, unter Naturschutz. Wir sind hier schließlich mitten im Nationalpark Niedersächsisches Wattenmeer. Also schön auf dem Weg bleiben, ja? Auf der anderen Seite kommen Sie zu meinem Strandkorbverleih und zum Eiscafé von Sophie und Matteo. Meine zweite Bude steht da auch, ist aber verrammelt. Wie gesagt, lohnt sich nicht mehr, die offenzuhalten. Und ein Stück weiter östlich befindet sich dann der ausgewiesene Hundestrand. Ist perfekt für Sie beide, nicht wahr?«

Ein Verdacht keimte in Sara auf: Ihre Vermieterin wollte Zeit gewinnen. Aus irgendeinem Grund zögerte sie den Moment hinaus, in dem sie ihren Gästen das Haus von innen zeigen musste.

Vroni schien zu demselben Schluss gekommen zu sein, denn sie schlug Pauline einmal kräftig auf die Schultern.

»Nur keine Panik. Wir sind nicht zimperlich. Jetzt sperren Sie schon auf!«

Sara fiel wieder ein, dass auf der Website nur Fotos von der Außenansicht gewesen waren. Sie hatte sich nichts weiter dabei gedacht, denn sie war alles andere als eine erfahrene Reisende. Die Beschreibung allein hatte sie überzeugt: zwei Schlafzimmer, eine Wohnküche, ein großes Bad.

Endlich gab Pauline Fischer nach und machte ein paar Schritte durch den Vorgarten bis zur Haustür. Sie schloss auf.

»Wie gesagt, ich hatte wenig Zeit. Der Juni war bis jetzt ein toller Monat, und außer den vielen Urlaubern hatten wir auch eine Menge Tagesausflügler auf Langeoog. Mein Geschäft hat nur so gebrummt.«

»Sie Glückliche!«, rief Vroni aus, die direkt hinter Pauline stand. »Mein Laden für Komfortschuhe hat schon lange nicht mehr gebrummt.«

»Komfortschuhe? Interessant. Erzählen Sie mir mehr darüber!«

»Später«, sagte Vroni und drängte sich endlich an der Vermieterin vorbei ins Haus.

Zwei Sekunden später hörte Sara, wie sie einen lauten Schrei ausstieß. Sie rannte hinterher, ließ dabei die Leine los, weil sie Bella nicht erwürgen wollte, und vertraute darauf, dass die Hündin ihr schon folgen würde. Dann stand sie ebenfalls mitten in der sogenannten Wohnküche, starrte auf uralte, durchgesessene Polstermöbel, auf einen zerkratzten Esstisch mit nicht zueinander passenden Stühlen, auf abgetretene Teppiche und faustgroße Löcher in den schlecht verputzten Wänden.

»Der Ragnar hat seine Bilder von historischen Schiffen mitgenommen«, erklärte Pauline schuldbewusst, als sie Saras Blick auf die Wände bemerkte. »Ist dabei nicht sehr schonend vorgegangen.«

Sara schwieg, und betrachtete nun die Küchenzeile. Ein verrosteter Gasherd, ein Kühlschrank, ungefähr aus den Fünfzigern, und ein Spülstein aus Keramik, in dem zweifellos schon Generationen von Hausfrauen das Geschirr abgewaschen hatten.

»Malerisch«, murmelte Vroni. »Ich glaube, die Schlafzimmer möchte ich im Augenblick nicht sehen. Komm, Sara, wir suchen uns ein Hotel.«

Bella schien ihr zuzustimmen, denn sie hockte unglücklich zu Saras Füßen und nieste vor sich hin.

»Sie verträgt keinen Staub«, sagte Sara zu Pauline.

»Und ich vertrage keine Spinnweben samt Bewohnerinnen«, fügte Vroni hinzu.

Die Vermieterin rang die Hände. »Wir wollten heute eigentlich noch gründlich putzen. Aber Sophie und Matteo konnten sich nicht freinehmen, und meinen anderen Freunden ging es genauso. Ich hatte gehofft, wenigstens Keno würde kommen. Aber der hat frühmorgens eine Wattwanderung geleitet und … Ach Gottchen, Deern, was ist denn mit Ihnen los?«

Dass Pauline nun auch noch ihren Neffen erwähnt hatte, war zu viel für Sara. Sie sank auf den schmutzigen Holzboden und brach in Tränen aus. Bella jaulte aus Solidarität mit und versuchte, ihr mit ihrer kleinen, rauen Zunge über das Gesicht zu lecken.

»Pfui«, schluchzte Sara.

»Was hat sie denn?«, fragte Pauline.

Vroni druckste ein wenig herum, schließlich erklärte sie: »Wie gesagt, es war eine lange Reise. Hier gibt es nicht zufällig was zu trinken?«

»Ich fürchte, ich bin auch nicht dazu gekommen, den Kühlschrank zu bestücken, aber wenn Sie zehn Minuten warten, besorge ich schnell etwas.«

»In Ordnung – aber bitte mit Alkohol. Wir müssen diverse Schocks verarbeiten.«

»Diverse?«, fragte Pauline.

»Ist nur so eine bayerische Redensart.«

Davon hörte Sara zum ersten Mal, aber sie war heilfroh, dass Vroni nicht auf Keno zu sprechen kam.

»Also gut«, sagte Pauline. »Gehen Sie doch in der Zwischenzeit hinter das Haus. Dort steht eine Holzbank, und Sie haben einen schönen Ausblick.«

Sie verschwand, und Vroni half Sara wieder auf die Füße. Bella nieste schon wieder, also beschlossen die Frauen, dem Rat ihrer Vermieterin zu folgen. Sie gingen einmal um das Häuschen herum und blieben dann wie verzaubert stehen. Die Bank, die dort stand, schien aus altem Treibholz gebaut worden zu sein. Die Beine bestanden aus unterschiedlich dicken Klötzen, Sitzfläche und Rückenlehne waren offensichtlich aus Schiffsplanken zusammengesetzt, außerdem teilweise von Salz zerfressen und von Teer geschwärzt. Risse, Ausbeulungen und Dellen zeugten von einer wechselvollen Geschichte auf See.

»Faszinierend«, sagte Vroni.

Sara löste ihren Blick von der Bank, drehte sich um und sah vor sich die sanft gewellte Dünenlandschaft im Abendlicht schimmern.

»Wunderschön«, flüsterte sie und heulte schon wieder los.

»Herrje, Süße! Setz dich hin. Jetzt beruhige dich doch!«

Folgsam ließ sich Sara auf die Bank sinken, nahm Bella hoch und schniefte noch ein paarmal. Die Hündin keuchte ein bisschen, rollte sich dann aber zusammen und schlief erschöpft ein.

Auch Sara entspannte sich. Es war ziemlich schwierig, an einem solch bezaubernden Ort verzweifelt zu sein. Wenn sie es nur schaffen könnte, nicht mehr an Keno zu denken, würde alles gut werden.

Oder … Sie stutzte. *Oder ich gewinne ihn zurück, und dann werde ich dafür sorgen, dass er mich nie wieder vergisst!*

Der Gedanke war so waghalsig, dass er ihr sofort Angst machte. Andererseits: Was hatte sie schon zu verlieren? Und hatte sie nicht ihre Schüchternheit im Allgäu zurückgelassen? Na ja, vielleicht noch nicht ganz, aber Sara war wild entschlossen, von nun an mutiger zu sein.

»Warum grinst du?«, wollte Vroni wissen. »Was heckst du aus?« Sie stand mit vor der Brust verschränkten Armen vor ihr und musterte sie misstrauisch.

»Nichts, gar nichts. Komm, setz dich zu mir.«

»Ich glaube dir kein Wort.« Vroni hockte sich auf die Bank und schlug die langen, gebräunten Beine übereinander. »Die Aussicht ist wirklich herrlich, aber das hat dich nicht plötzlich hypnotisiert. Wieso lächelst du auf einmal?«

»Nur so.«

»Sara!«

»Können wir nicht einen Moment still sein und nur den Ausblick genießen?«

Vroni stieß eine Art Schnauben aus und blieb genau dreißig Sekunden lang still.

»Komischer Vogel, unsere Vermieterin.«

»Mhm«, machte Sara unbestimmt. Sie wäre gern allein gewesen, um sich einen Schlachtplan zurechtzulegen, aber dann hätte sie Vronis Misstrauen erst recht geweckt.

»Sie sieht aus wie eine brave Seniorin, scheint aber sehr clever zu sein«, fügte Vroni hinzu. »Die Bude ist drinnen natürlich eine Katastrophe. Trotzdem gefällt es mir hier.«

Sara schaute die Freundin überrascht an. »Wirklich? Aber es ist so dreckig.«

»Kann man ja putzen.«

Insgeheim dachte Sara genauso. Sie hatte sich auf den ersten Blick in das Hexenhäuschen verliebt, und nicht einmal der desolate Zustand im Innern konnte sie abschrecken.

»Was für ein Cocktail ist Pauline?«, fragte Vroni.

»Oh, das ist eine gute Frage. Vielleicht …« Sie dachte einen Moment nach und schlug dann vor: »4 cl Eierlikör, 2 cl Orangenlikör, 1 cl Pernod oder Küstennebel. Die Zutaten werden alle zusammen mit einigen Eiswürfeln kräftig im Shaker geschüttelt und dann durch ein Barsieb in Cocktailgläser abgeseiht.«

»Bäh!«, machte Vroni. »Hoffentlich kommt sie nicht gleich mit irgendeinem klebrig-süßen Zeug an. Ich brauche einen kräftigen Obstler, oder so etwas Ähnliches. Vielleicht sogar mehr als einen.«

»Dann habe ich genau das Richtige für Sie«, meinte Pauline, die in diesem Moment um die Hausecke bog und eine Kühltasche trug.

Sie quetschte sich zwischen die beiden auf die Bank und holte drei kleine Gläser sowie eine eisgekühlte Flasche Aquavit heraus. »Der beste! Den lasse ich mir direkt aus Dänemark schicken. Und damit wir ihn gut vertragen, wird uns gleich noch ein feines Essen gebracht.«

»Von wem?«, fragte Vroni neugierig, während Saras Magen sich zusammenzog – ob aus Angst vor dem ungewohnten Essen oder vor der Möglichkeit, dass Keno gleich hier auftauchen könnte, hätte sie nicht zu sagen gewusst.

Zur Sicherheit kippte sie den ersten Aquavit mit Schwung hinunter, schüttelte sich und hielt Pauline das Glas wieder hin.

Die goss fröhlich nach und antwortete gleichzeitig Vroni: »Von Ragnar, dem ollen Strandräuber.«

»Strandräuber!«, rief Vroni begeistert aus. So laut, dass Bella davon wach wurde, einmal kurz bellte, sich aber dann sofort wieder hinlegte. Saras Magen entspannte sich, was bestimmt am Aquavit lag.

»Dat is' nur so 'n Schnack«, erklärte Pauline und schenkte eine dritte Runde ein. »Davon abgesehen, dass er nicht putzen kann, ist der Ragnar eigentlich ein ganz feiner Kerl. Nich' so 'n Holzkopp wie mein Neffe.«

Sara wartete auf die nächste Tränenflut, doch sie blieb aus. Das musste am Schnaps liegen! Sie bot Pauline gleich ihr Glas für eine nächste Runde an. Wenn dieser Aquavit ihren Liebeskummer fortspülte, wollte sie mehr davon.

»Vorsicht«, sagte Vroni zu Pauline, nahm die Flasche an sich und steckte sie in die Kühltasche zurück. »Sara verträgt nicht viel. Am Ende singt sie noch Seemannslieder.«

Sara runzelte die Stirn. Hatte sie Vroni je erzählt, wie sie Keno kennengelernt hatte? Anscheinend ja.

»Ich könnte auch jodeln«, schlug sie vor.

»Sehen Sie, Pauline? Sie ist jetzt schon hinüber.«

Pauline lachte. »Jodeln klingt gut. Das wären mal andere Töne bei uns.«

»Warum ist ihr Neffe ein Holzkopf?«, hakte Vroni nach.

»Herrjemine! Ich hätte nicht davon anfangen sollen, das regt mich nur auf.«

»Ach bitte, erzählen Sie doch.«

Pauline seufzte schwer. »Der Keno, der ist sogar noch schlimmer als unser ehemaliger Inselcasanova. Und seit Riccardo geläutert ist, also seit er von seinen Reisen zurückgekommen ist und nun mit der lieben Annabel zusammenlebt, da glaubt mein Neffe, er müsse seinen eigenen Ruf noch verschlimmern.«

Sara vernahm wieder ein leichtes Knacken, aber diesmal war es womöglich die alte Bank und nicht ihr Herz. Über den grauhaarigen Kopf ihrer Vermieterin hinweg tauschte sie einen schnellen Blick mit Vroni. In deren Augen stand leises Bedauern dafür, dass sie nachgefragt hatte.

»Dabei hatten wir mal Hoffnung für ihn«, erzählte Pauline weiter. »Vor ein paar Jahren gab es eine junge Frau, die aus ihm einen besseren Menschen hätte machen können. Ähnlich wie Annabel es bei Riccardo geschafft hat.«

Sara war schlagartig nüchtern. Vor ein paar Jahren – und fünf Jahre konnte man dazuzählen, oder? – da war sie selbst auf der Insel gewesen und hatte eine zauberhafte Zeit erlebt. Wenn sie … weiter kam sie nicht mit ihren Überlegungen, denn schon zerstörten Paulines nächste Worte ihre leise Hoffnung: »Sie hieß Betty und kam aus Berlin. Eine taffe Frau! Der Keno ist damals regelrecht brav geworden. Aber nach sechs Monaten hat sie ihn verlassen. Tja, seitdem wird es immer schlimmer mit ihm. Wenn all seine Verflossenen sich an die Hand nehmen würden, dann wäre die Kette so lang wie der ganze Strand. Bestimmt mindestens 14 Kilometer!«

Sie kratzte sich am Kopf. »Na, vielleicht übertreibe ich ein bisschen. Aber mein Bruder, meine Schwägerin und ich haben wirklich eine Menge Ärger mit ihm. Ein 37jähriger Kerl, der sich wie ein Backfisch aufführt. Wenn er nicht so ein guter Wattführer und Fährkapitän wäre, hätten die Langeooger ihn wahrscheinlich längst auf einem Floß in der Nordsee ausgesetzt. Zum Glück hat er wenigstens begriffen, dass er von den einheimischen Mädchen die Finger lassen muss.«

»Scheint ja wirklich ein Frauenheld zu sein«, stimmte Vroni zu. »Aber meiner Erfahrung nach gehören immer zwei dazu. Und seine Freundinnen müssen doch wissen, auf wen sie sich da einlassen.«

Pauline nickte. »Sicher, aber unterschätzen Sie nicht die Wirkung, die Langeoog auf Touristinnen hat. Schöne Natur, überwältigende Sonnenuntergänge, und dann ein Bild von einem Mann, der ihnen beim Dünensingen tief in die Augen schaut. Ist seine liebste Masche, und um 99 Prozent der Frauen ist es da schon geschehen.«

O Gott, dachte Sara, *ich passe voll ins Klischee.*

Diesmal vermied sie einen Blick zu Vroni. Auf einmal war sie sehr, sehr müde. Sie wünschte, sie könnte sich wie Bella irgendwo zusammenrollen und schlafen. Vorzugsweise an Kenos Schulter gelehnt.

Ach, nein. Das war vielleicht keine so gute Idee. Den Platz müsste sie mit zu vielen anderen Frauen teilen.

»Kann ich noch einen Schnaps haben?«, bat sie.

»Erst, wenn du was gegessen hast«, entschied Vroni.

»Du bist nicht meine Großmutter«, gab sie zurück.

»Nein, aber deine beste Freundin. Ich sorge mich um dich.«

»Du gönnst mir bloß nichts.«

»Ach, Süße. Ich gönne dir alles Glück der Welt.«

Pauline drehte den Kopf von einer zur anderen und meinte schließlich: »Mir scheint, Ihre Geschichten sind auch interessant.«

»Kein bisschen«, behauptete Sara.

»Sind sie eigentlich das erste Mal auf Langeoog?«

Sara stockte der Atem, und sie war Vroni sehr dankbar, als diese antwortete: »O ja, aber bestimmt nicht das letzte Mal. Es ist echt schön hier. Wo bleibt eigentlich der Strandräuber? Ich bekomme langsam Hunger.«

6. Kapitel

Die beiden älteren Frauen plauderten noch eine Zeit lang friedlich miteinander, aber Sara beachtete sie nicht mehr. Sie schloss die Augen, atmete tief die kühle, frische Luft ein, hörte dem leichten Abendwind zu, der durch das Dünengras fuhr, vernahm das ferne Plätschern der Nordseewellen am Strand und das Zwitschern der Vögel. Nach der ganzen Hektik der letzten Zeit wurde ihr zum ersten Mal richtig bewusst, dass sie es wirklich getan hatte. Sie hatte ihr Leben auf den Kopf gestellt und war bereit für eine neue Zukunft.

Trotz allem, was sie eben über Keno erfahren hatte, nahm er weiterhin einen zentralen Platz in ihrem Traum von einem Leben auf Langeoog ein. Wenn eine gewisse Betty aus Berlin es geschafft hatte, ihn für eine Weile zu zähmen, warum sollte dasselbe dann nicht einer Sara aus Füssen gelingen? Auf ihre Art konnte Sara sehr zielstrebig sein. Sie war zäher, als sie aussah – das hatte sie von ihrer Großmutter geerbt. Und sie war sicher: Mit der Zeit würde sie auch ihre Schüchternheit in den Griff bekommen.

Während sie so vor sich hin sinnierte hatte Vroni anscheinend weiterhin kräftig dem Aquavit zugesprochen, denn plötzlich rief sie laut aus: »Also, wenn Sie der Strandräuber sein sollen, bin ich aber schwer enttäuscht. Ich habe Sie mir viel größer, breiter und verwegener vorgestellt.«

Sara öffnete die Augen nur einen Spaltbreit, in der Erwartung, einen höchst erzürnten Mann vor sich zu sehen, musste aber in der nächsten Sekunde ihrer Freundin recht geben.

Was da vor ihnen stand, war eher ein Männlein denn ein Mann – nicht besonders groß, dafür ziemlich rund in der Körpermitte. Schütteres, weißes Haar stand ihm wirr vom Kopf ab und eine randlose Brille gab ihm etwas Eulenhaftes. Wütend war er zum Glück nicht – eher amüsiert. Er brach in lautes Gelächter aus, stellte den Weidenkorb, den er mitgebracht hatte, ab und schlug sich vor Vergnügen auf die Schenkel.

Dann musste er eine ganze Weile um Luft ringen, bevor er hervorbringen konnte: »Pauline, du alte Piratin, wen hast du denn da in mein Haus gebracht? Eine sturzbetrunkene Tattoo-Braut? Dazu ein Mauerblümchen mit einer Ratte im Arm?«

Das Mauerblümchen soll dann wohl ich sein, dachte Sara gekränkt, aber sie war viel zu müde, um aufzuspringen und dem Männlein ihre Meinung zu sagen. Außerdem hätte sie dann die Ratte, äh, Bella vom Schoß schubsen müssen.

Zum Glück erledigte Vroni schon die Sache mit dem Aufspringen. Zwar schwankte sie erst kurz, aber dann stieß sie dem Männlein einen Zeigefinger in den weichen Bauch und rief: »Wage es ja nicht, meine Freundin und ihre herzallerliebste Hündin zu beleidigen! Sonst ... sonst ...« Mit der freien Hand rieb sie sich ein paarmal heftig über die Stirn. »Sonst kannst du dir am Strand gleich dein eigenes Grab schaufeln!«

Verwundert stellte Sara zweierlei fest: Erstens schien es Vroni nicht weiter zu stören, als »Tattoo-Braut« bezeichnet zu werden, womöglich nahm sie das sogar als Kompliment. Zweitens war sie zum Du übergegangen, weil es ihr wohl zu schwierig erschienen, jemanden zu siezen, dem man drohen wollte.

Und der kleine, runde Mann überraschte Sara ebenfalls. Obwohl Vronis Finger sich tief in seinen Bauch gebohrt hatte, verzog er keine Sekunde lang schmerzhaft das Gesicht, sondern betrachtete die flotte Rothaarige mit unverhohlener Bewunderung.

»Bei allen Meeresgöttern!«, rief er aus. »Sie ... ähm ... du gefällst mir! Willst du meine Frau werden?«

»Die Frau eines Strandräubers? Eher nicht. Dann nehme ich doch lieber einen Kuhhirten von der Alm.«

Der Neuankömmling schaute außerordentlich zufrieden drein.

Klar, überlegte Sara amüsiert, *er hat flott herausgefunden, dass Vroni nicht verheiratet ist.*

Pauline mischte sich ein: »Sutsche, Kinners.«

Sara schaute sie an. »Was heißt das?«

»Langsam, Kinder«, übersetzte der kleine Mann zuvorkommend.

»Danke.« Nachdenklich streichelte Sara Bellas struppiges Fell. Während ihrer Kur vor fünf Jahren hatte sie auch so ihre Schwierigkeiten mit dem Plattdeutschen gehabt, aber es war schön, diesen besonderen Klang wieder zu hören.

Vroni wollte neu Gelerntes offenbar gleich anbringen, denn sie sagte: »Moin.«

»Guten Abend, die Damen. Gestatten? Ich bin Ragnar Asmussen und wurde von Pauline beauftragt, ein wenig feste Nahrung vorbeizubringen.«

»Ragnar Asmussen«, wiederholte Vroni andächtig. »Der Name hat was.«

»Herzlichen Dank. Einen Moment, bitte.« Er verschwand um die Hausecke und kam kurz darauf mit einem Stuhl und einem Glas wieder.

Lächelnd setzte er sich, ließ sich von Pauline einschenken und trank drei Schnäpse nacheinander.

»Damit ich ungefähr auf demselben Stand bin«, erklärte er grinsend.

Dann nahm er ein kariertes Tuch von dem mitgebrachten Weidenkorb, breitete es auf seinem Schoß aus und stellte darauf eine Platte mit allerlei Köstlichkeiten ab.

»Ich habe mir erlaubt, bei Fisch-Klette einzukaufen – zum Beispiel die berühmten Pfeffermakrelen.« Er zauberte vier Pappteller hervor, ließ sie von Pauline und Vroni halten und tat auf. »Und natürlich Krabbenbrötchen. Hier haben wir etwas Heringssalat, und hier geräucherte Seezunge. Und die Lachsroulade darf natürlich auch nicht fehlen.«

Sara war sich nicht ganz sicher, ob sie diese ungewohnte Nahrung gut vertragen würde. Da die anderen beschäftigt waren, versorgte sie sich selbst mit einem Aquavit. Der half bestimmt.

Bella war nun hellwach und beobachtete mit ihren Glubschaugen jede Bewegung, die der fremde Mann vollführte. Die Düfte, die ihr in die platte Nase stiegen, waren eindeutig unbekannt, aber daran, wie sie den Kopf schieflegte, erkannte Sara, dass sie bereit war, sich auf neue kulinarische Abenteuer einzulassen.

»Du bist ja eine ganz Liebe«, sagte Ragnar zu Bella. »Bitte verzeih, dass ich dich mit einer Ratte verwechselt habe.«

Natürlich gewann er so auf der Stelle Saras Herz, und als er ein Stückchen Fisch auf seiner flachen Hand darreichte, auch Bellas.

Nun wurde erst einmal schweigend gegessen. Sara hatte Bella auf den sandigen Boden gesetzt, was diese mit einem langen, vorwurfsvollen Blick quittierte. Vroni probierte erst vorsichtig, erklärte dann, das Essen sei köstlich, und langte ordentlich zu.

Auch Sara aß mit Appetit, und der eine oder andere Schnaps wurde hinterhergekippt.

Als alle aufgegessen hatten und auch Bella noch ein paar Brocken abbekommen hatte, wandte Ragnar sich an Pauline: »Jetzt verrat mir doch mal, wie du an so interessante Gäste kommst. Mein Haus und ich fühlen uns geehrt.«

Er zwinkerte dabei Vroni zu, die fröhlich grinste.

Pauline brummte etwas Unverständliches, bevor sie erwiderte: »Du meinst wohl dein Ex-Haus, oller Strandräuber. Und du hast es übrigens in einem schrecklichen Zustand zurückgelassen!«

Ragnar zog eine bekümmerte Miene. »Ich hoffe, du kannst mir verzeihen, schöne Vroni.«

»Kein Problem. So schlimm ist es gar nicht.«

Sara staunte. Noch vor einer Stunde war Vroni entsetzt gewesen. Was ein geschickt platziertes Kompliment doch ausrichten konnte! Und dazu hatte Ragnar auch noch den Vornamen ihrer Freundin ohne Schwierigkeiten ausgesprochen. Das brachte ihm sicherlich zusätzliche Pluspunkte ein.

»Spinnweben«, rief Sara ihr in Erinnerung. »Löcher in den Wänden, Staub, uralte Küchengeräte …«

Schon wurde sie von Vroni unterbrochen. »Stell dich nicht

so an! Noch ein paar von den Schnäpsen und das Hexenhäuschen verwandelt sich in die Präsidentensuite eines Luxushotels.«

Damit könnte sie durchaus recht haben, dachte Sara bei sich.

Ragnar schaute von einer zur anderen. »Oben habt ihr euch nicht umgesehen?«

»Nein, wieso?«, fragte Vroni zurück.

Er beugte sich auf seinem Stuhl vor und schenkte beiden ein strahlendes Lächeln. »Die Schlafzimmer habe ich gründlich geputzt. Das Bad auch. Ihr werdet zufrieden sein.«

Dass er jetzt auch sie einfach duzte, störte Sara nicht weiter. Die Aussicht auf eine Nacht in einem sauberen Bett gefiel ihr.

»So, so«, sagte Pauline. »Hast du was dagegen, wenn ich nachschaue?«

»Nicht das Geringste.«

Pauline stand von der Bank auf, Vroni rutschte flugs in die Mitte, Ragnar nahm neben ihr Platz – das Ganze lief in einer einzigen, flüssigen Bewegung ab. Sara konnte nur staunen.

Bella winselte, und Sara nahm sie wieder hoch. So fühlte sie sich auch nicht einsam neben diesen beiden Menschen, die sich vor einer halben Stunde noch nicht gekannt hatten und nun plötzlich wie ein Paar wirkten.

»Wie ist denn so das Leben als Strandräuber?«, erkundigte sich Vroni.

Ragnar lachte leise. Er hatte eine angenehme Stimme, fand Sara. Dann erklärte er: »Das ist nur ein Spaß zwischen Pauline und mir. Ich nenne sie dafür ja Piratin.«

Vroni stieß Sara kurz in die Seite. Die Botschaft war klar: Ich wette, der lügt.

»Und diese Bank hier?«, hakte sie nach. »Die ist doch aus einem Schiff gemacht!«

»Oh ja, aus der *Aurora*. Die ist Anfang 1895 auf den Strand aufgelaufen und blieb dort einige Jahre liegen. Sie wurde sogar in ein Restaurant umgewandelt. Das Strandschiff war eine echte Attraktion, bis dann 1901 eine Sturmflut sie kurz und klein schlug. Na, alles, was von dem Segler verwertbar war, wurde mitgenommen.«

»Und seitdem«, setzt Vroni an, »hat es dir Strandgut aller Art angetan.«

Sehr vorsichtig ausgedrückt, befand Sara und lauschte gebannt. Sie hoffte, die beiden hätten ihre Anwesenheit vergessen, denn ihre ganze Müdigkeit war verflogen, und sie brannte auf eine spannende Geschichte. Alles war besser, als über Keno oder gar ihre ungewisse Zukunft nachzudenken. Ragnar räusperte sich umständlich. Vielleicht gefiel es ihm ja, dass Vroni ihn für einen verwegenen Burschen hielt.

»Nun, ich habe mir einiges Wissen über diese Tradition angelesen«, bekannte er. »Aus … beruflichem Interesse.«

»Da haben wir's!«, warf Vroni ein, ließ ihn dann aber weitersprechen.

»Strandraub ist eine alte Tradition auf den ostfriesischen Inseln. Bereits die frühen Strandordnungen der Landesfürsten gaben den Bewohnern quasi die Erlaubnis dazu. Es war ein hartes Leben, und jeder musste sehen, wie er zurechtkam. Wenn ein Segler Schiffbruch erlitt, konnten Mannschaft und Passagiere froh sein, mit dem Leben davonzukommen.« Er machte eine kurze Pause, trank ein Schlückchen Aquavit und fuhr dann fort: »Einige Geschichtsschreiber behaupten zwar, das ›Strandjen‹ an der Nordseeküste sei nur eine verleumderische Erfindung der Binnenländer – aber es gibt viele Berichte, die diese Sitte bestätigen.«

»Wie aufregend«, murmelte Vroni.

Sara schwieg. Sie stellte sich vor, sie wäre eine Frau aus einem anderen Zeitalter, die zu ertrinken drohte – bis ein großer, weißblonder Mann zu ihrer Rettung eilte – selbstverständlich ohne sie gleichzeitig auszurauben.

Mist! Keno war einfach nicht fortzuscheuchen aus ihren Gedanken.

»Zum Beispiel«, erzählte Ragnar weiter, »kann niemand leugnen, was nach der schweren Weihnachtsflut von 1717 geschah. Damals ertranken Tausende Menschen. Die schreckliche Katastrophe ließ an der Nordseeküste ein Chaos der Zerstörung und der Armut zurück. Nun – die Überlebenden verloren alle Hemmungen und rafften an sich, wessen immer sie habhaft werden konnten. Ich glaube kaum, dass die Langeooger da eine Ausnahme waren.«

Sara schauderte bei dem Gedanken an ein solch schreckliches Unglück, und Vroni neben ihr rutschte unruhig auf der Bank hin und her.

»Ich glaube, im Allgäu fühle ich mich sicherer.«

»Nur keine Sorge.« Ragnar nutzte die Gelegenheit, um kurz seine Hand auf Vronis zu legen. »Dir wird schon nichts passieren. Ich bin ja da.«

Das war der Moment, in dem Sara es neben den beiden nicht mehr aushielt. Sie nahm Bella fest auf den Arm, sagte, sie wolle nach Pauline schauen, und ließ Vroni mit Ragnar allein. Die Freundin schien es kaum mitzubekommen, denn sie fragte Ragnar bereits nach weiteren Einzelheiten über die aufregende Geschichte der Insel.

Im Haus fing Bella wieder an zu niesen und zu keuchen, doch kaum hatte Sara die schmale, steile Treppe nach oben erklommen, atmete ihr Schützling wieder freier. Der Abendwind strich durch die offen stehenden Fenster, und die Luft hier oben war fast genauso frisch wie draußen. Pauline trat aus einem der beiden Zimmer auf den kleinen Flur.

»Es ist tatsächlich sauber«, sagte sie und wirkte regelrecht verblüfft. »Ich lüfte nur noch mal, weil es ziemlich stark nach Essigreiniger gerochen hat. Wäre der lütten Bella nicht gut bekommen.«

Sanft strich sie der Hündin über den runden Kopf.

Sara lächelte. Es erstaunte sie schon nicht mehr, wie schnell Bella die Herzen der Menschen gewinnen konnte. Und vielleicht war ja gar nicht sie, Sara, die Retterin der Hündin, sondern die Dinge verhielten sich genau umgekehrt. Seit Bella bei ihr lebte, war sie so viel mutiger geworden!

Kurz drückte sie die Hündin an sich. »Kann ich die Zimmer sehen?«, fragte sie dann höflich.

»Aber sicher, Deern.« Pauline ging durch die Tür zurück, durch die sie eben herausgekommen war. »Hier ist der kleinere Raum. Das Bett ist nicht sehr breit, aber es hat einen Schrank und eine Kommode. Außerdem ist der Ausblick über das Pirolatal grandios. Musst dich nur ein bisschen auf die Zehenspitzen stellen, dann siehst du es durch das schräge Dachfenster.«

Sara tat wie ihr geheißen und gab Pauline recht. Ein langer Sommerabend ging zu Ende, aber noch lag ein weiches Licht über den Hügeln.

»Und du siehst hier die Sonne aufgehen«, setzte Pauline hinzu.

Das gab den Ausschlag. »Dann nehme ich dieses Zimmer. Haben Sie vielen Dank.«

»Kannst auch ruhig Du zu mir sagen. Auf Langeoog sind wir nicht so förmlich. Außerdem haben wir zusammen getrunken und gegessen. Wir sind also alte Freunde.«

»Oh, danke, in Ordnung.«

Bella zappelte und wollte runtergelassen werden. »Aber nicht aufs Bett«, mahnte Sara.

»Warte mal.« Pauline verschwand und kam gleich darauf mit zwei schweren Wolldecken wieder. In der einzigen freien Ecke des Zimmers baute sie daraus geschickt ein kleines Nest.

»So, bis du ihr einen Hundekorb besorgt hast, geht das.«

Bella inspizierte schnüffelnd ihr neues Lager, drehte sich mindestens zwei Dutzend Mal im Kreis, ließ sich endlich nieder und schloss die Glubschaugen.

Pauline nickte zufrieden. Anschließend zeigte sie Sara das zweite, größere Zimmer, in dem ein Doppelbett stand. Außerdem bestand die Einrichtung aus einem Schrank, einen gemütlichen Ohrensessel sowie einem gut bestückten Bücherregal an der größeren Wand, die nicht durch das Dach abgeschrägt war.

»Unschwer zu erkennen, dass hier Peter geschlafen hat.«

»Peter?«, fragte Sara.

Pauline tippte sich gegen die eigene Stirn. »Ich meine natürlich Ragnar. Mein armer alter Kopf bringt manchmal was durcheinander.«

Den Eindruck hatte Sara eigentlich nicht, ging aber darüber hinweg. »Und das Bad?«

»Komm.«

Es erwartete sie natürlich keine Luxusoase, aber im Gegensatz zur Küche war das Bad vor nicht allzu langer Zeit offensichtlich modernisiert worden. Alles war relativ neu, und die große Dusche wirkte ausgesprochen einladend.

»Zufrieden?«, fragte Pauline.

»Absolut. Ich hätte dem Herrn Asmussen, also, ich meine Ragnar, gar nicht zugetraut, dass er so schön putzen kann. Wenn ich daran denke, wie es unten aussieht …«

Pauline zwinkerte ihr zu. »Das hat der olle Strandräuber nicht selbst erledigt, jede Wette. Der hat so viele Verehrerinnen, dass er sich vor Hilfsangeboten bestimmt kaum retten konnte.«

»Der kleine runde Mann hat Fans?«, fragte Sara überrascht zurück. Sie lehnte am Waschbecken und versuchte zu verstehen.

»O ja. Jede Insulanerin über Fünfzig, ob geschieden, ledig oder verwitwet, würde nur zu gern demnächst mit Nachnamen … Asmussen heißen.«

»Ist ja ’n Ding.«

»Kannst mir glauben, Deern. Schade nur, dass er seine Truppe nicht auch aufs Erdgeschoss angesetzt hat. Aber das ist wahrscheinlich meine Schuld. Ich habe ihm vor ein paar Tagen gesagt, er soll endlich das Feld räumen. Der wollte nämlich einfach nicht weg. Hat behauptet, der Verkauf an mich sei ein Fehler gewesen. Ihm fehle sein Häuschen jetzt schon.«

Sara horchte in sich hinein. Ging es ihr vielleicht ähnlich wie Ragnar? Fehlte ihr bereits das Haus ihrer Großmutter? Verspürte sie so etwas wie Heimweh?

Nein, da war sie ganz sicher. Erleichtert stieß sie sich vom Waschbecken ab.

»Nun müssen wir in kein Hotel mehr«, sagte sie zu Pauline.

»Ein Glück. Wäre schwierig geworden. Langeoog ist nämlich komplett ausgebucht.«

7. Kapitel

Geblendet von plötzlicher Helligkeit kniff Sara fest die Augen zu, doch es half nicht viel. Nun sah sie Lichtblitze hinter den Lidern. Mit einiger Mühe kämpfte sie sich aus dem Schlaf und murmelte vor sich hin. Bella antwortete mit einem leisen Winseln. Endlich war Sara vollends wach. Sie schaute auf ihr Handy und stellte fest, dass es erst kurz nach fünf Uhr morgens war.

»So früh!«, entfuhr es ihr. Sie sah sich um und stellte fest, dass sie am Abend vergessen hatte, die Vorhänge an dem kleinen, nach Osten gehenden Fenster zu schließen. Deshalb schickte die Morgensonne ihre ersten Strahlen direkt auf Saras Bett.

Bella reckte und streckte sich in ihrem Nest aus Wolldecken, wobei ihr Rattenschwanz pfeilgerade in der Luft schwebte. Dann nahm sie kurz Anlauf, sprang aufs Bett und schaute Sara mit schiefgelegtem Kopf an.

»Du weißt, dass du das eigentlich nicht darfst«, schimpfte Sara. »Aber ich tue mal so, als hätte ich dich nicht gesehen.« Sie strich der Hündin kurz über den Kopf, verließ dann das Zimmer und verschwand im Bad.

Im Haus war alles still. Vroni schlief natürlich noch, und kurz fragte Sara sich, ob Ragnar wohl bei ihr war. Sie glaubte es eigentlich nicht, obwohl Vroni ziemlich locker drauf war. So behauptete sie zum Beispiel stets, im Alter bereue man nicht seine Sünden, sondern nur jene Dinge, die man verpasst habe.

Dennoch konnte sich Sara nicht vorstellen, dass es bei Vroni und Ragnar gar so schnell gehen konnte.

Sie schlich leise über den Flur. Als sie zwanzig Minuten später in ihr Zimmer zurückkehrte, lag Bella immer noch in Saras Bett.

»Jetzt aber runter da!«

Mit einem Satz war Bella zurück auf dem Fußboden und schaute sie aus unschuldigen Glubschaugen an.

Sara konnte nicht anders, sie musste lachen. Wie viel schöner war es doch, morgens gleich Gesellschaft zu haben, als immer nur ganz allein wach zu werden!

»Komm, wir machen einen Spaziergang.«

Brav ließ Bella sich die Leine anlegen, dann hüpfte sie hinter ihrem Frauchen die Treppe hinunter.

Frische Lebensmittel waren keine im Haus, und so früh hatte Sara auch noch gar keinen Hunger, aber sie fand eine Wasserflasche und eine alte Packung Zwieback. Das musste vorerst reichen. Ihr letztes Hundefutter hatte die Hündin am Abend zuvor bekommen.

Auf dem Pirolatalweg machte sie sich auf gen Osten, der Morgensonne entgegen. Um diese frühe Zeit war niemand sonst unterwegs, und ohne Bella hätte sie sich schrecklich allein gefühlt, aber nach den ersten zwanzig, dreißig Metern begann sie, die Ruhe zu genießen. Vor ihr erstreckte sich die zauberhafte Dünenlandschaft, so weit sie schauen konnte. Sanftes, orangegoldenes Licht strich über das Heidekraut, und dort, wo hohes Dünengras wuchs, glitzerten Tautropfen an den Halmen. Selbst die Vögel schienen noch zu schlafen, nur hin und wieder hörte Sara einen Ruf oder einen Flügelschlag.

Bella hatte anfangs kräftig an der Leine gezerrt, doch nach einer Weile trottete sie ruhig neben Sara her. Bald musste sie wahrscheinlich wieder getragen werden. Es würde noch dauern, bis die Hündin kräftig genug für eine weite Erkundungstour war. Aber wenigstens schien sie weniger zu keuchen.

»Siehst du?«, sagte Sara fröhlich. »Die gesunde Nordseeluft tut dir schon gut. Wirst sehen, in ein paar Tagen kannst du wie ein ganz normaler Hund atmen.«

Bella schaute zu ihr auf und ließ die rosafarbene Zunge aus dem kurzen Maul hängen.

Sara grinste. »Bloß aussehen wirst du wohl nie wie die anderen. Aber ich liebe dich trotzdem.«

Sie setzte sich neben Bella auf den gepflasterten Weg und teilte mit ihr Wasser und Zwieback. Dann beschloss sie, zurückzugehen.

»Aber am Strand. Was hältst du davon?«

Bella kämpfte noch mit ein paar Zwiebackkrümeln und reagierte nicht.

Sara rollte die Augen. »So weit ist es mit mir gekommen. Jetzt rede ich schon wie eine alte Frau mit meinem Haustier.« Dann zuckte sie mit den Schultern. Solange sie niemand hörte, war das wohl in Ordnung.

Sie musste eine Weile nach einem Holzbohlenweg über die

Dünen suchen, aber schließlich fand sie einen, nahm Bella zur Sicherheit auf den Arm und ging weiter.

Auf der anderen Seite angekommen blieb sie erst einmal stehen und genoss den herrlichen Anblick.

Nahezu endlos dehnte sich der Sandstrand nach Ost und West aus – es herrschte Ebbe, das Meer hatte sich weit zurückgezogen. Und so fühlte sich Sara, als wäre sie am Ende des Universums angekommen. Nirgends gab es etwas, woran sich die Augen festhalten konnten, alles wirkte unendlich weit, nur am Horizont türmten sich ein paar watteweiche Wolken.

Sara erinnerte sich daran, dass sie bei ihrem ersten Aufenthalt ganz genauso empfunden hatte. Wenn sich ringsherum keine Berggipfel erhoben, die der Welt einen Rahmen gaben, dann konnte es leicht passieren, dass man sich einsam und verloren fühlte.

Doch genau wie damals verschwand das Gefühl nach ein paar tiefen Atemzügen und machte einer unbändigen Lebenslust Platz. Das hier war Weite! Das hier war Freiheit!

Bella jaulte kurz auf und wand sich in Saras Armen. Sie hatte es satt, getragen zu werden. Dieser neue Spielplatz sah spannend aus!

»Noch nicht«, mahnte Sara. »Wir müssen ein Stück zurücklaufen, bis wir an den Hundestrand kommen!«

Als hätte sie verstanden, verhielt sich Bella nun ganz still, während Sara mit einiger Mühe durch den tiefen Sand stapfte. Sie schlüpfte schnell aus ihren Sandalen und klemmte sie sich unter den Arm.

An der Wasserlinie angekommen ging es etwas leichter voran, und als sie schließlich den ausgewiesenen Hundestrand erreichte, ließ sie Bella frei umherlaufen. Die kleine Hündin zögerte erst, aber dann gab es kein Halten mehr. Sie flitzte los über den feuchten, harten Untergrund, fand einen Rest Meerwasser in einer Vertiefung, sprang hinein und schlabberte daran, ohne auf Saras »Pfui!« zu hören, schüttelte sich, raste in den weichen Sand, wälzte sich hin und her und sprang wieder auf alle Viere.

»Fein!«, rief Sara und lachte. »Jetzt bist du paniert.«

Sie gab Bella nach einer Weile den letzten Rest Trinkwasser aus der hohlen Hand, wusste aber, die Hündin würde bald mehr brauchen. Sie selbst war auch wieder durstig. Und hungrig!

Ihr kam eine Idee: Wenn sie weiter Richtung Westen lief, musste sie bald auf Paulines Strandkorbverleih treffen – und auch auf das Eiscafé, von dem die Vermieterin am Vorabend gesprochen hatte. Vielleicht bekam sie dort ja ein Frühstück?

Sie nahm Bella wieder hoch und kümmerte sich nicht um den Sand, der ihr nun am T-Shirt klebte. Die kleine Hündin war endgültig erschöpft von dem Abenteuer.

Inzwischen war es fast acht Uhr, und so langsam kamen mehr und mehr Leute an den Strand, die diesen letzten herrlichen Sonntag im Juni auskosten wollten.

Sara stutzte, als sie in einiger Entfernung vor sich einen großen, schlaksigen Mann entdeckte, der in dieselbe Richtung unterwegs war.

Wo kommt der denn auf einmal her?, fragte sie sich. *Und wieso erinnerte er mich an diesen Benedikt Hoffmann?*

Verwirrt blieb sie stehen. Es hatte eine Zeit gegeben, da hatte sie in jedem großen, breitschultrigen und blonden Mann Keno gesehen. Nur zu gut erinnerte sie sich an das Flattern in ihrem Magen, wenn sie in *Vronis Schubeck* stand und draußen jemanden vorbeigehen sah, der auch nur entfernt ihrem Nordmann ähnelte. Ein paarmal war sie einem solchen Mann sogar nachgelaufen – nur um festzustellen, dass es sich um einen Wildfremden handelte.

Wieso sollte ihr jetzt das Gleiche mit einem Kerl passieren, in den sie nicht verliebt war? Weil sie inzwischen wusste, dass Benedikt Hoffmann Gefühle für sie hegte – daran hatte Vroni keinen Zweifel gelassen. Und weil sie selbst ihn gar nicht mehr so abschreckend fand wie noch in Füssen – was vielleicht an der Entfernung lag. Sie wusste es nicht genau.

Und weil Benedikt Hoffmann mich niemals vergessen würde – und sollten hundert Jahre vergehen.

Sara erschrak heftig. Was geschah gerade mit ihr?

»Glaubst du«, fragte sie Bella, »man kann schon morgens einen Sonnenstich bekommen?«

Bella gähnte ausgiebig, ließ die Zunge raushängen und legte ihren Kopf wieder auf Saras Arm ab.

Höchste Zeit, wieder zur Vernunft zu kommen, entschied Sara und setzte ihren Weg fort. Der Fremde war ohnehin ihrem Blick entschwunden.

Ein paar Minuten später erreichte sie zunächst Paulines Geschäft. Ein paar junge Burschen waren dabei, die schweren, bunten Strandkörbe zu verteilen. Auf ihre Frage nach Pauline zeigte einer von ihnen auf die Bude und meinte, die Chefin schlafe noch.

»Im Büro?«, fragte sie und zeigte auf ein Schild mit der entsprechenden Aufschrift.

»Sie hat's da ganz gemütlich«, erwiderte der Junge und schickte ein Schulterzucken hinterher, das wohl bedeuten sollte: Alte Leute sind eben komisch.

Sara ging weiter zum Eiscafé. Es war ein hübsches, kleines Gebäude, weiß gestrichen und mit einer einladenden Terrasse. Erfreut stellte sie fest, dass die Eingangstür bereits geöffnet war. Sie band Bella draußen fest, klopfte sich den Sand von der Kleidung, schlüpfte wieder in ihre Sandalen und trat ein. Verheißungsvoller Kaffeeduft schlug ihr entgegen.

Sara bemerkte ein halbes Dutzend Bistrotische und Stühle sowie eine Anrichte aus hellem Fichtenholz mit gläserner Front. Die Wände waren in Pastelltönen gestrichen, auf mehreren Aquarellen waren die Insel, das Watt, das Meer und der Himmel zu sehen. Daneben hingen Bilder von Neapel und den italienischen Alpen.

»An denen ist mein Freund schuld«, erklärte eine hübsche große junge Frau, die aus einem angrenzenden Raum kam, vermutlich der Backstube. »Er stammt aus Neapel.« Sie schien Saras Blicke bemerkt zu haben.

Sara lächelte. »Wenn ich ein eigenes Geschäft auf Langeoog hätte, müssten da wahrscheinlich Bilder von Schloss Neuschwanstein und den Alpen hängen.«

»Das würde bestimmt auch sehr hübsch aussehen. Hallo, ich bin Sophie. Sophie Barensen.«

»Sara Wegner.«

»Sind Sie schon lange auf der Insel?«

»O nein. Erst seit gestern.«

»Ihr Name kommt mir irgendwie bekannt vor. Ach, ich weiß, Sie wohnen bei Pauline, richtig?«

»Ganz genau. Könnte ich wohl etwas Wasser haben?«

Sophie hob die Braunen. »Ich hätte jetzt geschworen, Sie hätten gern einen Kaffee.«

»Den auch. Aber mein Hund ist draußen.«

Wie auf Kommando winselte Bella los, dann hörte Sara eine angenehme Männerstimme: »Na, wen haben wir denn da? Du brauchst ganz dringend ein Bad. Und Wasser zu trinken. Sophie! Wir haben hier einen ausgesetzten kleinen Hund, der irgendwas mit den Augen hat.«

Sara stürmte nach draußen, Sophie folgte ihr.

Ein junger Mann mit braunem Haar fuhr Bella vorsichtig über den Kopf. »Armer, kleiner, hässlicher Hund.«

»Bella ist nicht hässlich, und sie ist auch nicht ausgesetzt worden! Sie gehört mir.« Ein bisschen wunderte sie sich über sich selbst. Seit wann war sie so energisch?

»Bella? Hast du gehört, Sophie? Das nenne ich mal einen optimistischen Namen. Entschuldigung«, setzte er hinzu, als er Saras Gesichtsausdruck bemerkte. »War nicht böse gemeint.«

»Das ist Matteo, mein Freund, der nicht weiß, wann er die Klappe halten sollte«, erklärte Sophie.

Sara schüttelte eine sandige Hand.

Matteo bat gleich noch einmal um Verzeihung, gab Sophie dann einen schnellen Kuss auf die Lippen und verkündete: »Gut, eins nach dem anderen. Ich schlage vor, die süße Bella von ihrer Sandschicht zu befreien. Hinter dem Haus haben wir einen Wasseranschluss. Ein paar alte Handtücher liegen da auch.«

»Dankeschön.«

Sara nahm Bella an die Leine und folgte Matteo um die Hausecke. Die Hündin durfte zunächst etwas von dem Wasser trinken, dann wurde sie trotz ihres Protestes gründlich gewaschen, abgetrocknet und schließlich noch in eine warme Decke gepackt. Schließlich schlug Matteo Sara vor, sich auf die Terrasse zu setzen. Er werde Kaffee besorgen und nachsehen, was Sophie schon gebacken hatte.

Er blieb ziemlich lange weg, fand Sara, aber ein glückliches Paar konnte wahrscheinlich nicht genug voneinander kriegen. Schließlich wurde sie mit einem Glas Mineralwasser, einem großen Cappuccino und zwei dicken Scheiben Rosinenbrot für ihre Geduld belohnt.

»Sophie lässt ausrichten, der Kuchen sei leider noch nicht fertig.«

»Es ist wirklich köstlich«, erwiderte Sara mit vollem Mund.

Bella verfolgte gespannt jede ihrer Bewegung.

»Das ist nichts für dich«, erklärte Sara ihr zärtlich. »Davon bekommst du Bauchweh. Aber wir gehen gleich nachher Hundefutter kaufen.«

Sie fing einen Blick von Matteo auf.

»Finden Sie mich schrullig, weil ich mit meiner Hündin rede?«

Er grinste. »Kein Stück. Ich erzähle ständig meiner Eismaschine, was mir so im Kopf herumgeht.«

Sara lachte. Dieser Mann war ihr ungemein sympathisch, genau wie seine Freundin. In groben Zügen erfuhr sie, dass die beiden erst im vergangenen Jahr das Eiscafé eröffnet hatten – nachdem sie herausgefunden hatten, dass viele Kuchensorten sich mit Eisspezialitäten ausgezeichnet vertrugen.

»Und nachdem wir entdeckt haben, dass wir beide uns eigentlich auch ganz gut vertragen«, setzte er schmunzelnd hinzu.

»Und wie läuft es so?« Sara spürte, dass ihr die Hitze ins Gesicht stieg. »Ich meine, das Geschäft.«

Matteo blitzte sie aus dunkelbraunen Augen an. Eine Sekunde lang erinnerte er sie an Benedikt Hoffmann, aber wohl nur, weil beide ähnliche Frisuren hatten. Vronis Lieblingskunde war bestimmt vollkommen humorlos.

»Wir sind zufrieden«, antwortete Matteo. »Im Winter hatten wir ein bisschen zu kämpfen, aber mit ihren ostfriesischen Backwaren hat Sophie es geschafft, sich auch einen Kundenstamm aus Insulanern aufzubauen.«

In seiner Stimme klang Liebe und Stolz mit, und Sara beschlich ein heimliches Gefühl von Neid. Sie schüttelte es schnell ab. Das war unter ihrer Würde!

Matteo schaute wieder auf Bella, die einen wahrhaft kläglichen Eindruck machte. »Arme Kleine. Möchtest du vielleicht eine halbe Kugel Vanilleeis probieren? Ist noch von gestern übrig und garantiert ohne Zucker und Farbstoffe.«

Als hätte sie ihn verstanden, ließ Bella ihre Zunge heraushängen.

»Ich glaube, das ist ein Ja.«

»Aber wirklich nur ein bisschen«, bat Sara.

»Klar.«

Matteo verschwand kurz im Café und kehrte schon wieder erst nach geraumer Zeit zurück. Das Eis war halb geschmolzen, und Bella schlabberte es innerhalb von drei Sekunden auf.

»Sie mag es!«, rief Matteo aus. »Jetzt sind wir für alle Zeiten beste Freunde.«

Von der Tür her ließ sich Sophie vernehmen: »Was bist du doch für ein Kindskopf!«

Sara lachte schon wieder. Sie hoffte inniglich, sie selbst wäre in diese Freundschaft auch eingeschlossen. Mochte sein, dass sie Sophie und Matteo erst seit einer Stunde kannte, aber es fühlte sich so an, als seien die beiden schon immer in ihrem Leben gewesen.

»Kommen eigentlich außer mir keine Gäste zum Frühstück?«

Sophie schüttelte den Kopf. »Das bieten wir gar nicht an. Wir öffnen erst um zwölf.«

»Oh, dann tut es mir leid, dass ich …«

»Quatsch. Ist uns ein Vergnügen.« Sophie setzte sich zu ihr und bat Matteo: »Da sind vier Tortenböden im Ofen. Passt du bitte auf die auf? Dann kann ich eine Pause einlegen.«

»Aber ja, Amore mio. Ich bringe dir sogar einen Espresso.«

»Matteo muss auch gleich wieder weg, um seine Eiscreme zu holen«, sagte Sophie zu Sara. »Die bereitet er in seiner professionellen Küche im Ort zu. Sein Bruder Riccardo und er haben dort bis letztes Jahr die Eisdiele *Dolomiti* betrieben. Jetzt arbeiten Matteo und ich hier zusammen, und Riccardo hat einen Eiswagen am Hauptbad stehen.«

Sara erinnerte sich, dass Pauline etwas darüber gesagt hatte. »Riccardo? Der Inselcasanova? Dem Keno Fischer jetzt den Rang abläuft?«

»Sie kennen Keno?« Sophies Blick war eindringlich, und Sara fürchtete, dass sie schon wieder rot wurde. Aber Sophie schien eine Menge Taktgefühl zu besitzen, denn sie wechselte das Thema. Von der Terrasse aus konnte man Paulines Strandkorbverleih und die leerstehende Bude daneben sehen.

Nun wies Sophie genau dorthin. »Am liebsten würde Matteo dort eine Pizzeria eröffnen, aber das habe ich ihm ausgeredet. Wie sollen wir das schaffen? Klar, abends könnte ich auch ein paar herzhafte Teile backen, aber jemand anders müsste die Bude führen. Vielleicht als Bar. Drüben am Hauptbad gibt es so etwas, und der Laden ist jeden Abend rappelvoll. Ach ja, schade, dass man nicht alles machen kann.«

Sara schaute erst Sophie an, dann fixierte sie die Bude.

Ist das jetzt Zufall oder Schicksal?, fragte sie sich. Und bevor sie sich selbst bremsen konnte sagte sie: »Ich kann ziemlich gute Cocktails mixen.«

Sophies blaue Augen wurden groß und rund. »Wirklich? Zu dumm, dass Sie bald schon wieder abreisen.«

Sara hob kurz die Schultern. »Ich habe noch nicht entschieden, wie lange ich bleibe.« Dann erzählte sie Sophie ihre Geschichte – nur den Teil mit Keno ließ sie weg.

8. Kapitel

Mit einigen stürmischen und regnerischen Tagen ging der Juli auf Langeoog zu Ende. Auch an diesem letzten Samstag des Monats war keine Wetterbesserung in Sicht.

Sara seufzte. Sie saß mit Bella auf dem Schoß im Eiscafé und schaute nun schon seit einer halben Stunde durch das große Panoramafenster nach draußen. Schwere, dunkle Wolken ballten sich am grauen Himmel, das Meer hatte die Farbe von Granit, der Strand wirkte nahezu schwarz. Kein Mensch ließ sich blicken. Paulines Strandkörbe waren seit zwei Tagen nicht aufgestellt worden.

Auch im Eiscafé fehlten die Gäste. Nur Sara und Vroni waren an diesem Nachmittag über die Dünen hergelaufen, fest eingepackt in die typischen Friesennerze und mit hohen Gummistiefeln an den Füßen. Bella war in Saras Armen freiwillig unter die gelbe Regenjacke gekrochen.

Nun tranken die Freundinnen starken Tee, knabberten an ein paar Mandel-Sanddorn-Keksen und gaben sich ihrer trüben Stimmung hin.

»Zu Hause ist es warm und trocken«, sagte Vroni. Sie hielt ihr Handy hoch. Eine Webcam übertrug Füssen im schönsten

Sonnenschein. »Das perfekte Wetter für eine Bergwanderung. Ich würde zu gern mal wieder auf den Tegelberg steigen.«

Sara musterte die Freundin aufmerksam. Wie kam es, dass sie Füssen immer noch als ihr Zuhause bezeichnete?

Seit sie nach Langeoog gezogen waren, hatte Vroni sich verändert. Im Allgäu war sie die Chefin von *Vronis Schuheck* gewesen und hatte zuletzt viele Sorgen gehabt. Gerade deshalb war sie auch ziemlich ausgeflippt gewesen, zumindest für eine Frau Anfang sechzig – definitiv unkonventionell und immer auf der Suche nach einem neuen Abenteuer.

Auf der Insel war sie zur Ruhe gekommen, diesen Eindruck hatte zumindest Sara gewonnen. Ragnar Asmussen machte Vroni seit dem Tag ihrer Ankunft den Hof, und obwohl er – klein und rundlich wie er war – kaum Vronis Ideal von einem Mann entsprach, musste er etwas an sich haben, das sie faszinierte. Nur schien die Beziehung der beiden nicht so recht vom Fleck zu kommen, und Vroni schimpfte immer öfter über ihn.

Und ich?, fragte sich Sara im Stillen. *Habe ich mich verändert?*

Ja, entschied sie. *Das habe ich.*

Noch vor gut sechs Wochen war sie extrem schüchtern gewesen und hatte sich im Schuhladen am liebsten im Lager verkrochen. Hier auf Langeoog ging sie viel mehr aus sich heraus. Das hatte sie auch Bella zu verdanken. Die Hündin, die sie vor ihrer Abreise aus dem Tierheim geholt hatte, erregte nach wie vor die Aufmerksamkeit der Passanten, und so kam Sara zwangsläufig mit vielen Leuten ins Gespräch.

Lächelnd strich sie Bella über den Kopf. Aus dem bemitleidenswerten Wesen, das sie aus dem Tierheim geholt hatte, war zwar keine Schönheit geworden, aber Bella hatte immerhin aufgehört, so furchtbar zu keuchen. Außerdem war ihr weißgraues Fell an den kahlen, rosaroten Stellen nachgewachsen, und ihr nackter Rattenschwanz hatte sich in eine hübsche Rute mit kurzen, seidigen Haaren verwandelt. Die abgeknickten Ohren, die Glubschaugen, die platte Schnauze und die heraushängende Zunge waren jedoch geblieben.

»Wer hätte das gedacht«, bemerkte Vroni.

»Was denn?«

»Dass die hässliche Bella zum Liebling der Insulaner wird.«

Sara lächelte. »Ich habe dir von Anfang an gesagt, dass sie eine schöne Seele hat. Das merken die Leute.«

Vroni legte ihr Handy auf den Tisch zurück und nickte friedfertig. »Apropos Anfang. Ich fürchte, ich bin am Ende angelangt.«

»Wie meinst du das?«, fragte Sara alarmiert.

»Ach, Süße, ich denke, das weißt du genau.«

Ein Kloß saß auf einmal in Saras Hals. »Du willst weg.«

»Ganz genau.«

»Aber du kannst mich doch nicht einfach allein lassen!« Für eine Frau Mitte Dreißig klang das ziemlich kindisch, aber Sara liebte Vroni wie eine ältere Schwester.

»Du bist nicht allein«, erinnerte Vroni sie sanft. »Du hast neue Freunde. Pauline und Ragnar zum Beispiel. Und auch Sophie und Matteo.«

Sara nickte. Und sie hatte Bella. Trotzdem, Vroni würde ihr schrecklich fehlen.

Vor einem Monat war Vroni mit ihr nach Langeoog gefahren, angeblich, um aufzupassen, dass Sara keine Dummheiten machte – mit Keno Fischer, einer früheren Urlaubsliebe.

Tja, dachte Sara nun mit einem Anflug von Bitterkeit. *Die Sorge hätte Vroni sich sparen können.*

Keno hatte Sara nämlich seinerseits komplett vergessen, und bislang war sein Erinnerungsvermögen nicht zurückkehrt – was vermutlich angesichts seiner zahlreichen Flirts kein Wunder war. Außerdem waren sie sich in diesen Wochen auch nur ein paar wenige Male kurz begegnet. Allerdings hatte Sara neuerdings einen Plan. Seit Wochen schon dachte sie über eine Möglichkeit nach, Keno endlich näherzukommen. Nun wusste sie die Lösung; bloß musste dafür die Sonne scheinen. Und niemand durfte ihr vorher auf die Schliche kommen.

Ihre neuen Freunde wussten noch nichts über die unglückselige Geschichte, obwohl Pauline vielleicht etwas ahnte. Keno war ihr Neffe, und ein paarmal war sie dabei gewesen, als Sara auf den großen, blonden Mann traf, der noch immer einen Sturm der Gefühle in ihr auslöste. Womöglich hatte auch Vroni geplaudert, obwohl sie Sara geschworen hatte, sie werde den Mund halten. Die ganze Situation war schon peinlich genug. Sara wollte sich gar nicht ausmalen, wie Pauline und die anderen über sie urteilen würden, wenn bei ihrem Plan etwas schiefging.

Wieder schaute sie aus dem Fenster. *Vielleicht,* dachte sie, *ist es gar nicht so schlecht, wenn Vroni für eine Weile nicht da ist. Dann fühle ich mich nicht so beobachtet.*

»Du wirst mir fehlen«, sagte sie trotzdem und konzentrierte sich auf die Regentropfen an der Scheibe. Mit einiger Mühe schluckte sie den Kloß in ihrem Hals herunter. »Ohne dich wird es einsam sein im Hexenhäuschen.«

Ihr Ferienhaus hatte diesen Spitznamen von Vroni bekommen, als sie es zum ersten Mal gesehen hatte, und es war dabei geblieben.

Vroni winkte ab. »Vielleicht kommst du mehr unter Leute, wenn ich abgereist bin. Immer nur lange Spaziergänge, der Hundestrand und das Eiscafé bringen dich auch nicht weiter.«

»Ich fühle mich ganz wohl so.«

»Kann sein, aber du tust nichts.«

Ja, das war ein Problem. Sara hatte ihr Leben lang gearbeitet, und die Vorstellung, auch in Zukunft dem Müßiggang zu frönen, gefiel ihr gar nicht. Doch bisher fehlte ihr der Mut, etwas Neues zu wagen.

»Ich kann es mir leisten, noch eine Weile Urlaub zu machen«, erwiderte sie daher nur. »Wahrscheinlich muss ich nie wieder arbeiten. Es gibt zwei sehr gute Angebote für mein Haus in Füssen.«

Vroni schenkte ihnen beiden Tee aus der bauchigen Kanne nach. »Du willst es also wirklich durchziehen.«

»Natürlich.« Sara war fest entschlossen, auf Langeoog zu leben. Hier fühlte sie sich frei, hier atmete sie auf.

Vroni nahm sich noch einen Keks und sprach dann wie gewohnt aus, was sie dachte: »Obwohl Keno Fischer nichts mehr von dir wissen will.«

Ihre Worte waren wie ein Schlag in die Magengrube, doch Sara schaffte es, nicht zusammenzuzucken.

»Mein Wunsch, hierzubleiben, hat nichts mit ihm zu tun«, gab sie zurück und hoffte, ihre Stimme klang fest und überzeugend. »Jedenfalls nicht mehr.«

Von ihrem Plan würde sie nichts verraten.

Insgeheim stellte sie sich schon vor, wie sie mit dem Mann, den sie liebte, doch noch glücklich werden würde. Sie würden in einem schönen Haus wohnen – Keno würde jegliches Interesse an anderen Frauen verlieren, fleißig seiner Arbeit als Fährkapitän nachgehen und zusätzlich Wattwanderungen veranstalten. Ihre eigene Rolle in diesem Traum vom Glück sah Sara nicht ganz so klar vor sich. Vielleicht würde sie ein Kind bekommen, einen kleinen Jungen, der ganz nach seinem Vater kam. Vielleicht würde sie zufrieden zu Hause bleiben. Oder sie würde wieder arbeiten, vielleicht sogar als Barkeeperin! Mit Keno an ihrer Seite wäre sie bestimmt selbstbewusst genug dafür.

Vroni warf ihr einen langen, nachdenklichen Blick zu. Schließlich meinte sie: »Das glaubst du mir bestimmt nicht, aber ich werde dir was verraten: Ich denke, du könntest hier sehr wohl ohne diesen Frauenhelden glücklich werden.«

»Keno ist kein …«

Vroni hob die Hand, um sie zu unterbrechen. »Lass gut sein, Sara. Hast du in letzter Zeit mal gründlich in den Spiegel geschaut?«

»Was soll das denn jetzt heißen?« So langsam war sie es leid, von Vroni ständig beurteilt und durchschaut zu werden.

»Ganz einfach: Du bist richtig hübsch geworden – auch ohne stürmische Liebesnächte mit deinem Wikinger. Dein braunes Haar hat einen Goldschimmer bekommen, deine Haut ist leicht gebräunt, und du hast ein paar Kilo zugelegt. Du ziehst auch nicht mehr so die Schultern ein, und dein Lächeln ist schön und groß geworden.«

»Ach, hör schon auf«, erwiderte Sara verlegen.

»Es stimmt.«

»Du übertreibst maßlos.«

»Nein. Frag Pauline. Frag die Anderen. Von deiner Schüchternheit ist auch nicht mehr viel zu spüren. Du könntest es hier schaffen, Sara. Auch allein. Oder ...«

»Oder?«

»Tja, ich wüsste da einen Mann, der prima zu dir passen würde.«

»Jetzt fang nicht schon wieder damit an!«

Seit Wochen redete Vroni immer wieder von Benedikt Hoffmann, einem Stammkunden aus Füssen, der angeblich in Sara verliebt war. Ein großer, schlaksiger Typ, der aber ebenfalls extrem zurückhaltend war und sie daher noch nie um ein Date gebeten hatte.

»Doch«, beharrte Vroni. »Vertrau meiner Menschenkenntnis. Ihr wärt das perfekte Paar.«

»Im Leben nicht!« Das ein oder andere Mal hatte Sara in den vergangenen Wochen tatsächlich an ihren stillen Verehrer aus Füssen gedacht – doch niemals könnte sie sich in einen Mann verlieben, der so durchsichtig wirkte. Sie nahm einen Schluck lauwarmen Tee.

»Außerdem leben wir jetzt mehr als 700 Kilometer voneinander entfernt«, fügte sie hinzu.

»Das muss ja nicht für immer so sein.«

»Aber ich will auf Langeoog bleiben!«

Vroni schmunzelte. »Ich habe nicht gesagt, dass du zurück nach Füssen ziehen sollst.«

Sara stellte ihre Tasse so heftig zurück, dass sie klapperte. Bella auf ihrem Schoß zuckte im Schlaf. Sanft strich Sara ihr über den Kopf.

Dann fragte sie, einer unguten Vorahnung folgend: »Was hast du vor?«

»Gar nichts«, erwiderte Vroni, wich jedoch ihrem Blick aus. »Ich würde mir niemals erlauben, mich in dein Leben einzumischen.«

Da brach Sara in schallendes Gelächter aus. Ihre ehemalige Chefin ließ seit zwanzig Jahren keine Gelegenheit aus, genau das zu tun.

»Ich warne dich«, sagte sie, als sie sich wieder beruhigt hatte. Diesmal hörte sie selbst, wie fest ihre Stimme klang. »Halt dich aus meinen Angelegenheiten raus, sonst …«

»Sonst was?«

Sara beugte sich über die Tisch und blickte Vroni fest in die Augen. »Sonst muss ich mir gut überlegen, ob ich noch länger deine Freundin sein will.«

Sie lehnte sich schnell wieder zurück, weil Bella zwischen ihren Beinen und der Tischkante eingeklemmt wurde.

Vroni schien nun auch lachen zu wollen, überlegte es sich jedoch anders und strich sich nur ein paarmal nachdenklich über das Gesicht.

»Okay«, meinte sie schließlich. »Ich werde mich bemühen, mich nur noch um meinen eigenen Kram zu kümmern.«

Das war nicht ganz das Versprechen, das Sara hatte hören wollen, aber im Augenblick gab sie sich damit zufrieden. Und weil sie nicht mehr über sich selbst reden wollte, fragte sie: »Was sagt denn Ragnar dazu, das du weg willst?«

Vroni drehte eine rote Haarsträhne um den Finger. »Ragnar ist ja mein größtes Problem«, erwiderte sie.

»Inwiefern?«

»Am Anfang lief alles prima. Ich fand es spannend, was er alles über die Inselgeschichte wusste. Er kann wirklich schön erzählen. Und er ist auch ein sehr guter Liebhaber.«

So genau wollte Sara das nicht wissen. »Vroni …«

»Was man so einem kleinen, runden Mann gar nicht zutrauen würde. Aber an den richtigen Stellen ist er …«

»Vroni!«

»Was denn?«

»Ich will keine Details hören.«

Ihre Freundin grinste breit. »Sei nicht so prüde. Dafür bist du zu jung.«

Sara biss sich auf die Lippen und suchte angestrengt nach einer schlagfertigen Erwiderung. Ihr fiel keine ein, also fragte sie nur: »Und warum gehst du dann fort?«

»Weil er immer merkwürdiger wird.« Das Grinsen erlosch, zurück blieb ein betrübter Gesichtsausdruck. »Auf einmal hat er nicht mehr so viel Zeit für mich. Ständig erfindet er eine neue Ausrede, warum wir uns nicht sehen können.« Trübselig schaute sie in ihre Teetasse. »Ein kräftiger Schuss Rum wäre jetzt gut.«

Sara drohte spielerisch mit dem Zeigefinger. »Du weißt, dass Sophie keinen Alkohol ausschenken darf.«

Vroni tat ihr leid, bemerkte sie. Das war ein ganz neues Gefühl, und sie stutzte einen Moment. Immer hatte Sara gedacht, dass Vroni die stärkere Frau von ihnen beiden war. Die ältere, lebenserfahrene, mutige. Und doch war Vroni im Grunde auch nur ein Mensch, der sich nach der wahren Liebe sehnte. Darüber konnten weder ihre burschikose Art noch ihre Tattoos und schon gar nicht ihre auffallenden Klamotten hinwegtäuschen.

»Eigentlich ist er gar nicht dein Typ«, sagte sie vorsichtig.

Vroni zog die Mundwinkel nach unten. »Das hat nichts zu bedeuten. Er ist keiner dieser Weichlinge. Ich … ich mag ihn sehr. Aber er mich offensichtlich nicht.«

»Wie kommst du darauf?« Allzu viel Erfahrung hatte Sara in Liebesdingen nicht, aber sie wollte ihrer Freundin wenigstens eine gute Zuhörerin sein.

»Er zieht sich von mir zurück. So etwas merke ich.«

»Vielleicht hat er einfach viel zu tun?«

»Ach ja, und was? Er ist pensionierter Lehrer. Der hätte, wenn er wollte, den ganzen Tag Zeit für mich. So wie in den ersten zwei Wochen.« Vroni seufzte schwer. »Das waren schöne Tage.«

Sara dachte daran, dass sie sich in der ersten Julihälfte oft einsam gefühlt hatte, weil Vroni sich kaum blicken ließ. Ohne Pauline, Sophie und Matteo – und vor allem ohne Bella – hätte sie es kaum ausgehalten. Aber natürlich hatte sie kein Wort zu Vroni gesagt, sondern sich für sie gefreut.

»Du warst viel bei ihm«, bemerkte sie nun.

»Ja, sein Haus im Zentrum ist wirklich schön, nicht nur, weil es größer ist als das Hexenhäuschen. Irgendwie ist es aber auch unheimlich.«

»Unheimlich?«, wiederholte Sara. »Warum das denn?«

»Die Tür zur Mansarde ist versperrt. Da darf ich nie rauf. Einmal habe ich ihn scherzhaft gefragt, wieso eigentlich. Andere Leute hätten ihre Leichen doch im Keller. Ob er seine etwa auf dem Dachboden deponiert hätte?«

»Und?«, fragte Sara gespannt. »Was hat er gesagt?«

»Nichts. Er hat mich nur ganz merkwürdig angeschaut, irgendwie bohrend. Mir ist da echt ein kalter Schauder über den Rücken gelaufen.«

»Vielleicht ist da oben einfach nur sein Hobbyraum. Und da hat er Miniatureisenbahnen aufgebaut oder so etwas in der Art.«

Vroni schüttelte den Kopf. »Glaube ich nicht. Da steckt was anderes dahinter. Aber ich habe es nicht geschafft, nachzusehen. Als er mal zu einer seiner langen abendlichen Strandwanderungen aufgebrochen ist, habe ich tatsächlich versucht, das Türschloss zu knacken.«

»Vroni!«

»Hat sowieso nicht geklappt. Aber ich glaube, er hat was gemerkt. Seitdem lässt er mich nicht mehr in seinem Haus allein.«

Sara versuchte, sich einen Reim auf die Geschichte zu machen. Es gelang ihr nicht. »Manchmal sehe ich ihn am Strand«, sagte sie nur. »Auch ganz früh am Morgen. Bevor die Touristen kommen.«

Vroni schaute sie überrascht an. »Das habe ich noch gar nicht mitbekommen. Zu der Zeit schlafe ich tief und fest.«

»Ist bestimmt ganz harmlos«, meinte Sara.

»Vielleicht. Vielleicht ist er aber auch wirklich ein Strandräuber.«

»So ein Quatsch!«

»Ich sage dir, Sara, mit dem Mann stimmt was nicht. Und mit deinem Wikinger übrigens auch nicht.«

Jegliches Mitgefühl für Vroni verschwand schlagartig. »Kannst du Keno nicht *ein einziges Mal* in Ruhe lassen? Er ist kein schlechter Mensch.«

Vroni ließ das unkommentiert. Eine Weile schwiegen sie beide, und die schlechte Stimmung zwischen ihnen breitete sich aus wie die einlaufende Flut auf dem Wattboden.

Schließlich war es Vroni, die in versöhnlichem Tonfall sagte: »Es tut mir leid, Sara. Nur weil ich frustriert bin, sollte ich deinen Krabbenfischer nicht schlechtmachen.«

»Fährkapitän«, korrigierte Sara sie automatisch. »Und Wattführer.«

»Schon klar. So was hätte ich übrigens gern mal mitgemacht.«

»Was?«, fragte Sara, von plötzlicher Unruhe erfasst.

»Na, eine Wattwanderung. Unter der fachmännischen Leitung von deinem Wikinger.«

»Ich ... glaube nicht, dass dir das Spaß machen würde. Wann willst du eigentlich abreisen?«

Vroni hob die Augenbrauen. »Hast du es auf einmal eilig, mich loszuwerden?«

»Natürlich nicht. Ich habe nur gefragt. Weil ... vielleicht kann ich eine kleine Abschiedsparty für dich geben.«

»Abschiedsparty, so so.«

Sophie kam mit einem Kuchentablett aus der Backstube. »Was höre ich da? Tolle Idee! Ich bin dabei.«

Sara fiel auf, dass Sophie nicht fragte, für wen die Party sein sollte. Anscheinend wussten alle anderen bereits, dass Vroni abreisen würde. Nur sie, Sara, hatte es zuletzt erfahren.

9. Kapitel

Am Abend hingen noch immer dicke graue Wolken am Horizont, aber es regnete nicht mehr, und die Luft am Strand roch schon fast wieder sommerlich. Sara sog tief den Duft nach Salz und Meer ein. Von den Dünen her gesellte sich ein Hauch von Sanddorn und blühenden Heckenrosen dazu.

Pauline hatte darauf bestanden, die Abschiedsparty für Vroni auszurichten. Ihre Jungs hatten fünf Strandkörbe im Halbkreis aufgestellt, Laternen verteilt und sogar ein paar Lampions an langen, tief in den Sand gerammten Stangen aufgehängt. Auf einem großen Grill briet Matteo nun frisch gefangene Nordseeschollen.

Diesen Duft fand Bella auf dem Sitzkissen neben Sara am interessantesten. Sie setzte sich auf, schnupperte selig und jaulte leise.

Sara lachte. »Benimm dich. Das ist sowieso nichts für dich.«

»Ich habe ein kleines Stück Filet ungewürzt gelassen«, sagte Matteo. »Für meine besondere Freundin.«

»Was?«, rief Sophie scheinbar entrüstet. »Hast du etwa andere Frauen neben mir?«

»Nur vierbeinige, Amore mio.«

Sophie stieß ihm einen Ellenbogen in die Seite, gab ihm dann einen Kuss und stellte einen großen Korb mit noch dampfenden Brötchen auf einem Klapptisch ab. Den Tisch hatte Ragnar mitgebracht, zusammen mit einer Tüte voller Leckereien von Fisch-Klette.

Sara musste an ihren ersten Abend auf der Insel denken. Auch da hatte Ragnar köstliches Essen mitgebracht und mit seinen Erzählungen Vronis Herz im Sturm erobert. Heute saßen die beiden zwar im Strandkorb neben Sara beieinander, doch es herrschte angespanntes Schweigen zwischen ihnen.

»Kinners, man nicht so trübsinnig!«, rief Pauline aus. Sie stand am Tisch und mischte einen Matjessalat durch. »Muss ich etwa meinen Aquavit holen, damit hier Stimmung aufkommt?«

Sara bemerkte, dass Vroni sich leicht über die Lippen leckte, doch dann schüttelte sie den Kopf. »Nein danke. Sara mixt nach dem Essen für uns alle Cosmopolitans. Ich denke, das reicht dann an Alkohol.«

Sie hatte Sara am Nachmittag darum gebeten, und gemeinsam hatten sie alle Zutaten besorgt. Ihr Equipment hatte Sara ohnehin in einer extra Tasche aus Füssen mitgebracht.

»Warum ausgerechnet Cosmopolitans?«, hatte sie nur gefragt.

Vroni hatte gegrinst. »Damit ich mich daran erinnere, dass es hinter Langeoog und dem Wattenmeer noch eine große weite Welt gibt.«

Nun klatschte Sophie in die Hände. »Ich freue mich schon drauf. Dann kann ich mir einbilden, die Dünen da hinten seien die Skyline von New York.«

»Hast du Fernweh, Amore mio?«, erkundigte sich Matteo.

»Ach was. Mir geht's prima hier.« Sie ging wieder zu ihm an den Grill und küsste ihn erneut, diesmal deutlich länger.

Pauline rümpfte die Nase. »Ich habe gesagt, ich will Stimmung, kein Rumgeknutsche bis die Seehunde ins Wasser fliehen.«

Alle lachten, und auch Sara kicherte vor sich hin.

»Deswegen denke ich, ein Schnäpschen vor dem Essen kann nicht schaden«, ergänzte Pauline. Sie wandte sich schon ihrer Bude zu, als Vroni die Hand hob.

»Für mich aber wirklich nicht. Ich will morgen nicht verkatert die Heimreise antreten.«

Sara erschrak. »Morgen? Du willst morgen schon fort? Davon hast du ja noch gar nichts gesagt.«

Vroni beugte sich vor und tätschelte Saras Knie. »Tut mir leid, Süße. Ich hab's selbst erst vor eine Stunde entschieden. Du kennst mich. Wenn ich einmal einen Entschluss gefasst habe, dann ziehe ich den auch schnell durch.«

»Ja«, erwiderte Sara dumpf. »Aber ich dachte, ein paar Tage wärst du wenigstens noch hier.«

Vroni schaute sie liebevoll an. »Es ist besser so.«

Dann wandte sie sich zu Ragnar um. »Bist du froh, dass du bald wieder deine Ruhe hast?«

Ragnar antwortete nicht, aber Sara sah genau, wie ein kurzer, heftiger Schmerz über sein Gesicht zuckte, bevor er sich wieder bemühte, zu lächeln. Vroni schien es nicht zu bemerken, denn sie wurde nun von Pauline in eine Unterhaltung verwickelt. Es ging um Komfortschuhe, und Pauline behauptete, Vroni würde mit einem neuen Laden auf Langeoog gute Geschäfte machen.

»Glaube ich nicht«, erklärte Vroni entschieden. »Hier läuft man in Gummistiefeln oder barfuß rum. Und Internet gibt es auf der Insel genauso wie auf dem Festland. Ich hätte also auch hier mit der billigen Konkurrenz zu kämpfen.«

Sara gab ihr insgeheim recht, aber Pauline ließ sich von ihrer Idee nicht so leicht abbringen. Sie verließ den Klapptisch und setzte sich in den freien Strandkorb auf Saras anderer Seite. »Muss ja kein großer Laden sein. Klein und fein, mit ein paar ausgewählten Stücken und einem Angebot für maßgefertigte Schuhe. Ich wäre deine erste und beste Kundin.«

»Und wahrscheinlich meine einzige«, unkte Vroni. »Aber keine Sorge, Pauline. Dich versorge ich auch ohne eigenen Laden mit passendem Schuhwerk. Deine Maße habe ich ja schon, du wirst bald ein Päckchen von mir bekommen.«

»Danke. Überleg's dir trotzdem. Meine Bude hier nebenan steht leer.«

Vroni lachte auf. »Ich soll Schuhe am Strand verkaufen? Ernsthaft?«

Pauline hob die Schultern. »Tja, ich könnte sie auch für was anderes verwenden, aber ich habe so meine Zweifel, ob das klappt.«

»Sei still!«, rief Sophie und warf Pauline einen strengen Blick zu.

Sara verkroch sich tiefer in ihren Strandkorb und vermied es, Sophie anzusehen. Offenbar hatte die Freundin mit Pauline schon über die Einrichtung einer Strandbar geredet und dabei Sara erwähnt. Aber Sara wagte es noch nicht einmal, überhaupt an so etwas zu denken. Sie atmete erst auf, als die Ankunft von zwei weiteren Partygästen die Unterhaltung vorübergehend beendete.

»Da bist du ja«, sagte Matteo zu dem unglaublich attraktiven, hochgewachsenen Italiener. Sara hatte seinen Bruder Riccardo zwar schon ein paarmal getroffen, aber sie war jedes Mal aufs Neue überwältigt von seinem Aussehen. Riccardo schickte ein gewinnendes Lächeln in die Runde.

»Annabel ist übrigens seit Kurzem seine Verlobte und somit meine zukünftige Schwägerin«, fügte Matteo, an Sara gewandt, hinzu. »Ich könnte mir keine bessere wünschen.«

Auch die junge rothaarige Frau kannte Sara nur flüchtig. Fröhlich grüßte sie die Partygäste, und ihre Augen sprühten geradezu vor Glück.

Ein leises Gefühl von Neid schlich sich in Saras Herz. Matteo und Sophie, Riccardo und Annabel.

Bin ich denn nur von glücklichen Paaren umgeben?, fragte sie sich. Im nächsten Moment war sie zutiefst beschämt.

Sie war noch nie ein missgünstiger Mensch gewesen, und würde jetzt nicht damit anfangen. Außerdem waren Vroni und Ragnar kein glückliches Paar mehr, Pauline saß allein in ihrem Strandkorb, und Sara hatte wenigstens Bella neben sich.

»Die Schollen sind fertig«, verkündete Matteo.

Pauline warf einen schnellen Blick auf ihre Armbanduhr. »Ich dachte eigentlich, Keno würde pünktlich sein.«

»Der und pünktlich?«, fragte Ragnar amüsiert. »Eher trocknet die Nordsee aus.«

Sara saß da wie erstarrt. Keno würde kommen? Wieso hatte sie niemand gewarnt? Sie hätte ein hübsches Kleid angezogen, und nicht diese ollen Jeans und das Flanellhemd, das sie schon in Füssen hätte aussortieren sollen.

Sie spürte Vronis Blick auf sich ruhen, aber schaute nicht

auf, zog die Schultern ein und ließ die Haare vors Gesicht fallen.

Bella neben ihr stupste sie mit ihrer kurzen Schnauze an. Die kleine Hündin besaß ein besonderes Gespür für Saras Stimmungen. Als jedoch Matteo sie mit einem Stückchen Fisch lockte, hüpfte sie wagemutig von dem für sie unglaublich hohen Sitz, landete weich im Sand und tapste auf ihren neuen Freund zu.

Verräterin, dachte Sara, musste aber lächeln.

Matteo fütterte Bella mit winzigen Stückchen abgekühltem Schollenfilet und versprach ihr für später noch eine halbe Kugel Vanilleeis.

»Ich dachte«, erklang da eine tiefe melodische Stimme, »das hier wäre ein Grillfest für Menschen. Habe ich was falsch verstanden? Hätte ich einen Hund mitbringen sollen?«

Alle wandten sich um, und wer in einem Strandkorb saß, erhob sich oder reckte sich, um besser zu sehen. Bloß Sara kroch tiefer in ihren hinein, zog die Beine an und verbarg sich im Halbdunkel.

»Red' keinen Stuss, Keno!«, rief Pauline aus.

»Stuss?« erkundigte sich Vroni leise bei Ragnar.

»Unsinn, Quatsch, Blödsinn«, übersetzte der.

»Aha.«

»Hallo, Tantchen«, Keno musste fast in die Knie gehen, um Pauline auf die Wange zu küssen. Er war tief gebräunt, was seine Augen und Haare noch heller wirken ließ.

»Entschuldige die Verspätung. Ich hatte noch … ähm … Verpflichtungen.«

Sara bemerkte, wie Sophie, Annabel, Matteo und Riccardo wissende Blicke tauschten, wobei in Riccardos Augen kurz so etwas wie Nostalgie aufleuchtete – bis er von Annabel in die Seite geknufft wurde und sein Blick nur noch ihr galt, nicht mehr seiner Vergangenheit als Inselcasanova, wie Sara vermutete.

Dieser kurze, stumme Austausch gab ihr ein wenig Hoffnung.

Ein Frauenheld kann sich ändern, sagte sie sich nicht zum ersten Mal. *Riccardo ist das beste Beispiel.*

Nachdem Keno fröhlich in die Runde gegrüßt hatte, setzte er sich zu Pauline in den Strandkorb.

In meinem wäre auch noch Platz gewesen, dachte Sara, machte sich jedoch gleichzeitig unsichtbar.

»Was soll dat werden?«, fragte Pauline. »Glaubst du, du wirst hier bedient? Los, mach uns zwei Teller voll. Ich will Matjessalat, eine schöne Scholle und eins von Sophies Brötchen.«

Keno stand lachend wieder auf, füllte zwei Teller, während sich auch die anderen bedienten, kehrte zurück und setzte sich neben Sara.

Sie erstarrte. Dann überlegte sie fieberhaft, ob sie wohl irgendwie durch die Rückwand entkommen konnte. Keine Chance, das Flechtwerk war undurchdringlich. In der nächsten Sekunde wurde sie von wilder, jubelnder Freude erfüllt. Keno hatte sie gesehen, obwohl sie sich so klein gemacht hatte. Und er wollte den Abend mit ihr verbringen!

»Holzkopp!«, knurrte da Pauline. »Ich bin hier. Du bist im falschen Strandkorb, und wenn Bella noch da gewesen wäre, hättest du sie zerquetscht.«

»Na so was«, sagte Keno, runzelte die Stirn und blickte Sara an. »Du bist nicht meine Tante.«

»Nein«, flüsterte sie.

»Aber auch nicht Bella.«

»Das ist mein Hund.«

»Aha«, sagte Keno, der sichtlich überfordert war.

»Holzkopp, komm her!«

Er wollte aufstehen, doch da bekam Pauline von Riccardo einen vollen Teller gereicht. Aus den Augenwinkeln sah Sara, wie sie dankbar nickte und sich über den Fisch hermachte.

»Schätze, ich habe ein Essen zu viel«, meinte Keno und lächelte.

Da schmolz Sara dahin. Vielleicht war es ja Schicksal, dass er nun hier neben ihr saß und ihr den zweiten Teller gab. Selig nahm sie ihn entgegen, setzte sich aufrecht hin, balancierte ihr Essen auf den Knien und sah zu ihm hoch.

»Ist was?«, fragte Keno irritiert.

»N... nein.«

»Darf ich dann zulangen oder müssen wir uns anstarren?«

»Essen«, murmelte sie und senkte den Blick.

Um sie herum wurde fröhlich geplaudert, aber Sara hörte nicht zu. Sie bekam auch keinen Bissen herunter. Kenos Nähe machte sie schwindelig, und ihr Magen war wie zugeknotet. Erst nach einer Weile bemerkte sie, dass er sie anschaute.

Jetzt weiß er wieder, wer ich bin, dachte sie erwartungsvoll. Gleich wird er ...

»Wenn du keinen Hunger hast, kannst du mir dein Essen geben«, sagte er. »Wäre doch schade um die schöne Scholle.«

Zutiefst gekränkt tauschte Sara die Teller mit ihm.

»Ich räum den mal weg«, sagte sie dann leise, stand auf und entfernte sich. Er schien es nicht einmal zu bemerken.

Sara ging zum Strandkorb von Matteo und Sophie, wo Bella im Sand hockte und andächtig darauf wartete, dass noch etwas für sie abfiel.

»Komm«, sagte Sara und nahm die kleine Hündin an die Leine. »Wir machen einen Spaziergang.«

»Aber geh nicht zu weit«, mahnte Sophie. »Die Flut kommt bald rein, und du kennst dich noch nicht so gut aus.«

»Versprochen«, erwiderte Sara und dachte wieder an den Plan, den sie geschmiedet hatte, um Keno für sich zu gewinnen.

Ein Schaudern überlief sie. Vielleicht könnte sie ja schon heute Abend ... Aber dann erinnerte sie sich daran, dass dies Vronis Abschiedsparty war, und die wollte sie der Freundin nicht verderben.

»Wir laufen nur ein Stück an den Dünen entlang«, setzte sie daher hinzu. Hauptsache fort von allen, fort von Keno. Wenigstens für ein Weilchen. Am liebsten wäre sie zum Hexenhäuschen zurückgegangen und hätte sich dort eingeschlossen. Aber das war natürlich unmöglich. Jeder, sogar Keno, hätte Verdacht geschöpft.

Sophie nickte ihr freundlich zu, sagte aber noch: »Und bleib nicht so lange weg, ich freue mich schon auf deinen Cosmopolitan. Wir haben nicht alle Tage eine Barkeeperin in unseren Reihen.«

»Barkeeperin?«, fragte Keno, der offenbar genau zugehört hatte. »Du kannst Drinks mixen? Das kommt mir irgendwie bekannt vor.«

Inzwischen war die Dunkelheit hereingebrochen, und Sara stand außerhalb des Lichtkreises der Laternen und Lampions. Darüber war sie heilfroh, denn ihr Gesicht fühlte sich heiß an, und sie wusste genau, wie sie aussah: knallrot mit einem hektischen Flackern in den Augen. Sie hoffte, jemand würde ihr zur Hilfe kommen. Vroni vielleicht? Die jedoch unterhielt sich gerade im Flüsterton mit Ragnar und hatte nichts mitbekommen. Pauline schaute zwischen Keno und Sara hin und her und schien unentschlossen, was sie tun oder sagen sollte. Die anderen kannten die Zusammenhänge nicht.

Als Keno nun langsam aufstand und auf sie zukam, drehte sich Sara um und ging weg, so schnell sie konnte.

Wie sehr hatte sie sich gewünscht, er würde sich an sie erinnern! Wie sehr hatte sie den Moment herbeigesehnt, in dem das Erkennen in seinem Gesicht aufflackern würde! Vielleicht wenn sie ihm tief in die Augen sah, oder wenn er ihr gedankenverloren übers Haar strich – aber doch nicht, wenn ihm wieder einfiel, dass sie gern Cocktails zubereitete! Sie schaffte vielleicht fünfzig Meter, bis er sie erreichte.

Er blieb dicht vor ihr stehen und kratzte sich nachdenklich hinter dem Ohr. Sie musste den Kopf in den Nacken legen, um ihn anzuschauen.

Bella jaulte und zog an der Leine. Kurz bückte sich Sara und ließ sie frei. Mit schnellen Sätzen war die kleine Hündin wieder bei Matteo.

»Du …«, begann Keno, zögerte, fuhr dann aber fort: »Kommst du aus Bayern?«

Ihr Nicken fiel so schwach aus, dass er es übersah.

»Nein?«, fragte er.

»Doch. Aus Füssen.« Ihre Stimme war so leise wie die Abendbrise.

»Füssen.« Keno schwieg ziemlich lange, dann schlug er sich plötzlich mit der flachen Hand gegen die Stirn. Das musste wehtun. Seine weißen Zähne strahlten in der Dunkelheit, als er laut auflachte.

»Die Lütte aus den Bergen!«

»Füssen liegt im Tal«, gab sie gekränkt zurück. Ihre Schüchternheit vergaß sie schlagartig. »Das habe ich dir damals auch schon gesagt.«

»Holzkopp!«, ließ sich Pauline vernehmen. Sie war unbemerkt herangekommen. Plötzlich waren auch Vroni und Ragnar bei ihnen und bauten sich rechts und links von Sara auf. Prompt fühlte sie sich noch mutiger.

»Du hast mich vergessen«, warf sie Keno vor.

»Nee … Ich … Wie lange ist es her?«

»Fünf Jahre.«

»Das ist verflixt lange!«

»Soll ich ihn boxen?«, fragte Ragnar und hob die Fäuste.

»Sei nicht albern«, wurde er von Vroni ermahnt. »Du bist halb so groß wie der Wikinger.«

Ragnar wirkte dennoch rauflustig.

»Ich schlage mich nicht mit dir«, teilte ihm Keno freundlich mit. »Ich möchte dir nicht wehtun.«

Dann wandte er sich an Vroni: »Wer sind Sie denn? Silvias Mutter?«

Er schien auch Vroni vergessen zu haben, aber diese Frage war eine Frechheit.

»Dunnerlittchen!«, rief Pauline aus und beeilte sich, zu ihnen zu kommen. »Du schaffst es, innerhalb von einer Minute drei Leute zu beleidigen. Das ist ja fast ein Talent.«

Sara, Vroni, Pauline und Ragnar blitzten ihn zornig an. Keno fühlte sich offenbar in die Ecke gedrängt, denn er wich zwei Schritte zurück.

»Ich kapiere überhaupt nichts mehr.«

Pauline überhörte ihn und wandte sich an die anderen. »Ich sag ja immer, er ist nicht besonders plietsch.«

»Klug«, übersetzte Ragnar für Vroni.

Dann drehte sich Pauline wieder zu Keno um.

»Unser Strandräuber ist vielleicht klein und rund, aber sehr wendig. Du hast bloß Schiss, gegen ihn zu verlieren.«

»Aber ...«

»Klappe halten. Die reizende Vroni hier ist keineswegs die Mutter von dieser jungen Dame.«

Sie packte Sara am Arm. »Und das hier ist Sara, du Idiot. Nicht Silvia.«

Keno wirkte nun äußerst verwirrt, aber auch ziemlich verärgert. Er verschränkte die Arme vor der Brust und erklärte: »Es tut mir leid, wenn ich jemanden vergrätzt habe. Wie soll ich hier auch durchsteigen. Und Sil... ich meine Sara ... Sorry, wenn ich nicht dein Bild seit fünf Jahren nahe am Herzen trage.« Er blickte einen nach dem anderen an. »Das hier ist alles ziemlich lächerlich, findet ihr nicht?«

Dann wandte er sich ab und stapfte davon. Sara wünschte, sie könnte vor Scham im Sand versinken.

10. Kapitel

Eine Weile herrschte betretenes Schweigen. Die beiden Paare am Grill hatten offenbar alles gehört, denn sie waren ebenfalls verstummt und kamen nun zu Sara und den anderen.

Matteo trug Bella, die sich wie selbstverständlich in seine Armbeuge kuschelte. In einem Anfall von Neid streckte Sara die Arme nach ihr aus. Sie war eifersüchtig auf alle Freundinnen von Keno – und auf seine Fähigkeit, eine Urlaubsliebe vergessen zu können. Wäre ihr das selbst auch gelungen, wäre sie niemals in eine so peinliche Lage geraten.

Sophie schenkte ihr ein warmes Lächeln. »Lass Bella ruhig bei Matteo. Du hast uns Drinks versprochen. Komm, wir haben eine Überraschung für dich.«

Sie nahm Sara bei der Hand und zog sie mit sich zurück zu den Strandkörben und Paulines beiden Buden. Die anderen folgten, und Vroni schloss zu Sophie und Sara auf.

»Wenn das ein Ablenkungsmanöver sein soll, klappt es nicht«, zischte Sara ihr zu. »Ich fahre morgen mit dir zurück nach Füssen. Auf dieser verflixten Insel halte ich es keinen Tag länger aus.«

»Gute Idee, Süße.«

»Nein, überhaupt nicht«, mischte Sophie sich ein. »Wir brauchen Sara hier.«

»Mich?«, fragte Sara erstaunt und war nun doch von dem Desaster eben abgelenkt. »Wozu das denn?«

»Wirst du gleich sehen«, erwiderte Sophie und zog sie weiter. Ihr Griff war ziemlich fest. Vielleicht hatte sie ja Angst, Sara könnte sich losmachen und Keno nachlaufen. Nach ein paar weiteren Metern bemerkte Sara, dass die Gruppe sich unauffällig um sie und Sophie herum verteilt hatte. Riccardo und Annabel gingen vorneweg, Pauline und Vroni deckten die Flanken, Ragnar und Matteo bildeten die Nachhut.

»Ihr habt ja alle eine tolle Meinung von mir«, sagte Sara. »Glaubt ihr im Ernst, ich würde mich so erniedrigen, dass ich mich dem Kerl vor die Füße werfe?«

Niemand antwortete, was aussagekräftig genug war. Nur Annabel drehte sich kurz zu ihr um und zwinkerte ihr zu. Ja, klar, sie kannte ja auch ihre Geschichte nicht.

Sie erreichten den Halbkreis der Strandkörbe. Im Grill verlöschte die letzte Glut, und die Schüsseln mit Salaten waren sorgfältig abgedeckt worden.

Pauline bat Annabel und Riccardo, die Reste ins Eiscafé zu bringen. »Stellt sie in den großen Kühlschrank, dann gibt es morgen noch ein feines Mittagessen.«

»Wir würden aber lieber hierbleiben und sehen, was als Nächstes passiert«, gab Riccardo grinsend zurück. »So spannend hatten wir uns die Party nicht vorgestellt.«

»Ihr seid ja gleich wieder da«, sagte Pauline und duldete keinen weiteren Widerspruch.

Die beiden taten wie ihnen geheißen und entfernten sich. Inzwischen war Sara an Paulines Strandkorbvermietung vorbeigeführt worden. Nun standen sie vor der zweiten Bude, einer Holzhütte von vielleicht dreißig Quadratmetern Grundfläche. Sara ahnte, was auf sie zukommen würde, und wich instinktiv zurück. Sie stieß jedoch bloß gegen Matteo, der sie lachend festhielt.

»Du bleibst schön hier und guckst dir an, was wir geschafft haben.«

Pauline zog einen großen, verrosteten Schlüssel aus der Hosentasche. »Und wir lassen uns das von meinem Neffen, dem Dösbaddel, nicht verderben.«

»Dummkopf«, informierte Ragnar Vroni.

Die nickte, aber ihr Blick lag auf Sara. »Es wird ganz allein deine Entscheidung sein«, versprach sie ihr.

Sara fühlte sich zunehmend unwohl. Als nun Pauline die hölzerne Tür aufschloss und drinnen einen Lichtschalter betätigte, wollte sie erneut verschwinden, war jedoch eingekreist.

Sie wusste auf einmal, ihr Leben würde sich hier und jetzt radikal ändern. Mehr noch als an dem Tag, an dem sie ihre Arbeit verloren hatte. Mehr noch als bei ihrer Ankunft auf Langeoog.

Inzwischen waren Riccardo und Annabel zurückgekehrt und bildeten einen zusätzlichen Schutzwall gegen jeden möglichen Ausbruchsversuch.

Sanft wurde Sara von den Freunden ins Innere gedrängt. Dort hielt sie den Blick gesenkt.

»Ich sollte doch nur ein paar Cosmopolitans mixen«, murmelte sie.

»Klar«, Sophie lachte. »Aber besser hier als draußen. Ich will keinen Sand in meinem Drink.«

»Kruzifix!«, stieß Vroni aus. »Wieso wusste ich nichts hiervon?«

Nun wagte Sara erst recht nicht, aufzusehen. Sie studierte angestrengt den grob gemaserten Holzboden.

»Wir haben befürchtet, du könntest einen Sabotageakt verüben«, erklang Ragnars Stimme.

»Na hör mal«, ereiferte sich Vroni. »Für wen haltet ihr mich?«

Pauline schnaubte. »Gib es zu, du willst unbedingt, dass Sara morgen mit dir zurückfährt.«

»Kann sein, aber sie ist eine erwachsene Frau, und das hier ist so was wie eine Mausefalle. Ein schönes Stück Speck – in übertragenem Sinne –, und die arme Sara sitzt fest.«

»Na, na«, mahnte Ragnar. »Du übertreibst.«

»Was sagst du denn dazu, Sara?«, wollte Vroni wissen.

»Ich …«

»Sie hat es sich noch gar nicht angesehen«, erklang Sophies Stimme. »Wir hätten sie vielleicht nicht so überfallen sollen.«

Jemand legte ihr ein warmes Fellbündel in die Arme.

Erleichtert drückte Sara die kleine Bella an sich und flüsterte Matteo einen Dank zu. Er hatte verstanden, dass sie etwas brauchte, das ihr Mut machte.

Dann endlich hob sie den Blick – und war fast enttäuscht. In ihrer Phantasie hatte sie sich schon eine elegante Cocktailbar ausgemalt – mit gedämpftem Licht und Regalen voller Flaschen und Gläsern. Dazu eine große Spiegelwand, eine Theke aus glänzendem Mahagoni, hohe, mit Samt gepolsterte Barhocker und lauschige Ecken mit niedrigen Tischen und runden Sofas.

Stattdessen entdeckte sie nun einen roh gezimmerten Tresen, ein ziemlich schiefes Regal aus Spanplatten und ein paar bunt zusammengewürfelte Stühle. Wer darauf saß, musste schon die Körperlänge eines Keno Fischer haben, um über den Tresen schauen zu können.

Sara spürte, wie ein hysterisches Kichern in ihrer Kehle hochstieg.

»Wie soll ich denn bitte hinter diesem Monstrum arbeiten?«, fragte sie Sophie.

Die hob die Schultern und schaute Matteo an.

»Wir haben eine Art Podest gebaut«, sagte er kleinlaut.

»Wir?«, fragte Sara.

»Riccardo, ich und ein paar Freunde. Wir haben die Regentage dafür genutzt. Und es stimmt, der Tresen ist uns ein bisschen hoch geraten. Leider ist keiner von uns gelernter Tischler.«

»Schief ist das Ding auch«, bemerkte Vroni. »Da muss jeder sein Glas gut festhalten.«

»Sei nicht so negativ«, mahnte Pauline. »Sieh die Vorteile. Je mehr Drinks verschüttet werden, desto mehr Umsatz wird gemacht.«

Sara prustete los. Die Anspannung der vergangenen Stunde löste sich in einem heftigen Lachanfall auf. Sie setzte Bella auf den Boden, weil sie sich vor Lachen krümmen musste. Ragnar ließ sich auf einen der wackeligen Stühle fallen, stimmte in das Gelächter ein und hielt sich den Bauch.

Nun gab es kein Halten mehr. Pauline stieß seltsam meckernde Laute aus, Sophie lachte glockenhell, Vroni brüllte schrill vor Vergnügen. Dabei vergaß sie, dass sie eigentlich sauer auf Ragnar war, pflanzte sich auf seinen Schoß und schlug sich auf die Schenkel. Der Stuhl unter ihnen knarrte bedenklich.

»Steht lieber wieder auf!«, rief Sara.

Die beiden hörten sie nicht. Sie waren auch schlagartig nicht mehr vergnügt, sondern schauten einander tief in die Augen.

Da hörte auch Sara auf zu lachen. Riccardo und Annabel ebenfalls. Sophie besann sich, Matteo hatte sich ohnehin nur auf ein ironisches Grinsen beschränkt. Einzig Pauline brauchte länger. Aber irgendwann merkte auch sie, dass keiner mehr grölte.

»Was war eigentlich so lustig?«, fragte sie schließlich atemlos.

Vroni verließ Ragnars Schoß und trat zu Sara. »Wir mussten uns bloß mal abreagieren.«

»Genau«, sagte Sara. Dann wandte sie sich an Matteo: »Bitte entschuldige. Ich wollte dich und deine Freunde bestimmt nicht auslachen. Ihr habt euch echt viel Mühe gegeben. Bloß ...«

»Bloß?«, fragte er nach, als sie verstummte.

»Na ja, also, ich habe nicht vor, eine Bar zu betreiben.«

»Höchstens eine Sitzbar«, fügte Vroni hinzu, was niemand außer Sara verstand.

»Ich könnte bessere Stühle beschaffen«, bot Matteo an.

»Das ... ist es nicht.«

»Sie ist ziemlich schüchtern«, erklärte Vroni. »Habt ihr das noch nicht gemerkt? Sara hält sich nicht gern inmitten einer größeren Ansammlung von Leuten auf.«

Sophie hob die Brauen. »Also, im Augenblick sind wir hier acht Leute, Sara mit eingerechnet. Plus Bella. Das sind schon ziemlich viele, oder?«

»Stimmt«, sagte Vroni überrascht. »Kriegst du keine Panik, Sara?«

»Nein«, erwiderte sie nachdenklich. »Mit euch fühle ich mich ganz wohl.«

Vroni klopfte ihr auf die Schultern. »Das ist noch nicht alles. Du weißt, du hast dich verändert.«

»Aber nicht genug, um eine Bar zu betreiben.«

»Schritt für Schritt«, warf Pauline ein. »Brauchst ja nicht heute damit anzufangen. Schätze mal, hier muss sowieso alles noch mal neu eingerichtet werden.«

Matteo zog eine Grimasse, dann nickte er. »Wir hatten einen gewissen Zeitdruck. Die Idee stammt übrigens von Sophie. Wenn du mit jemandem schimpfen willst, dann mit ihr.«

Sophie knuffte ihren Freund in die Seite. »Du wolltest eine Pizzeria eröffnen! Das musste ich unbedingt verhindern, sonst hätten wir nämlich überhaupt keinen Moment mehr für uns. Und wenn Sara hier eine Strandbar führt, dann kannst du manchmal trotzdem Pizza beisteuern, ohne die halbe Nacht arbeiten zu müssen.«

»Amore mio, du kannst ganz schön bestimmend sein, und ich …«

»Bitte streitet euch nicht meinetwegen«, bat Sara. »Ehrlich, ich finde die Idee toll. Aber –« Sie sah sich um und suchte händeringend nach einem guten Grund, um sich irgendwie aus der Affäre ziehen zu können.

»Aber?«, wollte Sophie wissen.

»Hier drinnen ist nicht genug Platz«, gab Sara zurück, erleichtert über ihre Eingebung. »Mit acht Leuten ist es schon fast voll. Wo sollen da die Gäste einer Bar noch Platz finden?«

Da grinsten die anderen, und schließlich war es Ragnar, der Sara aufklärte: »Du solltest wirklich mal in die Strandkneipe am Hauptbad gehen. Die ist auch nicht viel größer, aber es müssen natürlich Sitzgelegenheiten draußen her. Die Leute werden deshalb herkommen, weil sie den Sonnenuntergang bewundern und dabei einen Cocktail genießen wollen. Stimmungsvoller geht es kaum.«

»Hier am Nordstrand gibt es so etwas noch nicht«, warf Riccardo ein. »Der Laden würde brummen. Wenn ich meinen Eiswagen nicht hätte …«

»… und eine Freundin, die dich abends zu Hause haben will«, ergänzte Annabel.

»Genau.« Riccardo legte ihr einen Arm um die Schultern.

Sophie lächelte Sara zu. »Wie du siehst, sind wir alle bereits voll beschäftigt. Matteo und ich mit dem Eiscafé, Pauline mit ihrem Strandkorbverleih, Riccardo mit seinem Eiswagen und Annabel mit ihrem Reiterhof.«

Ach ja, der Reiterhof. Sie war hier von lauter taffen Leuten umringt und fühlte sich klein und nutzlos wie selten.

»Eher ein Ponyhof«, wiegelte Annabel ab. »Das weißt du doch. Und wir kommen gerade eben über die Runden. Aber Francesca liebt das Leben mit den Tieren, deshalb werde ich nicht aufgeben. Und ich stelle mir gerade vor, ich könnte einen Ausflug mit dem Ponywagen zur Strandbar anbieten. Mit einem Sonderpreis inklusive Sundowner. Ich glaube, das wäre ein Erfolg.«

»Francesca?«, fragte Sara. »Ist das noch so eine energische und erfolgreiche junge Frau?«

Annabel lachte. »Ach was, sie ist meine Tochter. Gerade zehn geworden, und ein echter Schatz.«

Sara unterdrückte ein Seufzen. *Was habe ich im Vergleich dazu im Leben zustande gebracht?*, fragte sie sich und gab sich gleich selbst die Antwort. *Herzlich wenig.*

»Kinners!«, rief Pauline. »Nu lasst die arme Deern doch mal Luft holen!«

»Meine Rede«, sagte Vroni und trat zu Sara. »Bist du nicht neugierig, wie es hinter dem Monstrum aussieht?«

Dankbar schaute Sara sie an. Vroni hatte begriffen, dass ihr gerade alles zu viel wurde, und brachte sie auf Abstand zu den anderen, ohne dass es feige wirkte. Ab morgen jedoch würde sie allein klarkommen müssen. Dann fiel ihr ein, dass diese Leute hier ihr nur Gutes wollten. Wenn für sie selbst ein Geschäft dabei heraussprang, war das ja nichts Schlechtes. Und auch ihre neuen Freunde nahmen Rücksicht auf sie. Trotzdem war sie nun froh, hinter der riesigen Theke verschwinden zu können. Dort erwartete sie gleich die nächste Überraschung.

»Ist ja allerhand!«, rief Vroni staunend.

Auch Sara konnte kaum glauben, was sie sah.

»Wie habt ihr das bloß geschafft?«, fragte sie.

Niemand antwortete. Auf der anderen Seite des Monstrums wurden gerade eifrig die Ponyfahrten zur Strandbar besprochen.

Pauline gesellte sich zu Sara und Vroni. »So sind die immer. Kaum hat einer von ihnen eine neue Idee, springen alle darauf an.« Sie grinste. »Vielleicht sind sie ja deshalb so erfolgreich.«

»Sie sind toll«, sagte Sara.

Vroni drohte ihr mit erhobenem Zeigefinger. »Das bist du auch, Süße. Wehe, du lässt dir was anderes einreden.«

Sara legte den Kopf schief. »Aber das hier.« Sie zeigte auf

die Rückfront des Tresens. »Das hätte ich niemals hingekriegt. Schon gar nicht in so kurzer Zeit.«

Tatsächlich bot das Monstrum hier hinten einen vollkommen anderen Anblick. Es gab säuberlich eingearbeitete Fächer und Schubladen, zwei Auslassungen waren vermutlich für Kühlschränke gemacht – und sogar an den Platz für eine Spüle war gedacht worden. Sara sah genau, wo die Zapfhähne für Erfrischungsgetränke hinkommen sollten, sie entdeckte Zettel mit Aufschriften wie »Ofen« und Mikrowelle«, und in einem der Fächer fand sie ihr sorgfältig eingeräumtes Equipment vor.

»Das ist phantastisch«, murmelte sie. »Woher wussten die Brüder, wie ein professioneller Bartresen ausgestattet sein muss?«

»Frag sie doch selbst«, gab Pauline immer noch grinsend zurück.

Also stieg Sara auf das Podest.

»Das ist toll!«, schrie sie. »Wie habt ihr das nur geschafft?«

Auf der anderen Seite trat schlagartig Stille ein.

»War vielleicht ein bisschen laut«, bemerkte Vroni.

Sara lachte, aber als sie sah, wie die anderen näherkamen, wurde ihr wieder mulmig zumute.

»Stopp!«, rief Vroni. »Bleibt schön, wo ihr seid, wenn ihr heute noch was zu trinken bekommen wollt.«

»Okay!«, rief Matteo zurück. »Sara, wir haben im Internet recherchiert und in der Strandkneipe am Hauptbad spioniert. Wenn du Eiswürfel suchst: Die sind in der blauen Kühltasche im rechten Fach. Und in der roten sind einige Flaschen. Wir haben natürlich noch keine Geräte eingebaut.«

»Danke!«

Sie verstand, dass zum einen die Zeit nicht gereicht hatte und zum anderen niemand das Risiko hatte eingehen wollen, größere Investitionen zu tätigen, wenn aus dem Projekt möglicherweise gar nichts werden würde.

Endlich schob sie alle Gedanken beiseite und machte sich an die Arbeit. Pauline gesellte sich wieder zu den Anderen, Vroni ging ihr zur Hand.

Da Sara nur einen der kleineren Shaker dabeihatte, beschloss sie, jeden Drink einzeln zuzubereiten. Also gab sie 2 cl Wodka zusammen mit 1 cl Cointreau, 1cl Limettensaft und 3 cl Cranberrysaft in den mit Eiswürfeln gefüllten Shaker und schüttelte ihn kräftig. Die fertige Mischung seihte sie in ein Coupette-Glas und verschönerte den Rand der Schale mit einer Limettenspalte.

Vroni übernahm das Servieren und wies die Freunde an, ruhig schon zu probieren. »Sonst ist der erste Drink warm, bevor der letzte fertig ist.«

Doch je öfter Sara nun die gewohnten Handbewegungen vollführte, desto schneller wurde sie, und innerhalb von wenigen Minuten waren alle Gläser gefüllt.

Erst als sie aufsah, bemerkte sie, dass die Gruppe sich um den Tresen geschlichen und sie beobachtet hatte.

Sofort stieg ihr die Hitze ins Gesicht.

Aber dann sagte Ragnar: »Du bist eine Könnerin.«

»Wirklich«, stimmte Sophie zu. »So etwas würde ich nie fertigbringen.«

»Ich kann nur ein Bier aufmachen«, meinte Annabel.

Alles lachte, und Sara stimmte mit ein. Dann prosteten sie einander zu, kosteten ihre Cosmopolitans und lobten Sara erneut.

»Dat is' fast besser als mein Aquavit«, stellte Pauline fest, was vermutlich das größte Kompliment war, das sie geben konnte.

Sara lächelte bescheiden, aber sie freute sich auch.

Vroni kam zu ihr und flüsterte ihr ins Ohr. »Irgendwas sagt mir, dass du morgen doch nicht mit nach Hause kommst.«

11. Kapitel

Der Treffpunkt für die zweistündige Wattwanderung lag am östlichen Ende des Pirolatals, nahe dem Schloppsee. Sara traf mit Absicht als eine der letzten Teilnehmer ein. Sie hoffte, auf diese Weise Kenos Aufmerksamkeit zu entgehen. Zur Sicherheit hatte sie sich einen braunen Strohhut tief in die Stirn gezogen und eine dunkle Sonnenbrille auf die Nase gesetzt. Dazu trug sie einen leichten, schlammfarbenen Sommerpulli, eine olivgrüne Cargohose und dunkle Gummistiefel. In diesem Aufzug würde sie im Watt hoffentlich mit dem Untergrund verschmelzen.

Sara war unsicher gewesen, ob sie überhaupt an dieser geführten Wanderung teilnehmen sollte, denn ihr Ziel, Keno doch noch für sich zu gewinnen, erschien ihr nun selbst lächerlich.

Schließlich hatte sie sich dazu entschieden, zunächst einmal mitzugehen. Ob sie ihren geheimen Plan dann in die Tat umsetzen wollte, würde sie aus der Situation heraus entscheiden.

Die peinliche Szene am Strand lag jetzt zwei Tage zurück. Seitdem war sie Keno nicht begegnet – was auch daran liegen mochte, dass sie sich im Hexenhäuschen verkrochen hatte.

Nicht einmal um Vroni zu verabschieden war sie gestern hinausgegangen. Die Freundin hatte zu ihr kommen müssen.

»Du bleibst jetzt aber nicht für immer hier drinnen, oder?«, hatte Vroni gefragt.

»Natürlich nicht. Ich brauche nur etwas Ruhe.«

»Okay, Süße. Aber geh wenigstens mit Bella raus. Die Sonne scheint. Typisch, wenn ich abfahre!«

Am Abend hatte sich Vroni dann aus Füssen gemeldet. Sie war mit Saras Wagen gefahren und berichtete, alles sei glattgegangen und sie hätte die Strecke locker in einem Rutsch geschafft. Mehr hatte sie nicht erzählt, auch nicht, ob sie schon Freunde getroffen hatte. Oder ehemalige gute Kunden – zum Beispiel Benedikt Hoffmann. Tatsächlich war Sara von sich selbst überrascht, weil sie um ein Haar nach ihm gefragt hätte.

Du willst dich nur von der Schande ablenken, hatte sie sich selbst gesagt. Ein langweiliger Bayer, der sie anschmachtete, war immer noch besser als ein Wikinger, der ihren Namen vergessen hatte.

An dem Punkt ihrer Überlegungen hatte Sara das Gespräch lieber schnell beendet und war mit Bella zu einem späten Spaziergang durchs Pirolatal aufgebrochen.

Den Strand hatte sie gemieden, wie sie überhaupt Pauline, Sophie und den anderen aus dem Weg ging.

Ihr war einfach alles zu viel geworden, und so hatte sie an diesem Dienstagmorgen lange gezögert, bevor sie schließlich doch aufgebrochen war.

Bella blieb bei Sophie und Matteo im Eiscafé. Zunächst hatte Sara überlegt, sie mitzunehmen, aber so einen langen Marsch auf unsicherem Grund hätte die kleine, kurzbeinige Hündin nicht geschafft, und auf Dauer wäre sie für Sara auch zu schwer geworden. Dank vieler Leckerlis und vor allem dank Matteos Vanilleeis war Bella ganz schön rund geworden. Deshalb hatte Sara Matteo auch schon gebeten, sie nicht mehr so viel zu füttern. Er hatte genickt und versprochen, ab sofort gebe es nur noch ein Teelöffelchen Eis. Über die Strandbar sprachen weder er noch Sophie, und Sara war ihnen dankbar dafür. Die neuen Freunde ahnten wohl, dass sie Zeit brauchte.

Nun wartete sie also mit gesenktem Kopf darauf, dass die Wanderung losging. Zu spät bemerkte sie, wie die Teilnehmer vor ihr auf einmal zur Seite wichen. Erst als Keno beinahe gegen sie stieß, sah sie auf und erstarrte.

»Schön, dass du da bist, Sara«, sagte er, als wäre sie nicht völlig unkenntlich unter Strohhut und Sonnenbrille verborgen.

»Ich hoffe, du bist nicht wütend auf mich.«

Stumm schüttelte sie den Kopf. Dann fiel ihr etwas ein. »Deine Tante hat dir gesagt, dass ich komme.«

Der Inselfunk war auf Langeoog schneller als eine Möwe im Sturzflug, und von Sophie über Pauline zu Keno war es kein weiter Weg.

»Stimmt«, gab Keno zu. »Aber ich freue mich wirklich.«

Er legte ihr eine Hand auf die Schulter. »Magst du vorn mit mir zusammen gehen?«

»N… nein, danke. Ich fühle mich hier ganz wohl.«

»Wie du möchtest.« Er zwinkerte ihr zu, wandte sich dann um und ging durch die Gruppe zurück an die Spitze. Die Blicke der übrigen Teilnehmer flogen zwischen ihr und Keno hin und her, hie und da wurde eifrig geflüstert, und eine langbeinige Blondine blitzte Sara böse an.

Na toll, dachte sie. Das kann ja lustig werden. Gleichzeitig vollführte ihr Herz einen klitzekleinen, vorsichtigen Glückshüpfer. Keno hatte tatsächlich erfreut gewirkt. So etwas konnte niemand spielen.

Der Wattführer kontrollierte nun das Schuhwerk der Urlauber. *Gummistiefel mit dicker Sohle* hatte in der Anleitung für die Wanderung gestanden, und genau wie Sara hatten auch die anderen sich daran gehalten.

»Sehr gut«, lobte Keno. »Wenn ihr die Stiefel später mal ausziehen und barfuß laufen wollt, ist das eure Entscheidung, aber ich rate dringend davon ab. Es haben sich schon genug Leute an den Schalen von Miesmuscheln die Füße aufgeschnitten. Und die Krebse hier sind zwar klein, können aber fies kneifen.«

Einige Teilnehmer tauschten irritierte Blicke. Wohl eher, weil sie so einfach geduzt wurden. Sara lächelte. Wer neu auf Langeoog war, kannte die Angewohnheit der Insulaner noch nicht, das umständliche *Sie* einfach wegzulassen.

Sie selbst hingegen hatte sich längst daran gewöhnt. Die einzige, die Kenos lockere Art komplett falsch verstand, war die Blondine. Sie stellte sich mit einem strahlenden Lächeln an seine Seite und sagte: »Was du alles weißt!«

»Ähm ... Kleinigkeit.«

»Ich bin Jessica aus Duisburg.«

»Moin.« Keno wollte sich wieder der Gruppe zuwenden, aber Jessica ließ ihn nicht so schnell vom Haken.

»Ist es gefährlich, so einfach aufs Meer zu laufen?«

Ein paar Leute lachten.

Jemand rief: »Jesus lässt grüßen!«

»Nicht bei Ebbe«, sagte Keno ruhig und strafte den Zwischenrufer mit einem strengen Blick. »Außerdem bin ich ein zertifizierter Nationalpark-Guide.«

»Oh, da bin ich aber froh«, erwiderte die Frau und klimperte mit den Augenlidern.

Sara knirschte unwillkürlich mit den Zähnen. Diese Jessica war in ihrem Alltag wahrscheinlich eine Person, die mit beiden Beinen fest im Leben stand, aber angesichts dieses knackigen Naturburschen fiel sie zurück in das Verhalten der Höhlenweibchen, die vom starken Mann beschützt werden wollten.

»Ich empfehle Sonnenbrillen«, sagte Keno ungerührt. »Besonders hier an den Salzwiesen können einem leicht mal Blüten und Gräser in die Augen wehen.«

Jessica hörte auf zu klimpern und seufzte vernehmlich.

Merkt die nicht, wie lächerlich sie sich macht?, überlegte Sara halb verärgert, halb amüsiert. Dabei vergaß sie vorübergehend, was ihr Plan beinhaltete: dass sie nämlich selbst ein hilfloses Wesen sein wollte und von Keno gerettet werden musste. Und bei dieser Gelegenheit würde er dann seine Gefühle für sie neu entdecken.

Sara zog sich den Hut noch ein bisschen tiefer in die Stirn. *Ich bin kein Stück besser als Jessica,* sagte sie sich.

Aber immerhin habe ich ältere Rechte.

Keno nahm der zehnköpfigen Gruppe das Versprechen ab, sich erstens auch untereinander zu duzen, weil dies das Gemeinschaftsgefühl stärke, und sich zweitens nicht aus den Augen zu verlieren. Dann führte er sie zunächst an den Salzwiesen vorbei, die hier am Watt das Ufer bildeten.

»Sie heißen so«, dozierte er, »weil auf ihnen Landpflanzen wachsen, die trotz des Salzwassers gedeihen. Sie werden nämlich regelmäßig vom Meer überspült.«

»Wie aufregend«, hauchte Jessica.

Keno beachtete sie nicht weiter, duldete sie aber an seiner Seite.

Sara hielt sich weiterhin im Hintergrund. Nun zeigte Keno mit weit ausgestrecktem Arm auf die blühende und duftende Pracht. »Von Mai bis Oktober wachsen hier Strandflieder, Grasnelken, Strandastern und einige hoch spezialisierte Gewächse mehr. Es ist ein Wunder der Natur.«

»Ein Wunder«, stimmte Jessica ihm zu, schaute dabei aber nicht die weiten, von Gräben durchzogenen Grasflächen an, sondern seinen Brustkorb.

Nun ging es aufs Watt hinaus, und alle außer Keno hatten zunächst mit dem ungewöhnlich weichen und schlickigen Untergrund zu kämpfen.

»Keine Sorge!«, rief er ihnen zu. »Ihr habt den Dreh gleich raus, dann geht es leichter.«

Saras Gummistiefel gaben bei jedem Schritt laute schmatzende Geräusche von sich, aber es stimmte, was Keno gesagt hatte: Schon nach ein paar Metern trat sie anders auf, setzte die Füße weicher, machte schneller den nächsten Schritt. Andere brauchten länger dafür, besonders die blonde Jessica stellte sich ungeschickt an. So sehr, dass sie stolperte und in den Matsch gefallen wäre, hätte Keno sie nicht geistesgegenwärtig aufgefangen.

Das war Absicht, dachte Sara wütend. *Und außerdem war das mein Plan!*

Jetzt konnte sie nur hilflos zusehen, wie Jessica sich unnötig lange an Keno festhielt und ihm sogar mit einer Hand ausgiebig über den Rücken strich.

»Schlampe«, flüsterte eine ältere Frau in Saras Nähe und

sprach ihr damit aus der Seele. Eine zweite, vermutlich ihre Schwester, ergänzte: »Die soll unseren Wattführer nicht ablenken. Wir haben für die Tour gutes Geld bezahlt.«

Sara musste grinsen, als sich die beiden energischen Frauen daraufhin nach vorn drängten und Jessica in ihre Mitte nahmen.

»Damit du nicht hinfällst«, sagte die eine freundlich.

»Und damit wir jetzt mal schön was über das Watt lernen können«, fügte die andere hinzu.

Keno bemühte sich um einen ernsten Gesichtsausdruck, aber Sara bemerkte seine zuckenden Mundwinkel. Dann setzte er zu einem längeren Vortrag an, während die Gruppe langsam weiterging.

»Das Watt erscheint euch auf den ersten Blick vielleicht als völlig leblose, abwechselnd dunkle oder helle Fläche. Aber das täuscht! Hier gibt es eine Menge Klein- und Kleinstgetier, das sich wiederum von fast mikroskopisch kleinen Pflanzen ernährt. Ich rede von winzigen Algenzellen und Millionen von Minikrebsen.«

Er blieb stehen und deutete auf eine Reihe von wurstigen Häufchen an der Oberfläche. Hier seht ihr den Beweis für die nächstgrößere Lebensform, die Prielwürmer.«

»Igitt«, sagte eine der Schwestern.

Keno lachte. »Die sind gar nicht eklig. Außerdem gibt es hier Unmengen von Muscheln, und das Wattenmeer ist auch die Kinderstube vieler Nordseefische. Hering, Scholle, Seezunge, Sprotte und einige weitere Flossenträger schlüpfen hier aus dem Ei und begeben sich erst als Heranwachsende auf hohe See.«

Alle lauschten aufmerksam, auch Sara. Zwar hatte sie sich

schon viel über das Wattenmeer angelesen, aber Kenos faszinierend tiefe Stimme zog sie in ihren Bann. Er sprach weiter von den riesigen Schwärmen an Zugvögeln, die zweimal pro Jahr im Wattenmeer eine Pause einlegten und Kraft für den Weiterflug tankten; er berichtete von den vielen hier beheimateten Vogelarten, von Seehunden, Kegelrobben und Schweinswalen und gab sogar noch einen Einblick in die Dünenpflege. Schließlich, als er merkte, dass die Aufmerksamkeit der Urlauber langsam nachließ, warnte er sie vor den Prielen.

»Den Würmern?« fragte Jessica und riss erschrocken die Augen auf.

Keno lachte. »Nein! Priele sind Vertiefungen im Wattboden. Mal klein und schmal, mal breit und tief.« Er deutete auf eine Stelle ganz in ihrer Nähe. »Sieht aus wie ein flacher, trockener Graben, richtig?«

Alle nickten, auch Sara.

»Tja, er und seine Freunde können zur Todesfalle werden.«

Jessica stieß einen kleinen Angstschrei aus, der sogar fast echt klang. »Wirklich? Wie das denn?«

»Ganz einfach: Es gibt kleine Priele wie den hier, aber auch sehr viel größere, längere und tiefere. Wenn die Flut zurückkehrt, laufen zuerst die Priele voll. Jemand, der sich im Watt nicht auskennt, übersieht das vielleicht, und es ist schon vorgekommen, dass unvorsichtige Wanderer vom Meer eingeschlossen worden sind, weil die Priele fast gleichzeitig überlaufen und den eben noch trockenen Untergrund in Windeseile in tiefes, offenes Wasser verwandeln.«

Einige Leute sahen sich daraufhin ängstlich um und flüsterten miteinander.

»Nur keine Panik!«, rief Keno. »Wir haben noch reichlich

Zeit. Aber jetzt wisst ihr, warum niemand ohne Wattführer einfach loslaufen darf.«

»Du weißt wirklich viel«, hauchte Jessica.

Sara knirschte wieder mit den Zähnen. Merkte Keno nicht, wie diese Frau sich unbedingt einschmeicheln wollte?

Vielleicht doch.

»Das hat mehr mit Erfahrung als mit Klugheit zu tun«, gab er ziemlich brüsk zurück. Die beiden Schwestern, die nach wie vor Jessica flankierten, kicherten.

Keno lief nun weiter, und die Teilnehmer folgten ihm mehr oder weniger flink. Nach einer Weile zog sich die Gruppe auseinander, und Sara fand sich schließlich ein ganzes Stück entfernt von Keno wieder. Sie hatte keine Probleme damit, seinen weißblonden Schopf ganz vorn auszumachen, und nach und nach ließ sie sich weiter zurückfallen. So weit, dass der nächste in der Gruppe bald zehn, dann zwanzig Meter vor ihr marschierte.

Jetzt, sagte sie sich nach einer guten halben Stunde. *Jetzt oder nie.*

Dummerweise meldete sich auch eine Stimme der Vernunft in ihrem Kopf, die sie von ihrem Plan abbringen wollte. Es reichte doch wohl schon, wenn eine gewisse Jessica aus Duisburg sich besonders dumm anstellte, um in Körperkontakt mit Keno zu treten?

»Körperkontakt« gehörte nicht zu Saras normalem Vokabular, daher wusste sie, dass diese Stimme der Vernunft von weither kommen musste – vielleicht aus Füssen, von Vroni.

Als ob Vroni so besonders vernünftig wäre, überlegte sie. *Die ist doch noch verrückter als ich! Lässt sich mit einem Strandräuber ein und bricht ihm dann das Herz!*

Sara beschloss zu handeln, bevor sie den Mut verlor, und blieb stehen. Der vorhin noch blaue Himmel hatte mittlerweile eine stählerne Farbe angenommen. Ihre Gruppe befand sich jetzt schon mindestens fünfzig Meter weiter vorn, und abgesehen von ein paar Möwen, die nach Krabben suchten, war Sara ganz allein. Ein Wattführer musste aufpassen, dass er seine Schäfchen beisammenhielt, aber vermutlich war es Jessica endgültig gelungen, Keno von seinen eigentlichen Aufgaben abzulenken. Wahrscheinlich hing sie gerade an seinem Hals, weil ihr ein Prielwurm über die Stiefelspitze geglitten war …

Je mehr Sara darüber nachdachte, desto wütender wurde sie. Sogar auf die älteren Schwestern richtete sie ihren Zorn, weil die beiden Jessica offenbar nicht mehr unter Kontrolle hatten.

Während sie sich mehr und mehr aufregte, ließ sie ihren Blick über das Watt schweifen, aber nirgends entdeckte sie das, was sie suchte: einen tiefen und einigermaßen trockenen Priel. Weit und breit war das Watt flach und gut einsehbar.

»Mist!«, stieß sie leise aus.

Ein schönes, altes Schiffswrack war ebenfalls nirgends in Sicht, außerdem hätte man dort bestimmt zuerst nach ihr gesucht.

Sara drehte sich um und schaute zurück zur Insel. Die war auch keine Option. Sie würde mindestens eine halbe Stunde brauchen, um die Salzwiesen zu erreichen, und bis dahin wäre sie weithin gut sichtbar.

Wie sollte Keno denn Angst um sie bekommen, wenn er sie in der Ferne herumstapfen sah? Denn das war ihr Plan – Sara wollte so tun, als wäre sie im Watt verlorengegangen, und ein überaus besorgter Keno würde bei ihrer Rettung seine wahren Gefühle für sie entdecken: unendliche Liebe.

So ungefähr.

Erst kürzlich hatte sie gelesen, dass Paare, die eine gefährliche Situation durchlebten, sich besonders eng aneinanderbanden. Ganz so, als würde die Angst um Leib und Leben ihre Liebe groß und stark werden lassen. Da war sie auf die Idee gekommen, das einfach mal auszuprobieren.

Sie habe eben nicht mehr alle Tassen im Schrank, erklärte die Stimme der Vernunft. Die Nordseeluft habe ihr das letzte bisschen Verstand geraubt.

»Halt die Klappe, Vroni!«, sagte Sara laut.

Dann tat sie das einzige, was noch möglich war: Sie ließ sich fallen. Ganz lang und flach legte sie sich hin. So war sie bestimmt unsichtbar.

Fest drückte Sara ihr Gesicht in den Schlick. Keine gute Idee, denn sie bekam Atemnot. Schnell drehte sie den Kopf zur Seite und zog sich den Strohhut über die Wange.

So blieb sie liegen, amtete flach und wartete ab, was geschah.

Die Stimme der Vernunft wollte etwas sagen, aber Sara brachte sie zum Schweigen, indem sie im Flüsterton bis tausend zählte. Dann bis zehntausend.

Sie gähnte ausgiebig. In der Nacht zuvor hatte sie kaum geschlafen. Eigentlich war es hier doch ganz gemütlich. Der Untergrund war zwar ein bisschen feucht und kühl, aber die Sonne schien warm vom Himmel, und schön still war es auch. Sara gähnte noch einmal. Dann schlief sie ein.

12. Kapitel

Dummerweise wurde Sara nicht von Keno, sondern von der langbeinigen, blonden Jessica gefunden. Die stieß einen lauten Schrei aus, von dem Sara schlagartig wach wurde, und stupste sie gleichzeitig ziemlich unsanft mit der Stiefelspitze an.

»Aua!«

Jessica stupste gleich noch mal. Es war schon eher ein Tritt.

»Hör sofort auf damit!«, rief Sara und versuchte, aufzustehen. Dabei gab ihr Körper ein schmatzendes Geräusch von sich. Sie erschrak, als ihr klar wurde, dass sie im Schlaf wohl ziemlich tief im Schlick eingesunken war. Jessica schrie gleich noch mal.

»Brüll nicht so!«, befahl Sara. Sie fiel zurück, versuchte es noch einmal, kam schließlich in eine sitzende Position.

Inzwischen waren die beiden älteren Schwestern eingetroffen. Sie atmeten schwer und stützten sich gegenseitig. Auch andere Teilnehmer der Gruppe näherten sich.

»Ich habe gar nicht gemerkt, dass du das bist«, verteidigte sich Jessica. »Ich dachte, du bist eine tote Robbe. So klein und braun und bewegungslos.«

Frechheit, dachte Sara grimmig.

»Da hast du aber nicht richtig nachgedacht«, sagte eine der Schwestern milde.

»Robben sprechen kein Deutsch«, ergänzte die andere.

Jessica stemmte die Hände in die Hüften. »Das weiß ich auch. Für wie blöd haltet ihr mich?«

Die Blicke der Schwestern sprachen Bände, aber sie schwiegen, denn jetzt war auch Keno da, ließ sich neben Sara zu Boden sinken und starrte sie voller Sorge an.

»Geht es dir gut?«

»Ja, ich ...«

Er ließ sie nicht ausreden. Kaum hatte er sich davon überzeugt, dass sie in Ordnung war, sprang er wieder auf und legte los.

Sara war noch ein bisschen benommen und bekam nicht alles mit. Aber dass er sich furchtbar aufregte, das begriff sie. Ein paar unfeine Ausdrücke waren wohl auch dabei; da er jedoch vorwiegend plattdeutsch sprach, verstand sie die zum Glück nicht.

Nur gegen Ende hörte sie genau, wie er sagte: »Nu ma Butter bei die Fische.« Auch das kapierte sie zwar nicht, aber er lieferte die Erklärung gleich nach: »Jetzt mal Klartext. Du hast dich unerlaubt von der Gruppe entfernt!«

»Wird sie bestraft?«, erkundigte sich Jessica hoffnungsvoll. Offenbar gefiel ihr nicht, wie viel Aufmerksamkeit Sara auf sich zog.

»Klar!«, rief jemand aus der Gruppe. »Sie muss in die Verbannung nach Spiekeroog.«

Jessicas Augen leuchteten schon auf, bevor sie durch einen doppelten Ellenbogenstoß der Schwestern begriff, dass sie veräppelt wurde.

Sara war indessen damit beschäftigt, sich den Schlick aus dem Gesicht zu wischen. Es gelang nur halbwegs, und ihr kam der Gedanke, dass sie vielleicht wirklich einer Robbe ähnelte – wenn die auch nicht aufrecht sitzen konnten. Blieb nur zu hoffen, dass keiner der unzähligen Minikrebse in ihre Nase gekrochen waren.

Keno hatte sich inzwischen etwas beruhigt. »Was ist denn bloß passiert, Sara?«

Täuschte sie sich, oder klang Furcht in seiner Stimme mit?

»Ich … also, das war keine Absicht«, flunkerte sie. »Ich habe gar nicht gemerkt, dass ich immer langsamer wurde. Und dann war mir auf einmal schrecklich schwindelig.«

Sein Ton wurde schlagartig sanfter: »Das kann schon mal passieren. Es gibt hier keinen richtigen Horizont, wenn der Himmel so grau ist wie jetzt. Und wenn der Blick keinen Halt findet, kann einem ziemlich schwummerig in der Birne werden.«

Sara verspürte einen heftigen Anflug von schlechtem Gewissen, aber sie verkniff es sich, mit der Wahrheit herauszurücken. Dieser kleine Trick würde für immer ihr Geheimnis bleiben.

Dafür sagte Jessica: »Oh, ich glaube, mir wird jetzt auch ganz komisch.«

»Wir sind für dich da«, sagten die Schwestern wie aus einem Mund, ernteten jedoch keinerlei Dank.

Keno wandte sich an die Gruppe. »Tut mir leid, Leute, aber die Tour ist hiermit beendet. Wir wären sowieso nicht mehr viel weiter gekommen. Bald läuft die Flut ein.«

»Schade«, sagte ein älterer Herr. »Es hat so viel Spaß gemacht.« Dabei blickte er zwischen Jessica und Sara hin und her. Seine Meinung war ihm deutlich vom Gesicht abzulesen: Junge Frauen machten nur Ärger.

»Wer möchte, kann in zwei Tagen noch einmal mitgehen«, bot Keno an. »Kostenlos.«

Der ältere Herr lächelte besänftigt, die Schwestern nickten einander zu, ein paar andere Teilnehmer bedankten sich, aber da wären sie leider schon abgereist. Trotzdem sei es eine tolle Führung gewesen, betonten sie.

»Ich kann meinen Urlaub nicht verlängern«, sagte Jessica, und schien auf einmal den Tränen nah. »Aber heute bin ich noch den ganzen Tag da. Und die ganze Nacht.«

Keno lächelte unbestimmt. Dann reichte er Sara die Hand und zog sie mit so viel Schwung hoch, dass sie an seiner breiten Männerbrust landete.

»Ups!«, rief sie, fühlte sich aber eigentlich ganz wohl.

»Jetzt bist du auch dreckig«, stellte sie fest.

Keno lachte ein volltönendes Lachen. »Halb so wild. Kannst du allein gehen oder ist dir noch schwindelig?«

Sara beschloss, ihr Glück nicht überzustrapazieren, und erklärte: »Ich denke, es geht.«

»In Ordnung. Bleib aber dicht neben mir.«

Keno führte die Gruppe zurück über das Watt und durch die Salzwiesen, wobei er mehrfach betonte, wie wichtig es sei, sich an die ausgeschilderten Wege zu halten, um die Flora und Fauna zu schützen. Sara hatte Schwierigkeiten, mitzuhalten, denn ihre nass gewordenen Sachen wogen schwer. Außerdem war in die Stiefel etwas Wasser eingesickert; die feuchten Socken rieben innen am Gummi, und mit jedem Schritt schmerzten ihre Fersen stärker. Aber sie biss die Zähne zusammen und ließ sich nichts anmerken.

Wieder am Treffpunkt angekommen schickte Keno die Leute nach Hause. Jessica zögerte lange. Sie hoffte eindeutig auf eine Einladung für den Abend. Schließlich wurde sie von den beiden älteren Schwestern beinahe mit Gewalt fortgezogen. Sara fand, Keno wirkte gleichzeitig froh und verärgert. Aber das konnte auch Einbildung sein. Im Augenblick war sie so erschöpft, dass sie kaum noch klar denken konnte.

»Na dann«, sagte sie und wollte sich abwenden. »Man sieht sich.« Auf einmal schämte sie sich schrecklich für ihre dumme Aktion und wollte nur noch weg.

»Moment mal.« Keno legte ihr ihr eine große, warme Hand auf die Schultern. »Du siehst völlig fertig aus. Ich bringe dich besser nach Hause.«

»Das ... ist nicht nötig.«

»Die Entscheidung kannst du ruhig mir überlassen.«

Mittlerweile fror Sara erbärmlich, während ihre Füße brannten. Jegliche romantische Anwandlung war ihr vorerst vergangen.

»Wie du willst«, sagte sie daher nur und humpelte wieder los. Weit kam sie nicht. Schon nach drei, vier Metern geriet sie ins Stolpern.

Keno hielt sie fest und zog die Stirn in Falten. Dann hockte er sich mit dem Rücken zu ihr hin. »Na los.«

»Was?«

»Schätze mal, du hast Blasen an den Füßen. Ich trage dich nach Hause.«

»So?«

»Natürlich. Huckepack. Willst du etwa, dass ich dich wie eine Braut durch das halbe Pirolatal schleppe?«

»Ähm ...« Doch, das hätte ihr besser gefallen.

»Tja, Lütte. Tut mir leid. Aber entweder so oder gar nicht.«

Sara dachte, sie könnte Annabel anrufen und dann mit dem Ponywagen nach Hause gebracht werden. Aber es würde seine Zeit dauern, bis Annabel da wäre, und Sara wollte dringend aus den nassen Klamotten raus.

Also krabbelte sie etwas ungeschickt auf Kenos Rücken und krallte sich fest, als er mit Schwung aufstand.

»Wenn du mich nicht erwürgen würdest, wäre ich sehr dankbar«, sagte er gepresst.

»Oh, sorry.« Sie lockerte ihren Griff. Es war aber auch verflixt hoch.

Nun marschierte Keno los, durchmaß mit langen, sicheren Schritten das Tal, grüßte Spaziergänger, die ihnen mit offenen Mündern nachschauten, und lachte leise vor sich hin.

»Wahrscheinlich wird es jetzt heißen, ich entführe die Deerns schon mit Gewalt. In spätestens drei Stunden trage ich angeblich einen Fellumhang und schleife mein armes Opfer an den Haaren hinter mir her.«

Sara erwiderte nichts darauf. Sie wollte jetzt nicht daran erinnert werden, dass sie auf dem Rücken eines Frauenhelden saß.

Vor dem Hexenhäuschen setzte Keno sie vorsichtig ab und folgte ihr dann. Die Wohnküche hatten Sara und Vroni im Laufe des vergangenen Monats in einen gemütlichen, sauberen Ort verwandelt. Pauline hatte mit Rat und Tat zur Seite gestanden und auch die Kosten übernommen, denn schließlich würde sie mit einem gut eingerichteten Ferienhaus künftig auch besser verdienen.

Keno zog den Kopf unter dem Türrahmen ein, blickte sich um und stieß dann einen anerkennenden Pfiff aus.

»Macht ja richtig was her!«

Sara lächelte. Tatsächlich konnte man sich in diesem Raum jetzt wohlfühlen. Die Küchenzeile war neu und mit den modernsten Geräten ausgestattet. Der Wohnbereich wurde von einem gemütlichen, breiten Sofa eingenommen. Außerdem gab es noch einen Ohrensessel, in dem Sara am liebsten saß, sowie einen hübschen Tisch für vier Personen mit dazu passenden Stühlen. An den Fenstern wehten neue, helle Gardinen, die Löcher in den Wänden waren zugespachtelt worden – nun hingen dort Kunstdrucke von Langeoog. Nur frische Blumen fehlten. Diese Aufgabe hatte jeden Morgen Vroni übernommen. Beim Anblick der leeren Vase stiegen Sara die Tränen in die Augen.

Dann sagte sie sich, sie sollte froh sein, dass Vroni nicht mehr da war. Die hätte ihr ordentlich die Meinung gesagt.

Keno, der ihren Gesichtsausdruck falsch deutete, meinte: »Komm, ich helfe dir aus den Stiefeln. Muss wehtun.«

Sara biss die Zähne zusammen, als er ihr vorsichtig erst den linken, dann den rechten Stiefel auszog, und unterdrückte jegliche Schmerzenslaute.

»Du kannst mich jetzt allein lassen«, sagte sie schließlich. »Ich glaube, ich möchte nur noch unter die Dusche und mich dann ins Bett legen.«

»Abgelehnt«, entschied er. »Du gehst duschen und kommst dann wieder runter. Ich mache inzwischen Tee.«

Verwirrt folgte sie seinem Befehl, und während sie sich den Schlamm aus den Haaren und vom Körper wusch, fragte sie sich, was das zu bedeuten hatte.

Sara versorgte noch ihre Blasen, bevor sie in ein luftiges Sommerkleid schlüpfte. Ihr war inzwischen wieder warm geworden, und wenn sie an Keno unten in der Wohnküche dachte, wurde ihr regelrecht heiß.

Rasch versuchte sie noch, die hektischen roten Flecken auf ihren Wangen wegzupudern. Mit mäßigem Erfolg.

»Hast du noch Sand im Gesicht?«, fragte er, als sie wieder unten ankam.

»Ähm … nein, das ist Puder.«

Keno grinste. Dann stellte er eine gefüllte Teekanne, eine Dose mit Kluntjes, dem berühmten Kandiszucker, zwei Becher und eine Buddel Rum auf ein Tablett, nahm es hoch und brachte es zum Tisch.

Sara stellte fest, dass er sich nur oberflächlich gewaschen hatte. Er roch leicht modrig nach einer Mischung aus Salz, Schlick und Wasserpflanzen. Und ein bisschen fischig.

»Einfach himmlisch«, murmelte sie.

»Schmeckt auch gut«, erwiderte er und meinte wohl den Tee. »Mach es dir gemütlich, ich bringe dir einen Becher.«

Er wandte sich von ihr ab. Sara ging zum Sofa, setzte sich und zog die Beine unter sich. Keno schwieg, und auch sie wusste nichts zu sagen.

Kluntjes klackerten in die Becher und knisterten leise, als Keno den Tee darüberlaufen ließ. Als Nächstes wurde die Rumflasche aufgeschraubt. An dem gluckernden Geräusch maß Sara ab, dass da ein ordentlicher Schuss zugefügt wurde. Sie nahm sich vor, nur einen kleinen Schluck zu trinken. Diesen besonderen Moment wollte sie mit klarem Kopf erleben. Sie hatte so lange darauf gewartet!

Nun hätte sich Keno umdrehen und zu ihr kommen müssen, aber sie blickte immer noch auf seinen Rücken.

»Was ist denn?«, fragte sie zaghaft.

Seine Schultern sackten herab »Das ist heute wirklich dumm gelaufen«, knurrte er. »Ich bin seit zehn Jahren Wattführer, aber noch nie ist mir ein Feriengast abhandengekommen.«

»Ich bin kein Feriengast«, murmelte Sara. Sie begriff, dass Keno sich schlecht fühlte, weil er nicht auf sie aufgepasst hatte, und bekam schlagartig heftige Gewissensbisse.

»Sondern?«, fragte er.

Eine Stalkerin, die dir das Leben schwer macht, hätte sie fast geantwortet. Sie biss sich auf die Lippen, schluckte zweimal trocken und sagte dann: »Na ja, ich lebe hier seit einem Monat.« Das klang jetzt nicht so bombastisch, deshalb fügte sie schnell hinzu: »Und ich werde bleiben. Langeoog wird mein Zuhause.«

»Dein Ernst?« Endlich drehte er sich um und seine hellen Augen musterten Sara, als würde er sie zum ersten Mal sehen. »Und was willst du hier tun – außer tote Robbe spielen?«

Mist! Das hat er also gehört. Und wieso musste er jetzt gemein werden?

Klar, überlegte sie. *Er hat kapiert, dass ich ihn überhaupt erst in diese Lage gebracht habe. Ohne meinen angeblichen Schwächeanfall* wäre er weiterhin der fehlerfreie Wattführer.

»Das war nicht besonders nett«, sagte sie.

»Tut mir leid.« Keno lächelte schief.

Sie nahm seine Entschuldigung an und meinte: »Muss ja keiner erfahren, was passiert ist. Da waren ja vorhin nur Touristen dabei. Warum sollten sie das rumerzählen?«

Keno würdigte sie keiner Antwort. War auch nicht nötig. Stattdessen grinste er. »Man wird mich deswegen schon nicht gleich feuern. Aber jetzt noch mal in Ruhe: Was hast du vor?«

Sara schaute zu ihm hoch und sagte mit einer Stimme, die hoffentlich fest und sicher klang: »Ich werde eine Strandbar eröffnen.«

Eine Sekunde lang starrte Keno sie verblüfft an. Dann brach er in ein dröhnendes Lachen aus, bei dem sich die Balken des Hexenhäuschens bogen.

Schwer beleidigt schnellte Sara vom Sofa hoch, ging an ihm vorbei zum Tisch, schnappte sich einen Becher und trank drei große Schlucke von der Tee-Rum-Mischung. War zum Glück nicht mehr kochend heiß, aber dafür ganz schön stark!

Endlich beruhigte sich Keno, nahm seinen eigenen Becher und ließ sich in den Ohrensessel fallen.

»Die schüchterne Sara, die sich im Schuhgeschäft am liebsten im Lager versteckt, will eine Bar betreiben. Alle Achtung!«

Schon komisch, wie ein Männerhirn so funktionierte. Erst hatte er sich überhaupt nicht an sie erinnert, dann immerhin an ihre Leidenschaft für Cocktails, und nun fiel ihm ausgerechnet das unangenehmste Detail ein, das sie ihm jemals aus ihrem Leben erzählt hatte.

»Ich habe mich verändert«, erklärte sie.

Keno überhörte den Einwand. »Ich wette, hinter der Schnapsidee steckt meine Tante Pauline. Die würde ihre olle Bude auch noch dem Deibel persönlich vermieten, bloß um noch ein Geschäft zu machen.«

Mit dem Teufel wurde Sara nicht so gern verglichen, so viel plattdeutsch konnte sie inzwischen. Sie musste Keno jetzt den Mund stopfen, bevor er noch Dinge sagte, die er später bereuen würde.

Also setzte sie sorgfältig ihren Teebecher ab, ging zu ihm,

nahm ihm seinen Becher ab und stellte ihn auf den Fußboden. Dann setzte sie sich auf Kenos Schoß und küsste ihn.

Die Zeit flog zurück, und sie war wieder die Urlauberin, die sich Hals über Kopf in diesen prächtigen Insulaner verliebt hatte. Sein Kuss schmeckte genauso, wie sie ihn in Erinnerung hatte – nach Mann und Meer und weitem Horizont. Einzig, dass seine Mundbewegungen nach dem ersten Erstaunen so routiniert waren, störte sie ein wenig. Trotzdem war sie im Himmel.

Oder doch nicht? Irgendwas störte Sara. Dann gab sie sich jedoch ganz dem Moment hin. Sie fuhr ihm durchs weißblonde Haar, spürte, wie er ihr sanft über den Rücken strich, während er sie gleichzeitig enger an sich drückte, wie sein Atem schneller ging.

Dann passierte alles sehr schnell: Die Haustür flog auf, Pauline kam hereingefegt, griff an Sara vorbei nach Kenos linkem Ohr und verdrehte es kräftig.

»Aua! Verdammt!«, schrie der auf.

Sara rutschte von seinem Schoß.

»Dösbaddel!«, rief Pauline.

»Lass sofort los, oder …« Keno stand auf, Pauline verlor den Griff, und für einen Augenblick fürchtete Sara, er könnte seiner Tante etwas antun.

Aber er lachte nur und drohte ihr mit dem Zeigefinger. »Wie oft habe ich dir gesagt, du sollst dich nicht in mein Leben einmischen? Ich bin erwachsen.«

»Dumm Tüch!«

Dummes Zeug, übersetzte Sara im Stillen.

»Du brichst unserer Sara gefälligst nicht zum zweiten Mal das Herz!«

»Habe ich nicht vor!«

Sara fiel auf, dass er seine Tante nicht fragte, wie sie von ihnen beiden erfahren hatte – doch das war vermutlich auch überflüssig. Er hatte sie ja weithin sichtbar durch das Pirolatal getragen.

13. Kapitel

Pauline machte keine Anstalten, noch einmal handgreiflich zu werden. Ihr Neffe im Stehen war für sie offenbar ein anderer Schnack als ihr Neffe im Sitzen. Sara grinste in sich hinein. *Ein anderer Schnack* – wenn sie so weitermachte, würde sie bald wie eine waschechte Ostfriesin denken und sprechen.

»Entschuldigt mal«, sagte sie zaghaft, wurde aber glatt überhört.

Pauline überschüttete Keno mit Vorwürfen. Der hatte leicht die Augen zugekniffen, nahm nun seinen Teebecher vom Fußboden hoch und trank ihn seelenruhig aus.

»Hörst du mir überhaupt zu?«, wollte Pauline wissen.

»Nee, Tantchen, schon seit ungefähr zwanzig Jahren nicht mehr.«

»Du … du …«

»Na?«

Ausnahmsweise schien Pauline um ein Schimpfwort verlegen. Sie öffnete noch ein paarmal den Mund, schloss ihn aber wieder, sagte schließlich nur: »Du bringst noch großes Unglück über uns alle.«

»Jetzt red keinen Stuss! Sara weiß, was sie tut, richtig?«

»Ähm … Ja …« erwiderte sie, obwohl sie davon keineswegs überzeugt war.

»Außerdem –« Keno richtete seinen Blick wieder auf Pauline, »außerdem hat *sie mich* geküsst. Ich bin völlig unschuldig.«

Sara fand, diese Kleinigkeit hätte er ruhig für sich behalten können.

Pauline lachte nur bitter auf. »Völlig unschuldig. Pah! Du hast die arme Deern vor Jahren verhext, und sie kommt nicht von dir los.«

Uiuiui, dachte Sara. *Als Nächstes lässt sie einen Exorzisten kommen.*

Sie fand, nun reichte es. »Nett, dass du dir Sorgen um mich machst, Pauline. Aber ich kann schon allein auf mich aufpassen.«

»Indem du im Watt einpennst?«

Sara zuckte zusammen, sagte nichts.

»… und fast von der Flut überspült wirst?«, hakte Pauline nach.

Keno mischte sich ein. »Die Leute tratschen zu viel. Du solltest nicht darauf hören, Tantchen. Es war alles halb so wild. Ihr war nur kurz ein bisschen schwummerig.«

»Nach meinen Informationen«, gab Pauline langsam zurück, »wurde Sara mindestens eine halbe Stunde lang vermisst.«

So lange? Nachträglich bekam sie es nun doch mit der Angst zu tun.

»Vollkommen übertrieben«, erklärte Keno mit fester Stimme. »Ich habe sie sehr schnell gefunden.«

»*Du?*«

»Jo … Also … Da war eine Teilnehmerin, die etwas früher da an der Stelle war als ich …«

»Eben! Und diese eingebildete Blondine sitzt im Augenblick bei *Achterndiek* an der Theke und lässt sich als Heldin des Tages feiern.«

Achterndiek, das wusste Sara, so hieß die Strandkneipe am Hauptbad.

»Die will sich nur wichtigmachen«, gab Keno zurück. An seiner Schläfe pulsierte eine Vene, und Sara ahnte, was in ihm vorging.

»Mir egal«, sagte Pauline. »Sie ruiniert deinen Ruf als zuverlässiger Wattführer!«

Alles meine Schuld, dachte Sara beklommen.

Keno knallte seinen Teebecher auf den Tisch und ballte die Fäuste. »Na, der werde ich mal Bescheid geben!«

Er stürmte los, vergaß, den Kopf einzuziehen, stieß sich die Stirn am Türrahmen, fluchte und verschwand nach draußen.

Pauline schlug die Hände vors Gesicht. »Ojemine! Da habe ich ja was angerichtet! Das gibt Mord und Totschlag.«

Sara war viel zu erschrocken, um etwas zu erwidern. Sie stand da wie erstarrt, aber nach einer Weile kam wieder Leben in sie.

»Wir müssen ihm nach«, erklärte sie, »und das Schlimmste verhindern.«

Wie genau sie das anstellen sollten, fragte sie sich nicht.

Pauline zögerte kurz, dann nickte sie. »Aber ich schicke Matteo und Riccardo eine Nachricht, dass sie auch hinkommen sollen.«

»Gute Idee!«

»Und Matteo soll Bella mitbringen.«

»Meinen großen, starken Kampfhund?«

Pauline hob die Schultern. »Vielleicht verschlägt es dieser Jessica bei ihrem Anblick ja die Sprache und sie nimmt ihre bösen Verleumdungen zurück.«

»Herzlichen Dank.«

»Da nich' für.«

Als sie vors Haus traten, musterte Pauline den Abendhimmel und legte dabei die Stirn in Falten. Sara folgte ihrem Blick. Hohe Wolkenberge stapelten sich übereinander.

»Dat sieht nich' gut aus«, brummelte Pauline.

»Glaubst du, es wird wieder regnen?«, erkundigte sich Sara. Es beruhigte sie, über das Wetter zu reden. Dann musste sie nicht daran denken, was sie möglicherweise erwartete.

»Regnen? Unsinn. Das gibt nur wieder ein bisschen feuchte Luft.«

Sara, die mittlerweile die Neigung der Insulaner zur Untertreibung kannte, lief noch mal zurück und kam mit zwei Schirmen wieder heraus.

»Völlig überflüssig«, sagte Pauline.

Sie gingen los, und zwei Minuten später fielen die ersten Tropfen.

»Überflüssig?«, fragte Sara grinsend und reichte Pauline einen Schirm.

Die nahm ihn zwar, zuckte aber gleichzeitig mit den Schultern. »Regen ist erst, wenn die Heringe auf Augenhöhe schwimmen.«

Sara lachte und vergaß für eine kurze Weile, dass Keno

in diesem Moment vielleicht schon Rabatz in einer Kneipe machte. Oder mit der langbeinigen Jessica einen Friedensschnaps trank – was wesentlich schlimmer war!

Pauline wählte den Weg an den Dünen entlang. Vielleicht wollte sie ja nicht von zu vielen Leuten im Ort gesehen werden. Als ihr Smartphone piepte, informierte sie Sara: »Riccardo ist schon vor Ort. Bei dem Wetter hat er seinen Eiswagen abgeschlossen und steht jetzt vorm *Achterndiek*. Keno ist vor zwei Minuten angekommen und drinnen verschwunden. Riccardo fragt, ob er draußen bleiben oder ihm nachgehen soll.« Sie lachte ihr meckerndes Lachen. »Die Sache gefällt ihm. Endlich ist mal wieder was los auf Langeoog.«

Sara lächelte gequält. »Richte ihm aus ihm, er möchte bitte warten.«

Anstatt eine Nachricht zu schreiben, rief Pauline Riccardo an.

»Bleib draußen.« Sie lauschte, dann setzte sie hinzu: »Die paar Tropfen werden dich schon nicht umbringen. Du gehst nur rein, wenn die Möbel fliegen.«

Sie unterbrach die Verbindung, bevor Riccardo noch etwas erwidern konnte, und beschleunigte ihren Schritt. Sara, die wieder ihre Blasen spürte, hatte Mühe, auf gleicher Höhe zu bleiben.

Sie trafen zeitgleich mit Matteo und Sophie am Hauptbad ein. Die Kneipe lag direkt neben einer Reihe kleiner, skandinavisch anmutender Häuschen aus Lärchenholz.

»Sind die neu?«, fragte Sara.

»Wurden vor ein paar Jahren gebaut«, gab Pauline zurück. »Da sind Läden und Lokale drin. Ist jetzt aber nicht so wichtig.«

»Ich frag ja nur.« Offenbar war es ihr nicht vergönnt, sich noch für einen Moment abzulenken.

Unter Matteos Jacke lugte Bellas kleines Köpfchen hervor. Sie richtete ihre Glubschaugen auf Sara, ließ zur Begrüßung die Zunge heraushängen und jaulte leise.

»Hallo, meine süße Kleine«, sagte Sara. »Ich hab dich sehr vermisst.«

»Willst du sie nehmen?«, fragte Matteo.

Schon wollte sie die Arme nach Bella ausstrecken, als sie es sich noch einmal anders überlegte. »Lieber erst, wenn alles geklärt ist.«

»Sophie soll sie halten«, entschied Pauline. »Wir brauchen euch Männer zur Unterstützung.«

Sophie nahm Matteo die kleine Hündin ab. »Wehe, dir passiert was!«, sagte sie zu ihm. »Ich habe nicht letztes Jahr um dich gekämpft, damit ich dich jetzt bei einer Kneipenschlägerei verliere.«

Matteo grinste schief. »Wenn ich mich recht erinnere, habe *ich* um *dich* gekämpft. Du wolltest nämlich ziemlich lange nichts von mir wissen.«

»Ist doch egal.«

»Richtig, Amore mio.«

»Herrgott!«, stieß Pauline aus. »Können wir jetzt mal zu Potte kommen?«

»Wer sorgt sich eigentlich um *mich*?«, wollte Riccardo wissen.

»Weiß Annabel, was los ist?«, fragte Sophie zurück.

Er schüttelte den Kopf.

»Na, vielleicht besser so«, meinte sie.

»Kinners!«, rief Pauline. »Kommt schon!«

»Vielleicht legen wir uns ja nicht so gern mit dem großen, starken Keno an«, erklärte Matteo.

»Du sagst es«, stimmte Riccardo zu.

Pauline schnaubte. »Das verlangt ja auch keiner. Ich will nur nicht, dass er eine Dummheit macht und endgültig seinen Ruf ruiniert.«

»Da gibt es noch was zu ruinieren?«, fragte Matteo.

Sara hatte genug von der Diskussion. Einerseits fürchtete sie sich vor dem, was sie in der Kneipe erleben würde, andererseits wollte sie es hinter sich bringen. Außerdem war ihr wieder kalt.

Also entfernte sie sich von der Gruppe der Freunde, öffnete die Kneipentür und trat ein. Zunächst schaute sie sich nur um. Besonders gemütlich sah es hier nicht aus: Es gab eine große Theke und ein paar Barhocker, ansonsten nur Stehplätze. Klar, normalerweise saßen die Gäste lieber draußen. Getrunken wurde Bier vom Fass oder aus der Flasche, dazu vielleicht ein paar Kurze.

Meine Strandbar, dachte Sara, *wird ganz anders werden. Ein bisschen rustikal, aber auch stilvoll, mit einer kleinen, aber feinen Cocktailkarte.*

Meine Strandbar. Unwillkürlich lächelte sie.

Vielleicht lag es an den aufregenden Ereignissen während der Wattwanderung, vielleicht an den Küssen mit Keno – sie wusste es nicht, aber in diesen wenigen Sekunden wurde ihr klar, dass sie ihre Strandbar wirklich haben wollte. Dass sie nicht nur davon sprach, um Keno zu beeindrucken. Ein Glücksgefühl durchströmte sie, das nichts mit einer alten, unvergessenen Liebe zu tun hatte. Nur mit ihr selbst und dem, was sie schaffen würde.

Dieses Gefühl hielt so lange an, bis sie Keno entdeckte. Da fühlte Sara einen Stich in der Magengegend, und Übelkeit stieg in ihrer Kehle auf.

Er stand unübersehbar am linken Rand der Theke, war von einem Pulk von Männern umgeben, überragte jedoch jeden einzelnen. Allesamt schüttelten sie sich vor Lachen. Jedes Mal, wenn jemand eine Bemerkung machte, ging das Gegröle wieder von vorne los, und irgendwo in dieser Gruppe befand sich Jessica. Zwischen dem einen oder anderen Rücken blitzten lange, blonde Haarsträhnen auf, und Jessicas grelle Stimme übertönte das Gelächter der anderen.

Sie machen sich alle lustig über mich, schoss es Sara durch den Kopf.

Das Glücksgefühl, das sie eben noch erfüllt hatte, fiel in sich zusammen wie eine kunstvolle Sandburg bei einlaufender Flut. Tränen stiegen ihr in die Augen, sie wich rückwärts zurück zur Tür. Die wurde im selben Moment von Pauline aufgerissen, Matteo und Riccardo waren dicht hinter ihr. Nun gab es kein Entkommen.

»Du Dummerchen«, raunte Pauline ihr zu. »Hättest auf uns warten sollen. Wo ist Keno? Hat er die Verleumderin schon erwürgt?«

Sara schüttelte stumm den Kopf und deutete zur Theke.

»Sieht doch alles ganz friedlich aus«, bemerkte Riccardo. »Und dafür hast du uns alarmiert?«

»Ich hatte was anderes erwartet«, gab Pauline verwirrt zurück.

Matteo trat einen Schritt vor. »Tja, sieht so aus, als hätten sie schon Frieden geschlossen.«

In diesem Moment erhob sich Jessicas blonder Schopf über

den anderen Gästen. Anscheinend war sie auf einen Barhocker gestiegen.

Sie bat um Ruhe, niemand beachtete sie. Also stieß sie einen gellenden Pfiff aus. Schlagartig herrschte Stille.

Sara sah sich nach einem anderen Fluchtweg um. Es gab keinen. Die Kneipe war rappelvoll, die Fenster waren winzig und der Weg zur Tür wurde immer noch von ihren Freunden versperrt.

»Hört mal, Leute!«, rief Jessica. »Ich sage es noch mal klar und deutlich: Keno ist der allerbeste Wattführer in der Nordsee. Also … auf dem Grund der Nordsee … äh … ihr wisst schon, was ich meine …«

»Die ist hackedicht«, murmelte Matteo.

Jessicas Stimme wurde noch ein bisschen greller. »Die tote Robbe haben wir gleichzeitig gefunden. Keno war sogar ein bisschen vor mir da. Er ist ein Held! Prost!«

Dann verschwand sie wieder hinter den verschiedenen Männerrücken.

»Tote Robbe?«, fragte Matteo. »Wer soll das sein?«

»Ich«, sagte Sara kläglich.

Nun musste sie erzählen, was vorgefallen war.

»Vielleicht sollten wir uns diese Jessica mal vornehmen«, schlug er daraufhin seinem Bruder vor.

»Untersteht euch!«, mischte sich Pauline ein. »Das ist ’ne Sirene, die lockt euch bloß auch noch ins Verderben.«

»Sirene passt«, befand Riccardo grinsend. »Die hat eine Stimme wie ein Martinshorn.«

Sara seufzte. »Aber lange Beine und blonde Haare.« Sie drehte sich von der Theke weg, um Jessicas Sieg nicht länger mit ansehen zu müssen.

Als ihr jemand die Hand auf die Schulter legte, zuckte sie zusammen.

»Langbeinige Blondinen sind das Langweiligste, was ich kenne«, erklärte Keno.

Sie wirbelte herum, sah zu ihm hoch. Er lachte.

»Holzk...« begann Pauline, brach aber ab, als Keno die Hand hob. Dann setzte er zu einer Erklärung an.

»Tantchen, du hättest die Kavallerie gar nicht rufen müssen. Ich weiß genau, was ich tue.«

»Das wäre mir neu«, schoss Pauline zurück.

»Sei still, jetzt rede ich. Natürlich war ich wütend, als du mir erzählt hast, was Jessica hier treibt. Aber bis ich angekommen war, hatte ich mich abgeregt. Und dann habe ich klug und überlegt gehandelt.«

»Du?« Paulines Gesicht drückte pures Misstrauen aus.

Sara bemerkte, dass an Kenos Schläfe wieder diese Vene pulsierte, aber er ignorierte die Reaktion seiner Tante und sagte: »Ich bin hier reingekommen und habe sie mit ihren Fans an der Theke entdeckt. Sie hat – sagen wir mal so – nicht gerade höflich über Sara gesprochen. Und über mich auch nicht.«

»Miststück«, brummte Pauline.

»Da habe ich eine Runde Lütt 'n Lütt für alle bestellt.«

So nannte man im Norden Bier und Weizenkorn, das wusste Sara noch.

Als alle ihn nur verdattert anstarrten, grinste Keno. »Verwandele deine Feinde in deine Freunde. Alte Seemannsregel.«

»Hab ich noch nie von gehört«, bemerkte Pauline.

»Das macht nichts, Tantchen. Hat geklappt. So ungefähr nach der vierten Runde. Oder der fünften? Ich hab vergessen, mitzuzählen.«

Er verbeugte sich leicht, als erwarte er Applaus.

Niemand tat ihm den Gefallen.

»Als ich eben hereingekommen bin«, wagte Sara zu sagen, »da habt ihr alle sehr laut gelacht.«

»Jo. Aber nicht über dich. Ich habe denen ein paar Döntjes erzählt.«

»Döntjes?«

Sein Grinsen wurde noch breiter. »Anekdoten aus meinem Leben.«

Sie nickte und fragte lieber nicht genauer nach.

»Die Landratten sind jetzt alle glücklich. Und der Uwe auch. Ist der einzige Insulaner da an der Theke.«

»Der einäugige Uwe?«, hakte Pauline nach.

Keno nickte. »Ich habe Jessica erzählt, der hat sein Auge beim Walfang verloren. Jetzt liegt sie schon in seinen Armen.«

»Dunnerlittchen! Wat biste plietsch, min Jung!«

Ein größeres Kompliment war vermutlich noch nie über Paulines Lippen gekommen.

»Kein Holzkopp mehr?«

»Grad mal nich!'«

»Wer ist der Einäugige?«, fragte Sara leise Matteo.

»Eigentlich ein netter Kerl. Ist schon so zur Welt gekommen. Er arbeitet auf einem Fischkutter und hat selten Glück bei den Frauen.«

»Es sei denn, ich helfe ihm«, ergänzte Keno. »Und so sind am Ende alle glücklich. Ich habe meine Ruhe, Jessica kriegt einen strammen Insulaner, und der Uwe hat endlich mal wieder Spaß.«

»Sofern sie nicht umkippt, bevor er mit ihr allein sein kann«, meinte Riccardo.

»Ist nicht mehr mein Problem.« Keno nahm Sara an der Hand. »Lass uns gehen.«

Draußen wurden sie von einer sehr nervösen Sophie empfangen. Sara nahm Bella an sich, während die anderen erzählten.

Dann raunte Keno ihr zu: »Komm, wir verschwinden.«

Pauline aber hatte aufgepasst. »Nix da! Für heute hast du für genug Aufregung gesorgt. Ich bringe Sara wieder nach Hause.«

Sara beobachtete Keno genau. Sie fand, er wirkte ein kleines bisschen erleichtert.

Und sie selbst? Sie horchte aufmerksam in sich hinein und musste zugeben, dass sie völlig kaputt war und nur noch schlafen wollte.

»Pauline hat recht«, sagte sie daher. »Wir können uns morgen sehen, oder irgendwann in den nächsten Tagen. Ich bleibe ja hier.«

»Ist gut.« Er nickte und rieb sich dann über die Stirn. »Bin ehrlich gesagt auch ziemlich hinüber. Musste nämlich mittrinken.«

»Als ob dich das jemals von was abgehalten hätte«, murmelte Matteo so leise, dass nur Sara ihn hören konnte.

Sie tat, als hätte auch sie es nicht mitbekommen, und drückte Bella an sich.

Riccardo, Matteo und Sophie beschlossen, sich auf den Schreck ein Bierchen zu gönnen. Keno lehnte dankend ab, zwinkerte Sara zu und schlenderte davon.

»Komm, Lütte«, sagte Pauline. Müde folgte Sara ihr. Der Regen hatte aufgehört. Bella zappelte, sie wollte laufen. Also ließ Sara sie hinunter.

Nach einer Weile schaute sie Pauline von der Seite an. Die ältere Frau schien tief in Gedanken versunken zu sein.

»Ich möchte dich um etwas bitten«, sagte Sara.

»Ja?«

»Wenn du mit Vroni telefonierst, bitte erzähl ihr nicht, was passiert ist.«

»Warum sollte ich?«, gab Pauline entrüstet zurück. »Ich bin doch keine Petze.«

Sara glaubte ihr kein Wort.

14. Kapitel

Der Rest der Woche verlief ereignislos. Sara wusste nicht, ob sie darüber erleichtert oder enttäuscht sein sollte. Keno ließ sich nicht bei ihr blicken, und sie selbst konnte sich nicht dazu durchringen, noch einmal die Initiative zu ergreifen. Weder stand ihr der Sinn nach einer weiteren Wattwanderung, noch wollte sie ihm am Fähranleger auflauern oder wie zufällig bei ihm zu Hause vorbeigehen.

Keno wohnte in der Ortsmitte, ganz in der Nähe des Heimatmuseums »Seemannshus«. Sara hatte ein paar Tage lang an einen Museumsbesuch gedacht, denn das auf einer Düne gelegene alte Gebäude gab Einblicke in das häusliche Leben früherer Zeiten, was sie tatsächlich interessierte. Aber sie fürchtete, wenn sie anschließend Keno auf der Straße begegnete, könnte er denken, sie sei nur seinetwegen hier – und Sara wollte nicht als Stalkerin gelten. Ihre Aktion bei der Wattwanderung war ja schon grenzwertig gewesen.

Das war also keine Option. Von Frauen, die ihm nachliefen, hatte er die Nase voll. Deshalb musste er zu ihr kommen. Bloß – er kam nicht.

Ob Pauline etwas damit zu tun hatte?

Nein, sie würde nicht nachfragen. Ihre Vermieterin sollte am besten gar nichts mehr über Saras Privatleben erfahren. Also mied sie auch Pauline.

Morgens ging sie erst mit Bella spazieren und verbrachte dann ein paar himmlische Stunden am Hundestrand. Der Sommer war mit voller Kraft zurückgekehrt, und beide liebten es, faul im Sand zu liegen.

Sobald Sophie um zwölf ihr Eiscafé öffnete, fand sich Sara mit Bella dort ein, nahm ein spätes Frühstück zu sich und plauderte mit ihrer neuen Freundin, während diese letzte Hand an Kuchen, Torten und Gebäck legte. Um diese Uhrzeit kamen nur wenige Gäste, und sie begnügten sich meist mit einem Kaffee und ein paar Plätzchen auf der Terrasse, so dass Sara und Sophie im Café unter sich waren.

Dies waren schöne, friedliche Momente in angenehmer Gesellschaft. Bella schlief dann in einem Hundekörbchen, das Sophie für sie aufgestellt hatte. Die kleine Hündin war erschöpft von Sonne, Wind und Strand – aber sie war auch so gesund wie nie, keuchte nicht mehr, ihr weißes Fell war überall nachgewachsen und glänzte sogar.

»Deins auch«, sagte Sophie lachend, als Sara eine entsprechende Bemerkung machte.

»Wie bitte?«

Sophie zeigte auf Saras Haare, die sie heute in einem schlichten Pferdeschwanz gebändigt hatte. »Die glänzen auch. Außerdem hast du so eine schöne Farbe bekommen. Honigblond, würde ich sagen. Oder hellbraun mit Goldschimmer. Das macht unsere Sommersonne.«

»So etwas hat Vroni auch schon mal gesagt«, erinnerte sich Sara.

»Oder hast du etwa nachgeholfen?«, fragte Sophie augenzwinkernd.

»Quatsch!«

»Dachte ich mir. Du schminkst dich auch nicht, weil du dich sowieso für nicht besonders hübsch hältst, oder? Aber da irrst du dich, Sara. Deine Augen sind wunderschön, und für deine langen, schwarzen Wimpern würde ich glatt einen Mord begehen.«

»Hör schon auf.«

»Nein, ehrlich. Seit du ein bisschen zugenommen hast, ist auch dein Gesicht voller und weicher. Du siehst einfach toll aus. Aber ich schätze mal, du guckst eher selten in den Spiegel.«

»Ähm …«

»Schon gut, aber mir fällt es eben auf. Und du bist auch selbstsicherer geworden. Als ich dich kennengelernt habe, warst du ganz schön schüchtern.«

»Das bin ich immer noch«, sagte Sara.

»Kann sein, aber nicht mehr halb so schlimm wie im Juni, und das weißt du auch selbst. Langeoog tut dir gut.«

»Deine Freundschaft tut mir gut«, erwiderte Sara. »Und die von Matteo und den Anderen.«

»Ach, Quatsch.«

»Doch.«

Sophie strahlte sie an. Dann beugte sie sich kurz zu Sara runter und umarmte sie. Das war eine Angewohnheit von ihr – sie umarmte gern die Leute, Freunde wie Fremde. Sara fand, das machte sie nur noch sympathischer.

»Was meinst du, wie froh *ich* bin, eine neue Freundin zu haben«, sagte Sophie. »Annabel ist voll beschäftigt mit ihrem

Ponyhof. Sie hat fast nie Zeit. Und Pauline ist – na ja, sie ist eben Pauline.«

»Sag bloß, du magst es nicht, wie sie sich in alles einmischt und erwartet, dass die Welt auf ihr Kommando hört?«

»Gut getroffen!«

Sie lachten beide. Dann warf Sophie Sara einen nahezu feierlichen Blick zu. »Der Mann, der dich mal bekommt, hat das große Los gezogen.«

Sara spürte, wie ihr die Hitze ins Gesicht stieg. »Du übertreibst.«

»Auf keinen Fall! Du wirst schon sehen: Auf Langeoog findest du dein Glück, genau wie ich.«

Bemerkungen dieser Art machte Sophie gern, aber Sara glaubte nicht daran. Ihr neues Leben auf der Insel war bisher ein einziges Scheitern gewesen. Sie hatte Keno nicht zurückgewinnen können, und die Bar …

Ihr Blick ging aus dem großen Panoramafenster bis zu Paulines zweiter Bude. Über die Strandbar hatte Sara seit Tagen mit niemandem mehr gesprochen. Dieses Projekt stand wie eine hohe Mauer vor ihr, und sie wagte es nicht, hinüberzuklettern.

Sophie tätschelte ihren Arm und eilte dann in ihre Backstube zurück. Sara trank nachdenklich ihren Kaffee aus.

Ich komme nicht vom Fleck, überlegte sie. *Kann ja sein, dass ich mich verändert habe, aber trotzdem trete ich auf der Stelle.*

Während sie weiterhin aus dem Fenster schaute, bemerkte sie eine hochgewachsene, schlaksige Gestalt, die sich Paulines Strandkorbverleih näherte. Vielleicht fiel ihr der Mann deshalb auf, weil er im Gegensatz zu den übrigen Urlaubern keine

Badeklamotten trug. Nicht einmal Shorts oder T-Shirt. Nein, er war korrekt in Anzug und Krawatte gekleidet und wirkte vollkommen fehl am Platz. Dass er Schuhe und Socken ausgezogen hatte, machte es nicht besser.

Er stakste durch den Sand wie ein Storch im Salat und wirkte nicht besonders glücklich in seiner Lage. Sara schmunzelte. Dann erinnerte sie sich daran, dass sie vor ein paar Wochen schon einmal einen großen, dünnen dunkelhaarigen Mann am Strand entdeckt hatte. Damals hatte sie geglaubt, Benedikt Hoffmann zu erkennen, ihn danach aber nicht wiedergesehen.

Ihr Blick fiel auf die Schuhe, die er in der Hand trug – und sie zuckte erschrocken zusammen. Trotz der Entfernung erkannte sie das Paar dunkelbraune Wildlederschuhe, das sie Vronis stillem Stammkunden verkauft hatte.

»Ich werd' verrückt!« Sara sprang von ihrem Stuhl auf. »Er ist es!«

Bella hüpfte aus ihrem Körbchen und bellte aufgeregt, Sophie kam aus der Backstube gelaufen.

»Was ist passiert?«

Sara streckte den Arm aus und zeigte nach draußen. »Siehst du den Mann da drüben bei Pauline?«

»Den großen, schlanken, mit den schönen schwarzen Locken? Ja, klar. Der sieht toll aus. Wenn ich meinen Matteo nicht hätte, würde ich glatt schwach werden.«

Überrascht schaute Sara ihre Freundin an. »Du findest ihn gut aussehend?«

»Und ob!« Sophie ging näher ans Fenster. »Das Gesicht kann ich nicht genau erkennen, aber er hat bestimmt schön geschnittene Züge.«

»Woher willst du das wissen?«

Sophie grinste. »Der ist nicht hässlich, das habe ich im Gefühl. Und wie schick er angezogen ist! Bisschen daneben hier am Strand, aber echt top!«

Gemeinsam beobachteten sie, wie Pauline nun aus ihrer Bude kam. Sie stutzte kurz und sprach mit dem Mann. Dann strahlte sie über das ganze Gesicht, schüttelte ihm kräftig die Hand und zog ihn mit sich ins Innere.

»Der Ärmste«, sagte Sophie lächelnd. »Wahrscheinlich ist er gerade angekommen und wollte nur einen Strandkorb reservieren. Aber jetzt ist er Pauline in die Fänge geraten. Wenn er Pech hat, füllt sie ihn am helllichten Tag mit Aquavit ab, horcht ihn über sein Leben aus und überlegt, wie sie die Informationen gewinnbringend einsetzen kann.«

»Gehst du da nicht ein bisschen zu weit?«, fragte Sara.

»Nee, so ist sie. Hat sie beim Ragnar auch so gemacht.«

»Ich dachte, der ist Insulaner?«

»Ragnar? Nee, der kommt ursprünglich aus Hamburg. Macht aber schon seit zwanzig Jahren Urlaub auf Langeoog. Seit er in Pension gegangen ist, lebt er ganzjährig auf der Insel. Und er ist Pauline schon sehr nützlich gewesen.«

Sara vergaß für einen Moment Benedikt Hoffmann und die bange Frage, was der bloß auf Langeoog wollte. »Und wie?«

Sophie grinste jetzt. »Das hast du doch mitbekommen. Sie vermarktet ihn als Strandräuber und lässt ihn fleißig Gruselgeschichten erzählen. Das kommt bei den Gästen prima an.«

»Aber …« Sara brach ab, überlegte angestrengt und setzte dann noch einmal neu an: »Aber ich hatte den Eindruck, dass er und Vroni sich wirklich gut verstanden haben. War das etwa alles nur Show?«

»Keine Ahnung. Ich weiß nur, dass Pauline ihn schon ein paarmal auf alleinstehende Damen angesetzt hat, die daraufhin länger blieben als geplant und ihren Strandkorb natürlich bei ihr mieteten. Sie kann ganz schön durchtrieben sein.«

»Willst du damit sagen, Ragnar gibt den Inselcasanova für die ältere Generation?«

Jetzt lachte Sophie schallend auf. »Quatsch. Da müsste er schon ein bisschen anders aussehen, meinst du nicht? Aber er kann faszinierend erzählen und ...«

»Und?«, hakte Sara nach, als Sophie verstummte.

»Ich bin mir nicht sicher, ob ich es verraten darf.«

Sara wartete ab, während Sophie sich nachdenklich die Nase rieb. »Versprichst du, dass du es Vroni nicht verrätst?«

»Das kann ich nicht. Vroni und ich haben keine Geheimnisse voreinander, und ich weiß, dass sie ziemlich unglücklich abgereist ist, weil Ragnar auf einmal keine Zeit mehr für sie hatte.« Gleichzeitig dachte sie, dass Vroni offenbar sehr wohl Geheimnisse vor ihr hatte. Wie sonst kam Benedikt Hoffmann plötzlich auf die Insel? Vroni hatte kein Wort davon erwähnt.

»So«, murmelte Sophie. Dann schwieg sie eine Weile. Als sie wieder sprach, hatte sie eine Entscheidung getroffen. »Es tut mir leid, Sara. Aber dann behalte ich es vorerst lieber für mich. Es ist etwas, das nur ein paar Leute wissen, und Ragnar legt großen Wert auf den Schutz seiner Privatsphäre. Wenn er Vroni nichts davon gesagt hat, wird er seine Gründe haben. Das muss ich respektieren.«

Unwillkürlich bewunderte Sara die Freundin für deren Verschwiegenheit. Ihr gefiel der Gedanke, dass Sophie ein vertrauenswürdiger Mensch war, der nichts ausplauderte. Doch sie machte sich auch Sorgen.

»Er hat aber nicht irgendwo eine Frau und fünf Kinder versteckt? Dann müsste ich Vroni nämlich warnen.«

»Ach, Quatsch.« Sophie lachte schon wieder. »Er ist auch kein gesuchter Verbrecher, falls du das als Nächstes wissen wolltest.«

»Okay.«

»Und jetzt erzähl mir alles über den schicken großen Mann bei Pauline. Ich sterbe vor Neugier. Aber komm bitte mit in die Backstube, sonst brennt mir das Kaffeebrot an.«

Bella hatte sich wieder in ihrem Körbchen zusammengerollt und schlief friedlich.

»Keine Frage«, meinte Sophie nachdenklich, als Sara geendet hatte. »Pauline und Vroni haben sich gegen dich verschworen.«

Sara stand gegen den Arbeitstisch gelehnt und knabberte an einen Stück Kaffeebrot. »Glaubst du? Warum sollten sie?«

»Um dich von Keno fernzuhalten und stattdessen mit Benedikt zu verkuppeln.«

»Aber warum? Was geht die beiden mein Leben an?«

»Das frage ich mich auch. Bei mir hat Pauline das letztes Jahr genauso gemacht, wenn auch nicht ganz so auffällig. Na, ich muss gestehen, sie lag damit ganz richtig. Ich war nämlich anfangs in Riccardo verknallt.«

»Echt jetzt?«

»Mhm.« Sophie zog ihre dicken Ofenhandschuhe aus und strich sich eine Haarsträhne aus der Stirn. »Pauline hat gleich gesagt, dass Matteo viel besser zu mir passen würde als der Inselcasanova.«

Vor Schreck verschluckte sich Sara an ein paar Krümeln und musste husten.

Sophie gab ihr ein Glas Wasser.

»Ich weiß, klingt ein bisschen wie bei dir. Als ob sich die Liebesgeschichten auf der Insel wiederholen würden. Dir liegt Vroni mit Benedikt in den Ohren, und Pauline macht da anscheinend jetzt auch mit.«

Sara trank ein paar Schluck, bevor sie erwiderte: »Kann ja sein, dass bei dir und Matteo alles gut ausgegangen ist, aber das gibt Pauline noch lange nicht das Recht, über mich zu bestimmen. Ich gehe jetzt rüber und werde ihr ordentlich die Meinung sagen. Die kann was erleben!«

»Mach das«, erwiderte Sophie und feixte.

»Was ist so lustig?«

»Na, besonders schüchtern klang das jetzt nicht.«

Sara grinste auch. »Stimmt. Wird vielleicht Zeit, dass ich mich wirklich ändere. Sonst glauben diese beiden noch, sie können mit mir machen, was sie wollen.«

Sophie reckte den Daumen nach oben und widmete sich dann wieder ihrer Arbeit.

Bella war inzwischen wieder munter, und so nahm Sara sie mit.

Erst als sie Paulines Bude schon fast erreicht hatte, fiel ihr ein, dass Benedikt womöglich noch drinnen war. Von der Backstube aus hatte sie nicht sehen können, ob er wieder gegangen war. Sie blieb unschlüssig stehen. Bella setzte sich auf die Hinterbeine und schaute mit hängender Zunge zu ihr auf.

Bevor Sara eine Entscheidung treffen konnte, ging die Tür zum Strandkorbverleih auf, und vor ihr stand Benedikt.

»Hoppla«, sagte er, und sein Gesicht strahlte für ein paar Sekunden regelrecht auf vor Freude.

Sophie hat recht, dachte Sara überrascht. *Er sieht wirklich sehr gut aus. Besonders, wenn er lächelt.*

Aber dann senkte er den Kopf und blickte auf seine nackten Füße. Dabei entdeckte er Bella, und er murmelte: »Du bist aber eine hübsche kleine Hundedame.«

Bella hüpfte auf ihn zu und wedelte so heftig mit dem Schwanz, dass ihr ganzer Körper wackelte.

Benedikt ging in die Hocke und streichelte ihr sanft über den Kopf. »Hallo.«

»Auch hallo«, sagte Sara, woraufhin er wieder aufstand.

Er konnte nicht wissen, dass er eine Million Sympathiepunkte bei ihr gesammelt hatte, weil er die kleine Hündin als hübsch bezeichnet hatte. Musste im Augenblick auch nicht sein, befand Sara.

»Was machen Sie denn hier?«, fragte sie schroff.

Er schien regelrecht zu schrumpfen. Dann hustete er.

»Eine Kur«, erwiderte er nahezu unhörbar.

»Aha. Wollen Sie behaupten, Vroni habe Sie nicht geschickt, um ... also, um mich ...«

»Um Sie ...?«

»Ach, vergessen Sie's. Wann sind Sie angekommen?«

Falls ihn die Frage irritierte, ließ er es sich nicht anmerken. »Vor zwei Stunden.«

»Verstehe. Und waren Sie diesen Sommer schon einmal auf Langeoog?«

»Nein, sicher nicht.«

Dann habe ich mich im Juni getäuscht, sagte sie sich. *Das war nur jemand, der ihm ähnlich sah.*

Weil sie nichts mehr fragte, senkte er wieder den Kopf und schaute Bella an. Zum ersten Mal entdeckte Sara ein paar graue Strähnen in seinen schwarzen Locken, und aus unerfindlichen Gründen verspürte sie auf einmal den Wunsch, die Hand auszustrecken und ihn zu berühren.

Zur Sicherheit trat sie schnell einen Schritt zurück.

»Sie sehen anders aus«, murmelte Benedikt.

»Ach ja?« Das klang ziemlich schnippisch, aber Sara war entschlossen, sich von niemandem einwickeln zu lassen. Schon gar nicht von einem ehemaligen Stammkunden, der sich jahrelang höchst merkwürdig benommen hatte.

»So ... lebendig. Und ... schön.« Er rieb sich die Schläfen. »Bitte verzeihen Sie. Ich musste bei Frau Fischer ein wahres Teufelszeug trinken, und ich fürchte, das ist mir nicht gut bekommen.«

Als hätte er damit das Maximum an Mitteilungsfähigkeit überschritten, nickte Benedikt ihr noch kurz zu, bückte sich, streichelte Bella ein zweites Mal über das Köpfchen und ging dann fort.

Ratlos schaute sie ihm hinterher, bis er auf dem Bohlenweg die Dünen überquert hatte.

Kaum war er weg, kam Pauline heraus.

»Na, min Deern? Ist das nicht eine schöne Überraschung?«

»Ich würde es eher Intrige nennen.«

Pauline lachte ihr meckerndes Lachen.

»Dumm Tüch! Vroni hat mir bloß erzählt, der arme Mann hätte eine böse Bronchitis. Na, und wo kann man das besser auskurieren als bei uns?«

»Vielleicht auf allen anderen Nordseeinseln und an der Küste? Oder an der Ostsee?«

»Bei uns ist die Luft besser als an dem Tümpel von Ostsee«, erwiderte Pauline achselzuckend. Das war natürlich weder eine glaubwürdige Antwort noch eine Erklärung.

Sara drückte die Schultern durch und hob drohend den Zeigefinger. »Misch dich gefälligst nicht in mein Leben ein! Ich bin nicht Sophie!«

Sie war ziemlich stolz auf den strengen Ton ihrer Stimme. Leider verfehlte er vollkommen seine Wirkung.

»Natürlich nicht, min Deern. Sophie kann leckere Kuchen backen, und du kannst wunderbare Cocktails mixen.«

Sara gab es auf. Wenn sie länger mit Pauline diskutierte, würde sie noch einen Lachkrampf bekommen, und das wäre absolut kontraproduktiv.

Sie wandte sich ab, sagte aber noch über die Schulter: »Morgen komme ich wieder. Dann kaufe ich dir die Bude ab und fange an, meine Strandbar einzurichten.«

Es war an der Zeit, aktiv zu werden, fand sie.

15. Kapitel

An einem strahlend sonnigen Nachmittag Ende August schloss Sara die Tür zu ihrer Strandbar auf und trat ein.

Es dauerte einen Moment, bis ihre Augen sich an das Dämmerlicht gewöhnt hatten, aber dann drehte sie sich langsam um die eigene Achse und lächelte zufrieden.

»Wir haben es geschafft, Bella.«

Die kleine, hässliche Hündin auf ihrem Arm öffnete die Glubschaugen und ließ die Zunge heraushängen.

»Siehst du? Du findest auch, dass es toll geworden ist.«

Bella leckte ihr über den Handrücken. Dann zappelte sie so lange, bis Sara sie absetzte, und flitzte schnüffelnd durch die Bar. Ein paarmal musste sie niesen, wobei ihr ganzer Körper erschüttert wurde.

»Du riechst noch die Farbe«, erklärte Sara. »Lass das lieber.«

Inzwischen fand sie es ganz normal, mit der kleinen Hündin zu reden. Bella antwortete auf ihre Art. Mal stellte sie die abgeknickten Ohren auf, mal kläffte sie kurz, mal versteckte sie ihr rundes Köpfchen mit der flachen Schnauze zwischen ihren Vorderpfoten. Jetzt nieste sie gleich noch einmal und trottete dann zu ihrem Körbchen hinter dem großen Tresen. Dort rotierte sie wie ein Kreisel, bevor sie sich zusammenrollte.

»Dat Vieh hat mehr Körbchen als Haare am Bauch«, erklärte Pauline. Saras Vermieterin war hinter ihr eingetreten und schlug sich nun lachend auf die Schenkel. »Eins bei dir im Hexenhäuschen, eins in Sophies Eiscafé, eins bei meinem Holzkopp von Neffen und eins hier. Dat nenne ich mal ein Luxus-Hundeleben.«

Sara ging nicht darauf ein. Ja, es stimmte. Bella war in dieser Hinsicht ein bisschen empfindlich. Wenn sie nicht ein eigenes Nest vorfand, kam sie nicht zur Ruhe. Vermutlich war sie von ihren Jahren im Tierheim traumatisiert und brauchte diesen sicheren Rückzugsort.

Jetzt ließ Pauline zum Glück von dem Thema ab und sah sich ebenfalls um. »Dunnerlittchen!«

Sara lächelte stolz. »Es ist schön geworden.«

Drei Wochen lang hatte sie mit Sophies Freund Matteo, dessen Bruder Riccardo und vier Handwerkern an der Einrichtung ihrer Strandbar gearbeitet.

Seit ihre neuen Freunde ihr die Überraschung mit der mehr schlecht als recht ausgestatteten Bar bereitet hatten, war Sara hin- und hergerissen gewesen. Hatte sie wirklich den Mut, ihr Hobby zum Beruf zu machen? Konnte sie vor den Augen der Gäste gute Cocktails mixen? Würde sie es überhaupt aushalten, ständig von vielen Leuten umgeben zu sein?

Ihre alte Schüchternheit hatte sich jeden Tag aufs Neue als größtes Hindernis erwiesen.

Doch wenn sie sich auf Langeoog eine Existenz aufbauen wollte, musste sie etwas tun. Hinzu kam, dass das Haus ihrer Großmutter in Füssen inzwischen zu einem guten Preis verkauft worden war. Sara konnte es sich also leisten, Pauline die Bude abzukaufen und sie nach ihren Vorstellungen umbauen zu lassen.

Aber von einer fertig eingerichteten zu einer gut laufenden Strandbar ist es noch ein weiter Weg, dachte sie nun.

Mit einiger Mühe schob sie den Gedanken beiseite und beobachtete, wie Pauline beinahe andächtig ihren Blick durch den Raum schweifen ließ.

»Hätte nicht gedacht, dass man so etwas aus meiner alten Hütte machen kann. Es ist todschick, aber nicht zu abgehoben.«

Sara nickte. Genau diesen Effekt hatte sie erzielen wollen. Die Bar sollte in die Umgebung passen und sich doch von einer gewöhnlichen Kneipe abheben, deshalb war viel mit hellem und dunklem Holz gearbeitet worden. Der riesige Tresen, den Matteo und Riccardo zusammengezimmert hatten, war geblieben. Allerdings hatte Sara ihn begradigen, abschleifen und mit glänzendem Holzlack streichen lassen. Und an der Rückseite war er mit sämtlichen Geräten ausgestattet worden. Die Barhocker davor waren mit königsblauem Samt bezogen, ebenso wie die Stühle an den einzigen beiden Tischen. Aus demselben Stoff bestanden auch die Vorhänge an den Fenstern. Der Fußboden war mit täuschend echt aussehendem Mahagonilaminat ausgelegt, an den Wänden hingen Poster von berühmten Jazzclubs und Reklametafeln für alkoholische Getränke aus den Fünfzigern. Das wahre Prunkstück aber war das große verspiegelte Regal hinter dem Tresen: Es hätte jeder New Yorker Bar zur Ehre gereicht.

»Herrjemine!«, stieß Pauline aus. »So viele Flaschen! Wenn die mal bloß nie zu Bruch gehen!«

Sara zuckte erschrocken zusammen. Pauline hatte die größten Ängste eines Barkeepers in Worte gefasst.

»Na dscha, min Deern. Hoffe, du bist gut versichert. Du weißt ja, wenn unsere Männer erst mal so richtig in Fahrt sind, kann es rundgehen.«

»Hier wird es keine Kneipenschlägereien geben!«, erwiderte Sara bestimmt. »Dies ist eine Strandbar der gehobenen Kategorie.«

»Hoffentlich wissen die Kerle das auch.«

Sara drehte sich um und ging nach draußen. Bis zum Sonnenuntergang war es noch eine Weile hin, aber sie konnte sich trotzdem vorstellen, wie die Gäste hier auf der neuen Terrasse in gemütlichen Korbsesseln saßen und dem Naturschauspiel beiwohnten. Und dazu genossen sie dann einen Champagner-Cocktail mit Cognac, zwei Spritzern Angostura und Würfelzucker; einen Caipirinha aus Cachaca, Limetten und Rohrzucker, oder einen Sex on the Beach mit Wodka, Pfirsichlikör, Zitronensaft, Grenadine, Orangen- und Ananassaft.

Sara stutzte. Letzterer war eventuell ein Cocktail, den sie vorerst nicht auf die Karte setzen sollte. Wenn sie an Sex dachte, hatte sie sogleich Keno vor Augen – den schönen, großen Wikinger, mit dem sie trotz aller Bemühungen noch immer nicht wirklich zusammengekommen war.

Auf einmal fühlte sie sich schrecklich erschöpft. Sie ließ sich in einen Korbsessel sinken und schloss die Augen.

Mit aller Kraft hatte sie sich in den vergangenen Wochen in die Arbeit gestürzt – nur, um nicht darüber nachdenken zu müssen, dass ihre Beziehung mit Keno nicht recht in Schwung kommen wollte. Ja, sie trafen sich regelmäßig, mal beim Dünensingen, mal zu einem Spaziergang, mal auf ein Glas Wein.

Ja, er war nett zu ihr, manchmal küsste er sie sogar, aber weiter passierte nichts.

Voller Sehnsucht dachte Sara an die Leidenschaft zurück, die sie beide während ihres Urlaubs auf Langeoog vor fünf Jahren verbunden hatte. Damals waren sie unzertrennlich gewesen. Nun jedoch, da sie auf der Insel lebte, hatte sich diese Leidenschaft in der frischen Nordseeluft aufgelöst wie mikroskopisch kleine Salzpartikel.

Sara seufzte schwer. Wenn sie ganz ehrlich zu sich selbst war, so wusste sie ohnehin nicht mehr, ob das, was sie für Keno empfand, wirklich die ganz, ganz große Liebe war. Hatte sie womöglich all die Jahre nur an einem Traum festgehalten? Weil es ja einfacher war, jemanden in seiner Phantasie zu lieben, als sich dem wirklichen Leben zu stellen?

»Oha!«, hörte sie da Vronis Stimme. »So schwere philosophische Gedanken an einem so schönen Nachmittag.«

Sara schreckte auf. Sie hatte nicht bemerkt, dass sie laut geredet hatte. Nun spürte sie, wie sie rot wurde.

»Ich bin nur müde. Da geht mir aller möglicher Mist durch den Sinn.«

Vroni kam auf die Terrasse und stellte zwei große Packen Papierservietten auf einem der niedrigen Tische ab.

»Ich fand, das klang überhaupt nicht nach Mist, sondern nach Selbsterkenntnis.«

»Ach, hör schon auf. Hast du alles bekommen?«

»Die Seifenspender werden mit der nächsten Fähre geliefert. Aber lenk nicht ab. Was ist denn nun mit dir und dem Nordmann?«

»Was soll schon sein?«, wich Sara aus. »Wir verstehen uns prima.«

»Aber ihr seid kein Paar. Und ehrlich gesagt, ich glaube, er trifft sich nur mit dir, weil er dich irgendwie rührend findet.«

»Rührend?«, stieß Sara aus. »Wie meinst du das?«

»Ganz einfach.« Vroni ließ sich ebenfalls in einen Korbsessel fallen. »Keno hat zwar schon Dutzende von Eroberungen gemacht, wenn nicht Hunderte, aber …«

»Vroni!«

»Ist ja gut. Du weißt es genauso gut wie ich. Aber es ist ihm noch nie passiert, dass eine junge Frau seinetwegen ihr ganzes Leben aufgibt und zu ihm auf die Insel zieht.«

»So wahnsinnig viel war in meinem alten Leben nicht aufzugeben«, erinnerte Sara ihre Freundin. »Du hast deinen Schuhladen zumachen müssen, und ich war meinen Job los.«

»Stimmt. Und viele Bekannte hattest du auch nicht gerade. Aber zurück zu Keno. Der fühlt sich außerordentlich geschmeichelt, aber er liebt dich nicht.«

»Was du natürlich weißt, weil du in die Köpfe der Leute gucken kannst.«

»Sei nicht gleich sauer. Dazu braucht man keine hellseherischen Fähigkeiten. Nur gesunden Menschenverstand.«

Sara biss sich auf die Lippen. »Und als Nächstes erzählst du mir, der einzige Mann, der mich wirklich liebt, ist Benedikt.«

»Klar!« Vroni lachte auf ihre typische, leicht schrille Art. »Das stimmt ja auch.«

Sara erwiderte nichts. Es hatte keinen Sinn, weiter zu diskutieren. Jedes Gespräch lief auf das Gleiche hinaus: Sara verteidigte Keno, Vroni sprach von Benedikts Vorzügen wie ein Nordseefischer von seinen fettesten Heringen. Zu einer Einigung kamen sie nie.

Vroni war vor drei Tagen überraschend nach Langeoog zurückgekehrt. In Füssen sei es langweilig geworden, hatte sie behauptet. Ohne Sara und die neuen Freunde von der Insel sei ihr im schönen Allgäu die Decke auf den Kopf gefallen.

»Nicht einmal auf den Tegelberg wollte ich«, hatte Vroni erzählt. »Überhaupt mag ich die Berge nicht mehr so recht. Der Norden ist die Heimat meines Herzens.«

Sara glaubte, dass Vroni weniger die Landschaft als vielmehr einen ganz bestimmten Mann meinte: Ragnar Asmussen, klein, rundlich und angeblicher Strandräuber.

Insofern hatten die Freundinnen durchaus etwas gemeinsam.

Mit dem Unterschied, überlegte Sara verstimmt, *dass ich nicht versuche, ihr den Mann ihrer Träume auszureden.*

Und weil sie wirklich verärgert war, fragte sie nun: »Wie läuft es denn so mit Ragnar?«

Vronis Gesichtsausdruck verdunkelte sich, und sofort bereute Sara ihre Frage. Es war gemein, so nachzuhaken, obwohl sie doch genau Bescheid wusste. Ragnar hatte sich nicht geändert. Wie schon während Vronis erstem Aufenthalt hatte er kaum Zeit für sie, ging selten aus dem Haus, unternahm höchstens früh am Morgen lange, einsame Spaziergänge, auf denen er konzentriert den Strand absuchte. Sara beobachtete ihn manchmal, wenn sie ebenso früh mit Bella unterwegs war, konnte sich aber keinen Reim auf sein merkwürdiges Verhalten machen.

Sie erinnerte sich daran, dass Sophie einmal Andeutungen über ihn gemacht hatte. Ob sie Vroni davon erzählen sollte?

Nein, entschied sie. Die Dinge waren schon kompliziert genug. Sie wollte nicht, dass Sophie von Vroni in die Mangel genommen wurde.

Also griff sie nur nach der Hand ihrer Freundin und drückte sie kurz.

»Bitte entschuldige.«

»Schon gut, Süße. Ich hab's nicht besser verdient. Irgendwas scheinen die Männer hier an sich zu haben, dass wir nicht mit ihnen klarkommen.«

»Weil es Fischköppe sind«, erklärte Pauline, die unbemerkt auf die Terrasse getreten war. »Ich könnte euch ja aufklären, aber das würde mir den ganzen Spaß verderben.«

Sara schaute von Pauline zu Vroni. »Da wir gerade davon sprechen: Könnt ihr bitte damit aufhören, euch in mein Privatleben einzumischen?«

Beide Frauen setzten eine unschuldige Miene auf.

»Ich weiß nicht, wovon du redest«, behauptete Vroni.

»Die Deern hat 'nen Sonnenstich.«

Fast, aber nur fast hätte Sara gelacht. »Red keinen Stuss, Pauline. Ich habe den ganzen Tag in der Bar gearbeitet.«

»Jo, war aber ziemlich heiß da drin. Wenn die Sonne so aufs Dach knallt …«

»Schluss jetzt!« Sara erschrak selbst über den energischen Klang ihrer Stimme, aber dann sprach sie schnell weiter: »Ihr wisst genau, was ich meine. Ihr habt euch gegen mich verbündet und den armen Benedikt nach Langeoog entführt …«

Sie brach ab, weil das selbst in ihren eigenen Ohren schief klang. Benedikt Hoffmann war in Füssen ihr stiller Verehrer gewesen. Ungefähr dreißig Paar Komfortschuhe hatte er bei Vroni gekauft, nur um Sara schweigend anzuschmachten. Doch nie hatte er sie angesprochen und um ein Date gebeten.

»Weil er mindestens genauso schüchtern ist wie du«, hatte Vroni gern behauptet.

Sara war dieser Mann immer ein bisschen unheimlich gewesen. Nun hielt er sich seit fast drei Wochen auf der Insel auf, angeblich zur Kur – und rein zufällig lief sie ihm immer wieder über den Weg. Unheimlich war er ihr nicht mehr. Je öfter sie ihn sah, desto sympathischer fand sie ihn sogar. Stets grüßte er höflich, war aber niemals aufdringlich. Und – ja, Sara musste zugeben, dass er auch attraktiv war. Ein ganz anderer Typ als der breitschultrige, blonde Keno. Benedikt war dunkelhaarig und schlaksig, und die paar Male, an denen sich ihre Blicke getroffen hatten, war sie verblüfft gewesen über die Wärme und Freundlichkeit in seinen Augen.

Wie auch immer – niemand durfte für sie entscheiden, welchen Mann sie lieben sollte!

Ihr fiel auf, dass weder Pauline noch Vroni auf ihren Vorwurf der Entführung reagiert hatten.

»Das verschlägt euch wohl die Sprache.«

Vroni kicherte. »Nein, ich habe mir nur gerade vorgestellt, wie ich diesen langen Lulatsch gefesselt in den Kofferraum geworfen und dann in den Norden verschleppt habe.«

»Das war nicht wörtlich gemeint. Aber Pauline hat dir von mir und Keno erzählt, und daraufhin hast du Benedikt auf die Reise geschickt. Wobei ich mich echt wundere, dass er so einfach deinem Befehl gefolgt ist. Hat der nichts Besseres zu tun? Muss er nicht zum Beispiel arbeiten? Was ist er überhaupt von Beruf? Und wird ihn seine Familie nicht vermissen?«

»Ich habe nur zufällig mal eine Bemerkung fallen lassen«, behauptete Pauline und verschwand schnell wieder im Innern der Bar. Eine energische Sara war ihr offenbar nicht ganz geheuer.

Vroni richtete sich in ihrem Korbsessel auf. »Dafür, dass

du von dem Mann nichts wissen willst, bist du aber ziemlich neugierig.«

Sara fühlte sich ertappt und sagte schnell: »Lenk nicht ab. Wie hast du das gemacht?«

»Oh, das war nicht weiter schwierig. Ich bin ihm mal vor meinem alten Geschäft begegnet. Da ist jetzt ein Burgerladen drin. Habe ich das schon erzählt?«

»Nicht ablenken, hab ich gesagt. Und weiter?«

»Na, der arme Mann stand ganz verloren vor dem Schaufenster und hustete. Eine verschleppte Bronchitis, hat er mir erzählt.« Sie verfiel in Schweigen, sinnierte vor sich hin.

»Und?«, fragte Sara ungeduldig nach.

»Nichts weiter. Er hat mir leidgetan, und da habe ich ihm erzählt, wie wunderbar man auf Langeoog kuren kann.«

»Und mich hast du mit keinem Wort erwähnt?«

»Aber nein! Wo denkst du hin? Ich habe nur gesagt, dass ich gerade dort war – mit einer lieben Freundin, die früher bei mir gearbeitet hat.«

Wieder war Sara nach Lachen zumute, aber so leicht wollte sie es Vroni nicht machen.

»Das war ein Fehler! Er könnte ein Verrückter sein und …«

»So ein Quatsch! Du brauchst dem Mann nur in die Augen zu schauen. Dann weißt du, dass er ein guter Kerl ist.«

Stimmt, dachte Sara. Laut gab sie jedoch zurück: »Du hast ihm falsche Hoffnungen gemacht.«

Vroni betrachtete sie versonnen.

»Kann sein«, meinte sie schließlich. »Kann auch nicht sein. Auf jeden Fall tut ihm der Aufenthalt hier sehr gut. Und ich habe gehört, dass er vielleicht ganz auf Langeoog bleiben will.«

Sara riss die Augen auf. »Was? Von wem? Von ihm?«

Vroni hob nur die Schultern. »Ich glaube, Pauline hat mir da etwas erzählt. Aber die paar Tage, seit ich wieder da bin, waren so hektisch. Vielleicht bringe ich auch was durcheinander.«

Sara wollte weiterfragen, ließ es dann aber bleiben. Wenn sie zu viel Interesse zeigte, konnte Vroni das falsch auffassen. Jetzt fragte sie sich erst recht, was Benedikt wohl von Beruf war, wenn er so einfach über einen Umzug nachdenken konnte. Nun, sie würde es schon irgendwann erfahren.

»Was genau war denn hektisch?«, fragte sie.

Vroni legte den Kopf schief. Dann ließ sie ihren Blick über den Strand schweifen, bevor sie antwortete: »Ich werde hier auf der Insel wieder in meinem Beruf arbeiten. Pauline hat mich auf die Idee gebracht.«

Überrascht hob Sara die Brauen. »Hast du nicht mal gesagt, es lohne sich nicht, einen Laden aufzumachen?«

»Muss ja nicht sein. Ich plane einen Mix aus Internethandel und persönlicher Beratung. Hier vor Ort werde ich bei den Kunden Maß nehmen, ihre Schuhe werden dann geliefert.«

Sara klatschte in die Hände. »Das ist eine tolle Idee! Und wenn die Kunden Urlaubsgäste sind, kommen ihre Schuhe dann zu ihnen nach Hause?«

»Ganz genau.« Vroni grinste stolz. »Aber jetzt mal zu dir. Wann willst du die Strandbar eröffnen?«

Sara zog die Schultern hoch. »Keine Ahnung. Wahrscheinlich nie.«

16. Kapitel

Kurz darauf verabschiedete sich Vroni. Sie meinte, sie wolle mal versuchen, Ragnar von seinem Dachboden herunterzulocken, wo er sich nach wie vor tagelang aufhielt und irgendeiner geheimnisvollen Tätigkeit nachging. Die Strandbar erwähnte sie nicht mehr, wofür Sara ihr sehr dankbar war. Vroni kannte sie eben schon viele Jahre. Sie wusste, dass niemand außer Sara selbst entscheiden konnte, ob und wann sie eröffnen wollte.

Pauline war da nicht so zurückhaltend. Sie war wieder herausgekommen und hatte den letzten Wortwechsel der Freundinnen mitgehört. Kaum war Vroni fort, hockte sie sich in deren Korbsessel und sagte: »Du weißt, du bist mir nicht ganz unsympathisch.«

Sara lächelte gerührt. Auf Norddeutsch kam das einer Liebeserklärung gleich.

»Aber plietsch biste nich', Deern.«

»Pauline, bitte …«

»Lass mich ausreden! Du hast viel Arbeit in diese Bar gesteckt, richtig?«

»Mhm.«

»Und eine Menge Geld.«

»Mhmmhm.«

»Nagelneue Kühlschränke, Eiswürfelbereiter, Zapfhahn, Spüle mit drei Becken – möchte nicht wissen, was dieser ganze Schnickschnack gekostet hat.«

»Pauline …«

»Und die Einrichtung! Nur vom Feinsten! Rustikal und trotzdem stilvoll.«

Sara seufzte nur noch. Bella kam heraus, streckte sich und ließ sich dann von ihrem Frauchen auf den Schoß heben, um dort weiterzuschlafen. Nachdenklich kraulte Sara das weißgraue Fell der Hündin.

Pauline war noch lange nicht fertig. »Möchte mal wissen, was diese ganzen Flaschen gekostet haben.«

Das werde ich dir lieber nicht verraten, antwortete Sara im Stillen.

»Bist du wenigstens gut versichert?«

»Natürlich. Und du weißt, dass ich eine einbruchsichere Tür habe einbauen lassen.«

»Noch mehr Schotter in der Nordsee versenkt!«

»Es ist mein Geld«, begehrte Sara auf, »und ich kann damit machen, was ich will.«

»Aber deine arme Großmutter würde sich im Grabe umdrehen, wenn sie wüsste, wie du dein Erbe verschleuderst.«

Sara befand, dass Pauline von Vroni viel zu gut informiert worden war.

»Meine Großmutter hat mir ihr Haus vermacht, und ich habe es verkauft«, erklärte sie ruhig. »Es ist ganz allein meine Sache, was ich tue oder nicht tue.«

Pauline, die wohl merkte, dass sie so nicht weiterkam, änderte ihren Tonfall und sagte mit einschmeichelnder Stimme: »Ich verstehe dich ja, min Deern. Ist nicht so leicht, was Neues anzufangen. Aber du weißt schon, dass wir Ende August haben, nicht wahr?«

»Ja.« Das war der wunde Punkt in der ganzen Geschichte.

Pauline nickte. »Die Saison ist praktisch vorbei. Mit etwas Glück bleibt es im September noch schön, und wir haben Gäste. Natürlich nicht so viele wie im Hochsommer, aber noch genug. Und ich will nicht sagen, dass du nicht auch im Herbst und Winter deine Cocktailbar betreiben könntest, aber ob du Gewinn machen wirst? Ich habe da so meine Zweifel.«

»Weiß ich«, erwiderte Sara kleinlaut.

»Na, siehste. Du musst den Laden jetzt aufmachen. Am besten gleich morgen. Die Schanklizenz hast du doch?«

Sara nickte.

»Und dein Getränkelieferant ist gerüstet, dich jederzeit mit Nachschub zu versorgen?«

»Ja.«

»Also, worauf wartest du?«

»Ich ... trau mich nicht.«

Pauline stieß ein Schnauben an. »Ist mir schon klar, Lütte. Aber ich sag dir was: Das Wetter soll erst mal so schön bleiben. Abgesehen von einem kleinen Tiefdruckgebiet, das aber keinen interessiert. Das bedeutet, deine Gäste würden draußen sitzen, und du kannst allein hinter deinem Tresen wirtschaften. So gewöhnst du dich ein. Wenn erst mal die richtigen Herbststürme kommen, dann hast du die Leute gleich drinnen bei dir hocken. Das wäre nicht so gut, oder?«

Ein kalter Schauder lief Sara über den Rücken. »Das könnte ich niemals aushalten.«

»Doch«, widersprach Pauline. »Wenn du schon in Übung bist. Glaub mir.«

»Du hast leicht reden. Du bist in deinem ganzen Leben noch nicht schüchtern gewesen.«

Paulines meckerndes Lachen riss Bella aus dem Schlaf. Sara beruhigte die Hündin, dann schaute sie Pauline überrascht an.

»Was ist so lustig?«

»Ach, Deern, wenn du wüsstest …«

»Was denn?«

»Ich war als junges Mädchen stumm.«

Sara starrte die ältere Frau an. »Das glaube ich nicht.«

Pauline fuhr sich durch ihr kurzes graues Haar. »Weil ich heute so viel sabbele? Tja, es stimmt aber. Schon als Kind war ich sehr scheu, und als ich dann in die Pubertät kam, war es ganz aus mit mir. Meine Klassenkameradinnen bekamen weibliche Formen, ich blieb klein und dünn und flach wie eine Flunder.«

»Oh«, machte Sara. Sie empfand großes Mitgefühl mit Pauline. Auch sie selbst war in der Schule anders als alle anderen Mädchen gewesen. Dünn und unscheinbar …

»Das war in den Sechzigern«, fuhr Pauline fort. »Genau zu der Zeit, als es so richtig losging mit der Emanzipation und der freien Liebe.«

Sie grinste. »Na gut, auf Langeoog ging's nicht so frei zu, aber die Mädchen spielten sich mächtig auf, bloß ich wurde immer stiller. Den Lehrern habe ich notgedrungen noch geantwortet, aber mit Gleichaltrigen konnte ich kein Wort wechseln. Bald war ich die Stumme und wurde von allen ausgelacht.«

»Und wie … wie hast du es geschafft, da rauszukommen?«

Pauline reckte stolz das Kinn. »Indem ich weggegangen bin. Gleich nach der Schule. Ich habe einen Rucksack gepackt und bin mit wenig Geld losgezogen – und zwar lange bevor das unter jungen Leuten als normale Art des Reisens galt.«

»Das war sehr mutig von dir.«

»Und ob! Ich war in Spanien, in Italien und in Griechenland. Da fiel es nicht weiter auf, dass ich wenig geredet habe. Alle dachten, es sei wegen der Sprachbarriere. Ich habe mich mit allen möglichen Jobs durchgeschlagen. Als Zimmermädchen, als Kellnerin und in Torremolinos sogar als Bademeisterin.«

»Wirklich?«

»Ich schwöre. Ich war klein, aber zäh und durchtrainiert. Und wer auf Langeoog aufwächst, kann schwimmen wie ein Fisch.«

»Und dann?«, fragte Sara gespannt.

Pauline gähnte und hielt sich dabei eine Hand vor den Mund. »Nichts weiter. Nach zwei Jahren bin ich zurückgekommen. Erst hat mich keiner erkannt, weil ich einen Busen bekommen hatte, die Haare lang trug und braungebrannt war. Aber dann hat es sich herumgesprochen, dass eine neue Pauline Fischer wieder da war. Die Leute fanden mich toll und ziemlich verwegen. Das ist bis heute so geblieben.«

Sie erhob sich aus dem Korbsessel.

»Gut, nun kennst du meine Geschichte. Der Tag war lang, ich geh mich ein bisschen hinlegen.«

Sara sah ihr nach, wie sie zu ihrer Bude ging. Es war allgemein bekannt, dass Pauline viele Nächte dort auf einem Sofa verbrachte, obwohl sie auch eine Wohnung in Bahnhofsnähe besaß. Sie fühle sich einfach wohler hier am Strand, sagte sie gern – und es war ihr egal, dass es eigentlich verboten war.

Tief in Gedanken versunken kehrte Sara wieder in die Bar zurück, setzte Bella in ihr Körbchen und trat hinter den Tresen auf das Podest. Während sie über Paulines Geschichte nachdachte, bereiteten ihre Hände wie von selbst einen köstlichen Cocktail zu. Sara maß 4 cl Wodka, 2 cl Pfirsichsaft, 2 cl Zitronensaft, 1 cl Grenadine, 4 cl Orangensaft und 2 cl Ananassaft ab. Alle Zutaten gab sie zusammen mit Eiswürfeln in den Shaker und schüttelte sie kräftig durch. Weil sie allein war, ließ sie den Shaker auch ein paarmal durch die Luft fliegen – ein Trick, den sie lange geübt hatte.

Lächelnd füllte sie weitere Eiswürfel in ein Longdrinkglas, gab den fertig gemixten Drink hinzu, dekorierte das Glas noch mit einer Scheibe Ananas und zwei Kirschen – fertig war der spritzige, frische Cocktail Sex on the Beach.

»Verflixt!«, stieß Sara aus und drehte das Glas in den Händen. *Wieso habe ich ausgerechnet den hier gemixt, wo es doch hundert andere Getränke gibt?*

Natürlich kannte sie die Antwort.

»Keno«, sagte sie laut. »Ich will endlich wissen, woran ich bin.«

Nur Bella antwortete ihr mit einem leisen Schnarchen.

Sara probierte einen Schluck. Der Cocktail war köstlich – genau die richtige Mischung zwischen süß und sauer, und dazu der kräftige Wodka-Geschmack. Nach zwei weiteren Schlucken stellte sie das Glas wieder ab. Eventuell würde sie heute Abend eine Entscheidung erzwingen, und es war nicht ratsam, dabei beschwipst zu sein.

Also machte Sara sich daran, aufzuräumen. Gerade wollte

sie den Shaker unter fließendes Wasser halten, als sie Schritte auf der Terrasse hörte.

Draußen war es inzwischen dunkel geworden, und sie konnte nicht gleich erkennen, wer da vor der offenen Tür stehen blieb. Groß war die Gestalt, wesentlich größer als Vroni oder Pauline. Sogar größer als Sophie oder Matteo, die beide von hohem Wuchs waren.

»Keno?«, fragte Sara bange. Auf einmal war sie gar nicht mehr so sicher, ob sie wirklich irgendetwas erzwingen wollte. »Bist du das?«

»Bedaure, nein. Darf ich trotzdem hereinkommen?«

Bevor Sara etwas erwidern konnte, flitzte Bella auf den Mann zu, bremste knapp vor ihm ab und warf sich auf den Rücken, damit er ihr den Bauch kraulte.

»Pfuipfui!«, rief Sara. »So benimmt sich keine junge Dame! Das mache ich doch auch nicht!«

Oh, oh, dachte sie. *Das bisschen Wodka hat schon gereicht, damit ich peinliches Zeug von mir gebe.*

Dann erkannte sie den Mann und erschrak. Was machte der denn hier?

Benedikt ging in die Hocke und streichelte Bella, die wohlig mit ihren kurzen Beinen in der Luft strampelte.

»Jetzt sind Sie ihr neuer bester Freund«, sagte Sara und gab sich alle Mühe, sich von ihrem Schrecken zu erholen. »Wenn Sie ihr auch noch Vanilleeis besorgen, wird Bella Sie lieben.«

Benedikt hob den Blick, und Sara spürte, wie sie prompt rot anlief. Sie hatte doch von ihrem Hund gesprochen, oder? Ja, da war sie ganz sicher.

»Hat Pauline Sie hergeschickt?«, fragte sie schnell. Das Thema Liebe sollte er mal lieber ganz schnell vergessen.

Benedikt richtete sich auf und schüttelte den Kopf.

»Ich habe noch einen Spaziergang unternommen. Da sah ich hier Licht und dachte, dass vielleicht geöffnet ist.«

Wow! So viele Worte hintereinander hatte er noch nie an sie gerichtet.

Sara musterte ihn genauer. Seit ihrer Begegnung auf der Insel vor knapp drei Wochen hatte sie ihn immer nur kurz und flüchtig gesehen – hauptsächlich deshalb, weil sie regelmäßig schnell weitergegangen war, wenn sie irgendwo auf ihn getroffen war. Ein kurzer Gruß, und schon suchte sie das Weite. Obwohl sie ihn inzwischen eigentlich nett fand, hielt ihre alte Schüchternheit sie davon ab, ihn näher kennenzulernen. Zwar war Sara auf Langeoog schon viel selbstbewusster geworden, aber im Umgang mit Männern hatte sie keine wesentliche Besserung festgestellt.

Nun wurde ihr klar, dass Langeoog auch ihm ausgesprochen gut bekam. Er wirkte kräftiger, nicht mehr so durchsichtig. Und sein Husten schien auch verschwunden zu sein.

Sara merkte, dass sie ihn prüfend betrachtete, und erklärte schnell: »Nein. Es ist noch geschlossen.«

»Bitte verzeihen Sie. Dann gehe ich wieder.«

Später hätte sie nicht mehr zu sagen vermocht, was genau in diesem Moment in sie gefahren war. Sara ertappte sich dabei, wie sie mit einem Lächeln antwortete: »Ach, Unsinn. Bleiben Sie. Ich mixe Ihnen einen Cocktail und dann trinken wir Brüderschaft. Alle Welt duzt sich auf Langeoog.«

Benedikt rieb sich über die Ohren. Ganz so, als könnte er nicht glauben, was er da gehört hatte.

Sara grinste. Sie konnte selbst auch nicht fassen, was sie gesagt hatte.

»Keine Angst«, fügte sie schnell hinzu. »Ich bin weder verrückt noch betrunken.«

Zumindest hoffte sie das.

»Dann ... nehme ich die Einladung sehr gern an«, sagte er langsam. Er trat an den Tresen und musterte sie aufmerksam. »Darf ich Sie etwas fragen?«

»Sicher.« Was kam jetzt? Würde er wissen wollen, warum sie ihn monatelang gemieden hatte? War es nicht leichtsinnig gewesen, ihn einfach hereinzubitten?

Sie schielte zu ihrem Handy. Würde sie es noch schaffen, einen Notruf an Keno abzusetzen?

Jetzt spinne ich wirklich, dachte sie beklommen. *Oder nicht?*

Benedikt räusperte sich umständlich, bevor er fragte: »Sind Sie gewachsen?«

Sara war so verblüfft, dass sie ihn nur mit offenem Mund anstarren konnte. Währenddessen ließ Bella sich von Benedikt hochnehmen und kuschelte sich in seine Armbeuge. Die kleine Hündin besaß einen sicheren Instinkt für gute Menschen.

Plötzlich löste sich Saras Anspannung in einem Kichern auf.

»N... nein ...«, sagte sie zwischen zwei Glucksern. »Ich ... stehe ... auf einem Podest.«

»Sehr beruhigend«, gab Benedikt schmunzelnd zurück. »Ich habe mir schon Sorgen gemacht.«

Sara wurde wieder ernst. »Sorgen? Um mich?«

»Nein, um mich selbst. Wenn die gesunde Nordseeluft die Leute in die Höhe schießen lässt, hätte ich bald ein echtes Problem.«

Sie sahen einander an und brachen dann gleichzeitig in Gelächter aus. Benedikt lachte nicht laut und dröhnend wie

Keno, auch nicht meckernd wie Pauline oder schrill wie Vroni. Sein Lachen kam tief aus dem Bauch heraus, war erst dunkel, schwoll dann an und wurde hell und fröhlich.

Sara lauschte ihm, bis er schlagartig schwieg.

»Habe ich etwas falsch gemacht?«, wollte er wissen.

»Nein. Ganz und gar nicht.«

Sie wich seinem Blick aus und begann, auch für ihn einen Cocktail zu mixen. Da sie die Zutaten noch vor sich stehen hatte, machte sie ihm ohne nachzudenken den gleichen.

Den Shaker ließ sie jedoch diesmal nicht durch die Luft wirbeln. Sara fürchtete, dass sie ihn Benedikt aus Versehen an den Kopf knallen könnte, denn im Moment vertraute sie weder ihren motorischen Fähigkeiten noch ihren Gefühlen.

»Bitteschön.« Sie reichte ihm sein Glas und stellte ihr eigenes dazu. Dann stieg sie vom Podest, umrundete den Tresen und kletterte auf den Barhocker neben ihm.

Bella zappelte auf seinem Arm. Die kleine Hündin wusste genau, wann die Menschen allein sein wollten. Benedikt setzte sie ab, nahm dann sein Glas und lächelte Sara an.

»Dieser Cocktail sieht toll aus. Und er duftet köstlich. Hat er einen Namen?«

»Das ist … ähm … einfach ein … Wodka-Frucht-Drink.«

Benedikt lächelte. Saras Puls beschleunigte sich.

»Prost«, sagte er, hob sein Glas und wartete, dass sie es ihm nachtat. Dann hakte er seinen rechten Arm in ihren, und beide tranken einen Schluck. Schließlich beugte er sich vor.

Sara war jetzt einer Ohnmacht nahe.

Wenn er mich jetzt küssen will, schreie ich, überlegte sie. *Oder ich schubse ihn vom Barhocker. Oder ich schmelze in seinen Armen dahin.*

Was?

Benedikts Lippen streiften ihre Wange, und sie zuckte zusammen wie unter einen Stromschlag.

Dann nahm er sein Glas in die andere Hand, zog den rechten Arm zurück und widmete sich wieder seinem Cocktail. Sara saß da wie erstarrt. Was passierte hier? Wieso hatte dieser Mann, den sie immer nur seltsam gefunden hatte, plötzlich eine solche Wirkung auf sie?

Sie rieb sich über die Wange, beschloss dann, dass Alkohol keine Lösung war, aber hilfreich sein konnte, und trank ein paar kräftige Schlucke aus ihrem Glas.

»Also sind wir jetzt per Du«, sagte sie.

Benedikt schaute ihr tief in die Augen. »Eigentlich noch nicht ganz. Du hättest mich auch küssen müssen. Aber das lässt sich ja nachholen.«

Sara rutschte schnell von ihrem Barhocker. »Irgendwann mal. Tschüs.« Sie musste jetzt unbedingt allein sein und ihre Gefühle ordnen – obwohl sie stark daran zweifelte, dass ihr dies gelingen würde. In ihrem Innern herrschte ein heilloses Durcheinander.

»Darf ich noch austrinken?«

»Wenn's schnell geht.«

Benedikt musterte sie aufmerksam, sagte aber nichts mehr. Er leerte sein Glas, bis nur noch die Eiswürfel übrig waren, nickte Sara zu und verließ die Bar.

Erst als Benedikt schon fort war, fiel Sara ein, dass sie ihn ja nach seinem Beruf hätte fragen können. Nicht, weil sie sich plötzlich für ihn interessierte. Ganz sicher nicht! Sie war einfach nur generell neugierig.

Und während sie nun aufräumte, das Obst erst in Plastikboxen legte, die sie dann in einen der Kühlschränke stellte, Gläser und Utensilien schnell per Hand abwusch und dann noch den Tresen säuberte, stellte sie fest, dass Benedikt kein Erdbeer-Tonic war. Nicht mehr.

Diesen alkoholfreien Cocktail hatte sie ihm vor Monaten in Füssen zugedacht, als er noch so durchsichtig gewesen war.

Nein, dachte sie. *Dieser Mann ist etwas sehr viel Stärkeres.*

Eine Weile grübelte sie angestrengt vor sich hin, dann kam sie zu einem Ergebnis: Scotch Apple! 4 cl Scotch Whisky, 2 cl Calvados, 2 cl Zitronensaft und 1 cl Zuckersirup. Die Zutaten wurden zusammen mit Eiswürfeln gut im Shaker geschüttelt, und das Glas wurde je nach Belieben mit einer Cocktailkirsche, einer Zitronenscheibe oder auch einer Apfelschale garniert.

Doch, überlegte sie. *Das ist ein männlicher Cocktail, der sich einen Hauch Süße bewahrt hat. Er passt zu Benedikt.*

In der nächsten Sekunde stöhnte sie auf. Es war höchste Zeit, dass sie hier wegkam.

Sara rief Bella, dann löschte sie die Lichter, schloss die Tür gründlich ab und huschte über die Terrasse. Aufmerksam schaute sie sich um. Bei Pauline war alles dunkel, auch drüben in Sophies Eiscafé regte sich nichts mehr.

Sie fröstelte und fühlte sich sehr allein. Auf einmal wünschte sie sich, sie hätte Benedikt nicht einfach fortgeschickt. Dann schalt sie sich einen Dummkopf und suchte in der Dunkelheit nach dem Bohlenweg, der sie über die Dünen und dann nach Hause führen würde.

17. Kapitel

Am letzten Sonntag im August erwachten Urlauber wie Einheimische bei herrlichstem Spätsommerwetter. Die Sonne strich hell und warm über die Insel, die Nordsee glitzerte friedlich und ließ vergessen, dass sie zu anderen Zeiten wild und bedrohlich sein konnte. Wer auf die glatte Wasserfläche schaute, träumte vom Badespaß im kühlen Wasser, vom Windsurfen oder von einem Bootsausflug. Wer einen Spaziergang im Inselwäldchen unternahm oder am Ostende der Insel auf einer Plattform stand und die Seehunde beobachtete oder über die besondere Landschaft im Pirolatal staunte, dachte nicht an frühere Sturmfluten, die unzähligen Langeoogern das Leben und die Existenz genommen hatten.

Sara hingegen fragte sich, ob die Insulaner vielleicht deshalb so eigentümlich waren. In der wechselvollen Geschichte Langeoogs war es zu so vielen Katastrophen gekommen, dass jeder, der heute hier lebte, wohl ein besonders dickes Fell besaß. Pauline und ihr Neffe Keno zum Beispiel ließen einfach alles an sich abprallen, was ihnen nicht in den Kram passte. Sie verfolgten ihre eigenen Ziele und dachten nicht besonders häufig daran, auf Andere Rücksicht zu nehmen. Ein solches

Verhalten mochte nicht auf sämtliche Einheimische zutreffen, aber viele, denen Sara in ihren zwei Monaten auf der Insel begegnet war, schienen aus ähnlichem Holz geschnitzt zu sein. Es waren starke Menschen, die sich so leicht von nichts umhauen ließen, aber manchmal eben auch dickköpfige Leute, an die nur schwer heranzukommen war.

Sara hatte an diesem Morgen wie gewöhnlich mit Bella einen Spaziergang am Strand unternommen. Anstatt anschließend jedoch bei Sophie einzukehren, hatte sie das Bedürfnis verspürt, weiterhin allein zu sein. So war sie über die Dünen zurückgelaufen und saß nun auf der Bank aus Treibholz hinter dem Hexenhäuschen. Sie blätterte in einem Geschichtsbuch, das Ragnar ihr geliehen hatte, und las von Naturkatastrophen und Schiffsunglücken, die zwar großes Leid gebracht hatten, die Insulaner jedoch niemals hatten brechen können.

Sara fragte sich, wie sie selbst, wie Vroni, Sophie, Matteo, Riccardo, Annabel oder Benedikt auf eine Sturmflut oder ein ähnlich schlimmes Ereignis reagieren würden. Wahrscheinlich mit kopfloser Flucht, wenn dafür noch Zeit blieb – und mit dem Schwur, niemals wieder einen Fuß auf ein so gefährliches Eiland zu setzen.

Wenn sie von Zeit zu Zeit den Blick hob, entdeckte sie Paare und Familien, die nichts Böses ahnend über die Wanderwege liefen.

Fast hätte sie ihnen zugerufen, sie sollten sich in Sicherheit bringen, aber dann schüttelte sie über sich selbst den Kopf.

»Das sind einfach meine Nerven«, erklärte sie Bella. Die kleine Hündin lag neben ihr auf der Bank und ließ sich von der Sonne wärmen.

»Ragnar hat uns ja schon mal von den Orkanen und dem

Landverlust der Insel erzählt. Aber er hat auch gesagt, dass so etwas heute nicht mehr passieren kann. Die Dünen sind hoch genug, und sie werden gut gepflegt.«

Sara seufzte. Wen wollte sie beruhigen? Bella, die sie sowieso nicht verstehen konnte, oder sich selbst?

Sie hatte gehofft, auf andere Gedanken zu kommen, wenn sie in dem Geschichtsbuch las. Aber die einzige Wirkung, die sie erzielte, war, dass sie sich nun auch noch um ihre und Bellas Sicherheit sorgte.

Dabei hatte sie wahrhaftig genug im Kopf! In der vergangenen Nacht hatte sie kaum ein Auge zugetan. Stattdessen hatte sie darüber nachgedacht, dass sie nun an einem Punkt angelangt war, an dem sie entscheiden musste, ob es vorwärts oder zurück gehen sollte.

Die Strandbar eröffnen – oder die Bude verrammeln und so tun, als wären die Renovierungsarbeiten nur ein Zeitvertreib gewesen?

Keno bei ihm zu Hause verführen, oder dieses Kapitel ihres eher mageren Liebeslebens ad acta legen?

Benedikt küssen, nur so zum Spaß, und schauen, was passierte?

Verflixt viele Möglichkeiten, und so hatte sie sich von einer Seite auf die andere gedreht. Zwischendurch war sie immer wieder in einen kurzen Schlaf gefallen, aus dem sie aber bald wieder hochgeschreckt war, weil sie von Keno oder Benedikt geträumt hatte.

Beim ersten Tageslicht war sie dann aufgestanden und ein ganzes Stück mit Bella durchs Tal gelaufen.

Nun saß sie hier auf der Bank, schaffte es nicht, sich abzulenken, und wusste nur eines mit Sicherheit: Sie wollte nicht fort von Langeoog, ganz gleich, wie kompliziert ihr Leben auch war. Und selbst wenn es mit den ersten Herbststürmen ungemütlich werden sollte – sie, Sara Wegner aus dem beschaulichen Füssen, würde nicht weichen!

Als Vroni mit einem Picknickkorb in der Hand auftauchte, lächelte Sara ihr dankbar entgegen. Mochte die Freundin ihr auch mit ihren Kuppelversuchen auf die Nerven gehen, im Augenblick war Sara froh, nicht mehr allein zu sein.

Das Gedankenkarussell in ihrem Kopf hatte inzwischen ein bedenkliches Tempo angenommen. Ihr war schon ganz schwindelig.

»Sophie hat gesagt, du bist nicht zum Frühstück gekommen«, erklärte Vroni und holte eine Thermoskanne und eine Plastikbox mit süßen Teilchen heraus. Sie stellte alles auf den Holztisch vor der Bank und goss ihnen beiden Kaffee ein. Dann schob sie die kleine Hündin ein Stück zur Seite, setzte sich und nahm das Buch in die Hand. »Du liest Gruselgeschichten über Langeoog?«

»Ja.« Sara grinste schief. »Ich dachte, sie lenken mich von meinen Problemen ab.«

Vroni reichte ihr einen Kaffeebecher. »Hör auf, dich verrückt zu machen. Alles läuft doch ganz wunderbar.«

»Na klar. Bis auf die Kleinigkeit, dass mir der Mut fehlt, die Strandbar zu eröffnen, dass ich in meiner Beziehung zu Keno nicht vom Fleck komme, und dass ich mit … ähm … dass ich …«

»Was?«

»Ach, dass ich ganz allgemein in der Luft hänge.«

Bloß nichts über Benedikt sagen, beschwor sie sich selbst. *Sonst bestellt Vroni gleich das Aufgebot für uns.*

Daher druckste sie noch ein wenig herum und tippte auf das Buch, das Vroni inzwischen auf dem Tisch abgelegt hatte. »Hast du eigentlich keine Angst?«

Vroni nippte an ihrem Kaffee, bevor sie zurückfragte: »Wovor?«

»Na, zum Beispiel davor, dass die Insel im Meer versinken könnte.«

»So ein Quatsch! Langeoog ist nicht Venedig.«

»Du weißt schon, was ich meine.«

»Eigentlich nicht und ich fragte ernsthaft, ob du von der guten Luft einen Dachschaden gekriegt hast.«

»Na ja«, Sara blickte in ihre Tasse, nahm einen Schluck und fuhr dann fort: »Es könnte jederzeit was passieren. Ein schwerer Sturm, Hochwasser …«

Vroni schickte ihr schrilles Lachen in den Morgen. Bella jaulte dazu, und es dauerte ein Weilchen, bis sich beide wieder beruhigt hatten.

»Es könne auch ein riesiges Containerschiff auf die Insel laufen und sie platt machen«, sagte Vroni dann. »Oder sämtliche Möwen könnten vom Himmel fallen und uns ersticken. Oder der Strand verwandelt sich in Treibsand und verschluckt mit einem Schlag sämtliche Urlauber.«

»Hör schon auf!« Insgeheim nahm Sara sich vor, künftig sehr vorsichtig aufzutreten, wenn sie mit Bella zum Wasser lief.

»Und in Bayern«, fuhr Vroni ungerührt fort, »könnten die Berge wie Zuckerhüte zerbröseln und –« sie runzelte nachdenklich die Stirn, »und auf dem Oktoberfest könnte Bier in Wasser verwandelt werden. *Das* wäre übrigens die allerschlimmste Katastrophe!«

»Ist schon gut«, erwiderte Sara. »Ich hab's kapiert. Ich mache mir zu viele Sorgen.«

»Was ist wirklich mit dir los?«, wollte Vroni wissen. »Schüchtern kenne ich dich, aber nicht so pessimistisch.«

»Ich habe nur darüber nachgedacht, was so alles passieren könnte.« Sie erzählte von ihren Gedanken über die Insulaner und ihre neuen Freunde, die ebenfalls keine Einheimischen waren.

»Annabel schon«, widersprach Vroni. »Hat sie mir mal verraten. Sie hat zwar lange auf dem Festland gewohnt, aber sie ist hier geboren. So, und jetzt erklär mir noch mal, was in dir vorgeht. Bisher redest du nur Mist.«

»Tja, also die echten Insulaner wie zum Beispiel Pauline und Keno, und meinetwegen auch Annabel, die sind irgendwie stärker als wir. Die wirft so leicht nichts um, und sie sind auch irgendwie ein bisschen – unsensibel.«

Vroni sagte eine Weile nichts. Sie trank nur ihren Kaffee, aß ein Butterhörnchen, gab Bella ein winziges Stück ab und schaute ins Tal. Als sie endlich sprach, war ihr Ton ruhig.

»*Darum* also geht es.«

Sara tat als hätte sie nicht gehört – was Vroni natürlich nicht davon abhielt, weiterzureden. »Du bist sauer auf Keno und behauptest deshalb, alle Einheimischen seien gefühllos.«

»Das ... Nein, das stimmt so nicht.«

»Lass dir eins sagen, Sara. Annabel ist eine sehr liebevolle junge Frau. Immer bereit, anderen zu helfen, und absolut einfühlsam. Pauline ist ziemlich geradeheraus und auch sehr geschäftstüchtig. Gleichzeitig besitzt sie ein großes Herz und ist immer für ihre Freunde da. Und ich kenne auch noch mehr Einheimische, die genauso liebenswert wie die beiden sind.

Also sieh zu, dass du nicht alle Leute in einen Topf wirfst, bloß, weil der Wikinger keine Rücksicht auf deine zarte Seele nimmt.«

Sara fühlte sich vollkommen durchschaut. Sie schämte sich, und Vroni seufzte.

»Man könnte meinen, du willst eine Katastrophe heraufbeschwören, damit sich deine Probleme mit einem großen Knall lösen.«

»Um Gottes willen!«, rief Sara erschrocken aus. »Das will ich natürlich nicht!«

»Dann ist ja gut.« Vroni zwinkerte ihr zu. »Und was deinen Zeitüberschuss betrifft: Eröffne die Strandbar, dann bist du zu beschäftigt, um immer weiter zu grübeln.«

»Du weißt, dass es nicht geht«, sagte Sara leise. »Die Renovierung war eine Sache. Da hatte ich nur mit meinen neuen Freunden zu tun, und um die Handwerker hat sich meistens Matteo gekümmert. Aber kannst du dir wirklich vorstellen, wie ich in einer vollen Cocktailbar arbeite? Ich?«

Vroni goss Kaffee nach, bevor sie antwortete: »Wir könnten das Podest hinter dem Tresen abbauen. Oder du bleibst einfach zwischen Podest und Regal. Dann sieht dich niemand.«

»Und wie soll ich meine Cocktails mixen? Mit ausgestreckten Armen, und ohne da oben etwas zu sehen?«

Vroni grinste. »Das würde ich gern mal sehen.«

»Mach dich nur lustig«, gab Sara seufzend zurück. »Das Ganze ist ja nicht dein Problem.«

»Natürlich ist es das! Du bist meine beste Freundin. Außerdem habe ich dich bisher ermutigt, deinen Traum zu verwirklichen …«

»Anfangs warst du dagegen«, warf Sara ein. Aber dann erinnerte sie sich daran, dass Vroni schon bald ganz auf ihrer Seite gestanden hatte. Sie hatte sich sogar selbst in die Insel verliebt, und in einen geheimnisvollen Strandräuber, mit dem sie es jedoch ähnlich schwer hatte wie Sara mit Keno.

Sara legte Vroni eine Hand auf den Arm. »Entschuldige. Das war nicht nett.«

»Schon gut, Süße. Hör mal, ich könnte dir doch helfen.«

»Wie denn?«, fragte Sara misstrauisch.

»Ich fange bei dir als Kellnerin an.« Vroni klatschte in die Hände. »Dann kannst du in Ruhe hinter dem Tresen arbeiten, und ich kümmere mich um die Gäste.«

»Aber … du willst doch dein eigenes Geschäft aufziehen.«

»Klar, aber das dauert, bis ich das entwickelt habe. Im Augenblick habe ich reichlich Zeit zur Verfügung, vor allem, weil ich mit Ragnar einfach nicht weiterkomme. Gestern hat er sich sogar geweigert, mich zu sehen.« Ihr Gesicht verfinsterte sich. »Du würdest mir sogar einen Gefallen tun, wenn du mich einstellst.«

Sara lächelte. »Ein bisschen merkwürdig wäre das schon. Früher warst du meine Chefin, und nun würdest du für mich arbeiten.«

»Na und? Hast du irgendein Problem damit?«

»Nein.« Je länger sie darüber nachdachte, desto besser gefiel Sara die Idee.

Vielleicht ist das die Lösung, sagte sie sich. *Ich könnte so tun, als wäre ich allein.*

Sie stand auf und streckte sich. Eine leichte Brise brachte den salzigen Duft der Nordsee mit. Der würzige Geruch der Krähenbeerenheide aus dem Pirolatal hielt dagegen, aber die Brise gewann an Kraft und setzte sich durch. Sara stellte sich vor, dass sich die vorhin noch spiegelglatte Wasserfläche nun langsam kräuselte. Oder traten schon kleine, kurze Wellen mit glasigen Kämmen auf? Nahm die Brise weiterhin zu, würden die Kämme brechen, hie und da würden dann weiße Schaumköpfe auftreten.

Im Haus hatte sie irgendwo eine Tabelle über Windgeschwindigkeiten und Wellen liegen. Kurz überlegte Sara, sie zu holen, entschied sich jedoch lieber dagegen. Es hatte ihr schon gereicht, was sie vorhin über historische Sturmfluten gelesen hatte. Sie musste ihre Angst nicht noch schüren, bloß weil ein wenig frische Luft von den Dünen herunterwehte. Im Augenblick war es klüger, nur über die Strandbar nachzudenken.

»Danke für dein Angebot«, sagte sie zu Vroni und setzte sich wieder. »Aber ich fürchte, es würde nicht viel ändern. Ich könnte es trotzdem nicht inmitten von vielen fremden Leuten aushalten.«

»Es ist ja gar nicht gesagt, dass die Bar gut besucht wird. Vielleicht wird's ein Flop, dann hast du dieses Problem gar nicht.«

»O Gott!«

»Keine Panik, Süße – war nur ein Scherz! Im Ort wird schon viel darüber geredet. Alle freuen sich auf einen gepflegten Cocktail. Und auch im Kurhotel, wo der reizende Benedikt Hoffmann wohnt, bin ich von einigen Leuten gefragt worden, wann denn Eröffnung ist. Die Gäste hoffen, dass sie dann überhaupt noch auf der Insel sind.«

»Was machst du denn im Kurhotel?«, fragte Sara. »Planst du etwa wieder irgendeine Intrige?«

Vroni betrachtete angestrengt ihre Fingernägel. »Unsinn. Ich hatte einen Termin beim Hoteldirektor. Er hat mir vorgeschlagen, ich könnte einmal pro Woche einen Beratungstermin im SPA-Bereich abhalten. Wenn ich in anderen Häusern auch eine solche Chance bekomme, hat meine Geschäftsidee vielleicht Zukunft.«

»Verstehe«, murmelte Sara.

»Und bei der Gelegenheit habe ich zufällig Benedikt Hoffmann getroffen.«

»Zufällig, ja klar. Wann?«

»Ist das wichtig?«

Ja!, dachte Sara.

»Nein«, sagte sie laut.

Vroni musterte sie aufmerksam. »Ist irgendwas passiert?«

»Gar nichts.«

»Du bist eine miese Lügnerin, das habe ich dir schon immer gesagt.«

Sara presste die Lippen aufeinander und schaute ins Tal. Hier und da bewegten sich die Heidebüsche im zunehmenden Wind. Ein paar Spaziergänger hielten ihre Sonnenhüte fest und lachten. Draußen auf dem Meer wurden die Wellen jetzt vermutlich länger und die Schaumköpfe häufiger.

»Hast du heute schon die Wettervorhersage gehört?«

»Wie bitte?«, fragte Vroni. Ihr Blick ließ sie nicht los.

»Die Wettervorhersage.«

»Netter Versuch, Sara. Also? Was ist vorgefallen zwischen dem reizenden Benedikt Hoffmann und dir?«

Sara gab es auf. Wenn sie nicht redete, würde Vroni sie den ganzen Tag nicht in Ruhe lassen.

»Nichts Besonderes. Er war gestern Abend kurz in der Bar.«

»Donnerwetter!«

»Keine große Sache. Er dachte, es wäre offen.«

»Und du hast ihn gleich wieder rausgeschmissen?«

»Ähm … nein.«

»Sondern?«

Sara holte tief Luft und erzählte.

Vronis Augen wurden immer größer. »Und am Ende habt ihr euch geküsst?«

»Quatsch. Nur auf die Wange.«

»Aber jetzt findest du ihn nicht mehr seltsam?«

Sara hob kurz die Schultern. »Nein, vielleicht nicht. Er ist eigentlich ganz nett. Aber ich bin in Keno verliebt, schon vergessen? Außerdem reist Benedikt bestimmt bald wieder ab. Seine Kur müsste doch langsam zu Ende sein.«

»Vielleicht nicht«, entgegnete Vroni.

»Was soll das heißen? Ist er so krank?« Sie erkannte, dass sie sich plötzlich Sorgen um ihn machte, und das gab ihr schwer zu denken.

»Interessant«, meinte Vroni, die offenbar mal wieder ahnte, was in ihr vorging. Dann sagte sie: »Nein, Süße. Tatsächlich ist er seine Bronchitis losgeworden und könnte jederzeit wegfahren. Das hat er mir gestern erzählt, als ich im Hotel war.«

Gestern, dachte Sara. *Dann hätte ich Vroni ja gar nichts von seinem Besuch in der Bar erzählen müssen.*

»Und warum ist er dann noch hier?«, fragte sie.

Vroni lächelte wissend. »Möglicherweise hat das ja etwas mit dir zu tun.«

Sara hasste es, dass sie bei jeder Gelegenheit rot wurde. Auch jetzt stieg ihr die Hitze ins Gesicht.

»Na, super. Jahrelang war ich mit keinem Mann zusammen – und jetzt sind da plötzlich zwei? Wie soll ich bitte damit umgehen?«

»Süße, du hast weder den einen noch den anderen. Du wirst dir schon ein bisschen Mühe geben müssen, damit überhaupt einer bei dir bleibt. Möglichst der richtige.« Wen sie damit meinte, war klar.

»Danke für den guten Rat.«

»Immer gern.« Vroni lachte. »Und übrigens: Benedikt könnte auch einen zweiten Grund haben. Das hat etwas mit seinem Beruf zu tun, aber danach solltest du ihn besser selbst fragen.« Sie stand wieder auf. »Und jetzt will ich zu Ragnar. Ich werde mir mit Gewalt Eintritt zu seinem blöden Dachboden verschaffen. Hier wird mir das auch langsam zu windig. Du solltest mit Bella lieber reingehen. Nicht dass sie dir noch wegfliegt.«

18. Kapitel

Sara blieb noch eine Weile auf der alten Holzbank sitzen und dachte nach. Konnte das klappen? Konnte sie die Strandbar mit Vroni als Kellnerin eröffnen?

Sie war voller Zweifel und kam zu keinem Ergebnis.

»Was meinst du, Bella, wollen wir Keno besuchen?«

Am Abend zuvor war sie nicht mehr dazu gekommen, bei ihm vorbeizugehen. Dabei hatte sie schon gestern eine Entscheidung erzwingen wollen. Aber dann war Benedikt aufgetaucht und danach – tja, da war sie nur noch heimgegangen.

Auf einmal sehnte sie sich nach Kenos breiten Schultern, nach seinen starken Armen. Sie wollte sich an ihn kuscheln und mal eine Weile an nichts mehr denken müssen. Einfach nur glücklich sein. Wer konnte ihr diesen Wunsch verübeln?

Lächelnd nahm Sara die kleine Hündin hoch und ging mit ihr zunächst ins Haus. Vom Garderobenständer nahm sie ein Tragetuch, band es sich um und setzte Bella hinein. Das Tuch hatte ihr Pauline geschenkt. Eine junge Mutter hatte es im Strandkorb vergessen und nie mehr abgeholt. Für Bella war es perfekt. Sara zog noch ihren Friesennerz darüber und ließ den Reißverschluss ein Stück offen. Die Jacke war weit genug geschnitten, so dass Bella ihr Köpfchen herausstrecken konnte.

Gummistiefel oder Sneakers? Sara entschied sich für die Stiefel.

Anstatt direkt in den Ort zu laufen wählte sie zunächst den Bohlenweg die Dünen hinauf. Oben blieb sie überrascht stehen. Aus der Brise war inzwischen ein kräftiger Wind geworden, und draußen auf dem Meer bauten sich höhere Wellen auf. Überall sah Sara weiße Schaumköpfe und sogar schon vereinzelt etwas Gischt. Sie wusste: Nahm der Wind noch zu, würde die See sich irgendwann türmen und hohe Wellenberge auf den Strand schicken.

Dort war es inzwischen fast menschenleer. Nur ein paar Bademeister suchten noch nach letzten Gästen und scheuchten sie fort. Paulines Strandkörbe waren verschwunden. Möglicherweise hatte die kluge Frau sie auch gar nicht erst aufbauen lassen. Sie besaß einen sicheren Instinkt für Wetterwechsel und war vermutlich schon früh am Morgen zu dem Schluss gekommen, dass es sich nicht lohnen würde, das Geschäft zu eröffnen.

Der Himmel war porzellanfarben und schickte sich an, alles Licht zu verschlucken. Wolkenfetzen flogen über die See, die Insel und die Küste hinweg ins Hinterland. Neben Sara beugten sich Dünengras und Strandhafer dem Wind, und sie beeilte sich, fortzukommen.

»Es wird schon nicht so schlimm werden«, erklärte sie Bella. Die Hündin hatte ihr Köpfchen schnell eingezogen.

»Wie sagt Pauline immer? Schietwedder fängt erst bei Windstärke 12 an.« Sara wusste, sie wollte in erster Linie sich selbst überzeugen. Es half ein bisschen. Während sie nun in Richtung Ortsmitte lief, fragte sie sich, ob sie sich Sorgen um ihre Strandbar machen musste.

Nein, entschied sie. *Die beiden Buden von Pauline sind aus massivem Holz. Sie halten jedem Sturm stand, genauso wie das Eiscafé.*

Derart beruhigt ging Sara weiter. Im Zentrum kam sie langsamer voran. Viele Gäste hatten sich zu einem Besuch in einem der Cafés oder zu einem Schaufensterbummel entschieden, nachdem sie den Strand verlassen hatten. Sara drängte sich an Familien mit Kindern, an jungen und weniger jungen Paaren, älteren Freundinnen und ein paar gelangweilten Teenagern vorbei. Erst als sie das *Seemannshus* erreicht hatte, fiel ihr ein, dass sie Keno vielleicht gar nicht zu Hause antreffen würde. Sie wusste, er hatte an diesem Sonntag keinen Dienst auf der Fähre, und jede Wattwanderung war bei dem Wetter bestimmt abgesagt worden. Das hieß aber noch lange nicht, dass er nicht irgendwo unterwegs war.

Warum habe ich nicht angerufen?, fragte sie sich und gab sich sogleich selbst die Antwort: *Weil ich ihn überraschen will. Nur dann finde ich vielleicht heraus, was er wirklich von mir denkt.*

Keno wohnte im Dachgeschoss eines Zweifamilienhauses aus rotem Backstein, direkt neben dem Heimatmuseum. Zögerlich legte Sara den Zeigefinger auf die Klingel. Bisher war sie nur selten bei ihm zu Hause gewesen. Im Hexenhäuschen sei es viel gemütlicher, behauptete er. Außerdem würden die Leute tratschen, wenn sie oft bei ihm war.

Nun, Tatsache war, dass es nicht viel zu tratschen gab. Sie waren kein richtiges Paar. Irgendwie Freunde – mit zärtlichen

Momenten. Aber mehr als ein paar Umarmungen und Küsse hatte es nicht gegeben.

Sara musste ziemlich lange warten, bis ihr endlich geöffnet wurde. Indessen traten ein paar Besucher des Museums nach draußen, blickten zu ihr hinüber und tuschelten miteinander. Sie waren ohne Zweifel Touristen, aber Sara entdeckte unter ihnen die Besitzerin eines Souvenirladens, die nebenbei als Fremdenführerin arbeitete. Bestimmt erzählte sie ihren Kunden gerade vom prächtigen Wikinger und seinen zahlreichen Verehrerinnen, die im Stundentakt bei ihm klingelten.

»Moin!«, rief Sara ihnen zu, woraufhin sie sich schnell zerstreuten. Sie lachte, dann klingelte sie erneut.

Endlich wurde von innen die Tür aufgerissen.

»Kann man denn nicht mal am Sonntagvormittag seine Ruhe haben?«, rief Keno aus. Er trug ein löchriges T-Shirt und Boxershorts. Sein Haar war verwuschelt, er rieb sich verschlafen das Gesicht. Erst als er nach unten blickte, sah er Sara.

»Du? Was machst du denn hier?«

Sie war eingeschüchtert ein Stück zurückgewichen, nun hob sie das Kinn und trat wieder einen halben Schritt vor.

»Ich dachte, ich besuche dich. Es ist übrigens Mittag, und nicht mehr Vormittag.«

»Jo«, knurrte er. »Ist spät geworden gestern.«

Sara fragte nicht nach. Auf keinen Fall wollte sie eine Frau sein, die ihren Freund kontrollierte. Und vor allem war Keno kein Mann, der sich in seiner Freiheit einschränken ließ.

Rasch schweifte nun seinen Blick über die Straße, und Sara schaute sich ebenfalls um. Der Wind ließ Papiertüten und verlorene Sonnenhüte über das Pflaster springen, die Markisen und Sonnenschirme der Lokale knatterten, Fahrräder schepperten laut in ihren Ständern.

»Komm mal lieber rein«, sagte Keno. »Wird 'n büschen windig.«

»Ein bisschen windig« nannte man in Langeoog auch einen Orkan, und so beeilte sich Sara, ins Haus zu treten – wobei sie sicher war, dass Keno weniger das Wetter als vielmehr die neugierigen Blicke der Passanten fürchtete.

»Hallo, hübsche Bella«, sagte er im Treppenhaus, und seine Stimme nahm einen zärtlichen Klang an, als er der Hündin über den kleinen, runden Kopf strich. Einen Moment lang wollte Sara mit Bella tauschen, aber sie riss sich zusammen. Sie war keine Frau, die um Zuneigung bettelte!

Schweigend folgte sie Keno nach oben und ließ sich dann in sein zweckmäßig eingerichtetes Wohnzimmer führen.

Es sah aus, als hätte Keno in einem Möbelhaus auf dem Festland wahllos auf Sofagarnitur, Wandschrank, Regal, Lampen und Couchtisch gezeigt und alles liefern lassen, ohne sich darum zu kümmern, ob die einzelnen Stücke zusammenpassten.

Das hier war kein Zuhause, fand sie. Aber sie war nicht hergekommen, um über seine Einrichtung zu diskutieren. Es gab Wichtigeres.

»Warum?«, fragte Sara.

»Warum was?«

Sie nahm Bella aus dem Tragetuch und setzte sich auf ein unbequemes Ledersofa. »Warum bist du mit mir zusammen, wenn du es eigentlich gar nicht willst?«

Keno blieb überrascht stehen und ragte jetzt ungefähr drei Meter über ihr auf.

»Wow!«, stieß er aus.

»Was?«

»So streng hast du ja noch nie mit mir geredet! Ich bin beeindruckt!«

Sie schwieg, weil ihr ganzer Mut sie bereits wieder verließ.

Keno wartete einen Moment ab, dann sagte er: »Hör zu, ich brauche erst mal Kaffee, vorher kann ich nicht richtig denken. Möchtest du auch einen?«

Sie nickte, obwohl bereits mehr als genug Koffein in ihrem Blutkreislauf zirkulierte. Wenn er für ein paar Minuten in der Küche verschwand, konnte sie sich in Ruhe ihre nächsten Worte überlegen.

Tatsächlich hatte sie einen Satz vorbereitet, als er zurückkam, und war sogar ziemlich stolz darauf: »Wir sind überhaupt nicht richtig zusammen. Das muss sich ändern.«

Keno hob die Brauen, setzte sich neben sie und reichte ihr einen von zwei Kaffeebechern. Dann trank er in aller Ruhe, bevor er schließlich erwiderte: »Das sehe ich auch so, Sara.«

»Oh ... ähm ... wunderbar.« Sie hatte nicht damit gerechnet, dass er so schnell einlenken würde. Nun war sie überglücklich.

Oder?

Wieso musste sie plötzlich an Benedikt denken? An das elektrisierende Gefühl, als seine Lippen ihre Wange berührt hatten?

Verdammt! Das war nicht fair!

Sie zauberte ein verführerisches Lächeln auf ihre Lippen.

»Ich freue mich sehr, Keno.«

Wieder schien er überrascht. »Wirklich?«

»Natürlich! Glaubst du mir nicht?«

»Doch, ich bin nur ein bisschen in meinen Stolz gekränkt.«

Sara erblasste. Irgendetwas lief hier vollkommen falsch.

Bevor sie etwas erwidern konnte, fuhr Keno fort: »Ich hatte gedacht, es würde dir wenigstens ein bisschen leidtun, wenn du mit mir Schluss machst.«

Der Wind draußen war plötzlich zum Sturm angewachsen – oder war es nur ein lautes Rauschen in ihren Ohren? Die Stehlampe neben dem Sofa wackelte wie wild hin und her, Kenos Gesicht ebenfalls.

»Sara.«

Bella kläffte ohrenbetäubend laut, das Wohnzimmer verwandelte sich in ein Schiff auf hoher See.

»Sara!«

Ihr Magen hob sich, und sie atmete schneller und schneller.

»Sara! Hör auf damit!«

Sie sah Keno in die Küche laufen, schwankend, wie ihr schien, dann kam er zurück, ließ sich neben sie auf das Sofa fallen und presste ihr eine offene Papiertüte vor den Mund.

»Atme da rein und beruhige dich!«

Sie tat wie ihr geheißen, und nach einer Weile ließ der Schwindel nach, das Wohnzimmer kam zur Ruhe, der Sturm draußen schrumpfte zu einem kräftigen Wind.

Keno nahm die Papiertüte weg und reichte ihr ein Glas Wasser. Sie trank gehorsam, sammelte sich, schaute ihn dann an.

»Es tut mir leid. Das … hat mich überrascht.«

»Ach, Sara. Siehst du? Genau deshalb wollte nicht ich derjenige sein, der diese Sache beendet. Du bist so empfindsam, so süß, so verliebt in mich. Ich hab's einfach nicht übers Herz gebracht.«

Sie musste schlucken. So war das also. Er war nicht aus Liebe mit ihr zusammen, nur aus Mitgefühl.

Und weil es ihm schmeichelt, dass eine Frau ihn so viele Jahre lang so sehr geliebt hat, fügte sie in Gedanken hinzu. *Vroni hat recht gehabt. Und deshalb sind wir auch nicht wirklich zusammengekommen.*

Ein Teil von ihr sagte ihr, dass sie Keno diese Zurückhaltung hoch anrechnen sollte. Er war immerhin so anständig gewesen, ihre Verliebtheit nicht auszunutzen. Ein anderer Teil wünschte ihn einfach nur zur Hölle. Oder auf den Grund der Nordsee. Bei Flut!

Sara unterdrückte mit Mühe ein hysterisches Kichern. Dann straffte sie die Schultern, nahm Bella hoch und steckte sie wieder ins Tragetuch.

»Ich geh dann wieder.«

Keno blieb sitzen. »Vielleicht solltest du besser hierbleiben«, sagte er ohne große Überzeugung. »Du bist durcheinander, wer weiß, wo du landest.«

»Langeoog ist klein«, gab Sara ruhig zurück. Sie wunderte sich selbst, warum sie auf einmal so beherrscht war, aber sie war froh darüber. »Ich werde mich schon nicht verlaufen. Außerdem hat der Wind nachgelassen.« Sie trat ans Fenster, schaute hinaus.

Tatsächlich flog nichts mehr durch die Gegend, und die Passanten mussten ihre Hüte und Röcke nicht mehr festhalten.

»Das ist nur eine Pause«, erwiderte Keno. »Manchmal passiert so etwas, und später legt der Sturm dann mit neuer Kraft los.«

»Ich brauche nur eine Viertelstunde für den Heimweg. In der Zeit wird die Welt schon nicht untergehen.«

Keno gab schnell nach, offensichtlich froh darüber, so glimpflich davonzukommen. »Okay, pass gut auf dich auf, Sara.«

Sie schaute ihn an, versuchte zu begreifen, dass dies das Ende eines jahrelangen Traums von Liebe war. Es gelang ihr nicht. Sie bemerkte nur überrascht, dass ihr Herz vielleicht nicht ganz so gebrochen war, wie sie erwartet hätte.

»Tschüs«, sagte sie.

»Warte, ich bringe dich nach unten.«

»Nicht nötig. Ist nur eine Treppe. Das schaffe ich schon allein.«

Sie drehte sich um und ging. Bella hatte keinen Ton von sich gegeben und rührte sich auch jetzt nicht in ihrem Tragetuch. Die kluge Hündin spürte genau, dass ihr Frauchen Kummer hatte, und erst, als sie im Treppenhaus standen, lugte sie vorsichtig mit ihren Glubschaugen heraus und ließ die Zunge aus dem Maul hängen.

»Hast ja recht«, sagte Sara mit einem kleinen Lächeln. »Er ist kein schlechter Kerl, aber ohne ihn bin ich wohl besser dran.«

Sie stieg die Treppe hinunter, öffnete die Haustür und – wich zurück. Vor ihr stand eine wunderschöne, große, junge Frau mit strahlend grünen Augen.

»Hei«, sagte die Fremde fröhlich. Dann klingelte sie bei Keno.

»Moin«, murmelte Sara und drückte sich schnell an ihr vorbei. Nun war sie doch wieder traurig. Mit hängendem Kopf machte sie sich auf den Heimweg. Sie überlegte, eine ihrer Freundinnen anzurufen. Vroni, Sophie oder Pauline? Aber so gern sie alle hatte, sie fürchtete doch deren Kommentare. Keine von ihnen würde überrascht sein, jede würde wohl mehr oder weniger deutlich sagen, dass Sara froh sein sollte, Keno los zu sein. Also beschloss sie, sich ins Hexenhäuschen zurückzuziehen.

Sie war kaum zu Hause, als Vroni anrief.

»Das ging ja schnell«, sagte Sara. Der Inselfunk überraschte sie immer wieder.

»Was denn?«, fragte Vroni.

Sara stutzte, dann begriff sie, dass der Anruf nicht ihr und Keno galt. Sie holte tief Luft. »Ach nichts. Bist du bei Ragnar?«

»Ja, und ich rühre mich hier nicht weg, bis er mir den Dachboden zeigt. Aber ich soll dir auch etwas ausrichten.«

»Ja?« Sara stellte auf Lautsprecher, stieg aus den Gummistiefeln und schälte sich aus ihrer Jacke. Dann holte sie Bella aus dem Tragetuch und legte es ab.

»Ragnar sagt, du sollst schön drinnen bleiben. Sieht nach einem üblen Sturm aus.«

»Ach, Quatsch. Der Wind hat sich gelegt. Ich war gerade … ähm … mit Bella unterwegs.«

»Schon wieder? Du gehst doch sonst immer nur am frühen Morgen.«

»Ich dachte, wenn es regnen sollte, wären wir wenigstens noch mal draußen gewesen.« Selbst in ihren eigenen Ohren klang das nach einer lahmen Ausrede.

Normalerweise wäre Vroni jetzt misstrauisch geworden, aber sie hatte offenbar anderes im Kopf.

»Na gut, ich muss jetzt weiter Ragnar bearbeiten. Du kommst zurecht?«

»Klar, mach dir keine Sorgen. Bella und mir geht es gut.

Und übrigens, ich werde die Strandbar eröffnen. Gilt dein Angebot noch?«

»Nanu? Woher der plötzliche Meinungswechsel?«

Das fragte sich Sara selbst auch. Es hatte definitiv mit Keno zu tun, und ihrer großen Wut auf ihn; einer Wut, die sie sich nicht eingestehen konnte, die ihr aber die Kraft gab, endlich diesen Schritt zu wagen.

»Es ist kompliziert«, erwiderte sie vage.

»Interessant. Also gut. Klar bin ich dabei. Sag einfach Bescheid, wann der große Tag sein soll, okay?«

»Okay«, sagte Sara und war froh, dass sie nichts über Keno verraten hatte.

»Na dann, tschüs, Süße. Und deinem Wikinger brauchst du keine Träne nachzuweinen.«

Bevor Sara etwas erwidern konnte, hatte Vroni die Verbindung unterbrochen.

Mist, dachte Sara. *Wie hat sie das jetzt wieder mitgekriegt?*

Es fühlte sich nicht gut an, dass sie so leicht zu durchschauen war. Sara seufzte schwer.

Bella jaulte leise mit und brachte sie dadurch zum Lachen. Sie füllte den Wassernapf auf und gab ihrer vierbeinigen Freundin einen Hundekeks. Für sich selbst bereitete sie ein spätes Mittagessen zu, aber als sie am Küchentisch saß, einen Teller mit Nudeln und Tomatensoße vor sich, war ihr der Appetit schon wieder vergangen. Stattdessen wurde sie von einer großen Müdigkeit überwältigt.

»Das waren die zwei Spaziergänge heute Vormittag«, sagte sie zu Bella. »Und vielleicht bin ich auch von dem Besuch bei Keno erschöpft.«

Die kleine Hündin saß zu ihren Füßen und schaute treuherzig zu ihr auf. Natürlich bettelte sie nicht, aber sollte zufällig eine Nudel auf den Boden fallen, würde sie schon dafür sorgen, dass die Fliesen schnell wieder sauber waren. Dummerweise fiel nichts runter.

»Du wirst zu dick, wenn ich nicht aufpasse«, erklärte Sara ihr ernsthaft. Sie nahm den Teller, deckte ihn mit Folie ab und stellte ihn in den Kühlschrank.

Dann ging sie nach oben in ihr Schlafzimmer, kuschelte sich unter die Decke und nahm Bella hoch. Ausnahmsweise durfte die Hündin bei ihr im Bett sein. Innerhalb von Sekunden schlief Sara fest. Sie bekam nicht mit, dass der Wind erneut auffrischte.

19. Kapitel

Als Sara erwachte, war es draußen stockdunkel. Es heulte und pfiff der Sturm, ihr Schlafzimmer wurde abwechselnd ins grelle Licht der Blitze und in schwarze Finsternis getaucht. Bella lag dicht an sie gedrängt und zitterte.

»Ist schon gut«, sagte Sara leise. »Nur ein Unwetter. Das geht bestimmt bald vorbei.«

Ein Blick auf ihr Handy zeigte ihr, dass es noch gar nicht Nacht war, sondern erst früher Abend. Und trotzdem war es draußen zwischen den Blitzen stockfinster. Von oben kam ein lautes Rascheln – es ähnelte mehr einem Knattern.

»Das ist nur das Reetdach«, erklärte sie Bella und tat, als müsse sie die Hündin beruhigen. Dabei klopfte ihr Herz wie verrückt vor Angst und sie wünschte, das Häuschen hätte einen Keller, in dem sie sich verkriechen könnte.

Schwere Regentropfen knallten draußen an die Scheiben, in weiter Ferne heulten die Wölfe.

Wölfe? Sara schüttelte sich und rieb sich heftig die Ohren. Nein, es war nur der Wind im Dünental, der durch Vertiefungen und Heidebüsche fegte.

Bella schien anderer Ansicht zu sein. Sie kroch in den freigewordenen Hohlraum zwischen Saras Rücken und dem Kopfkissen.

Keno und Ragnar haben sich nicht getäuscht, überlegte Sara. *Sie wussten, dass die Schlechtwetterfront nur eine Pause eingelegt hat, um dann mit neuer Kraft loszuschlagen.*

Ob dies wohl schon Windstärke sechs war? Mit Wellen, die sich aufbauten, und Kämmen, die brachen? Oder gar Windstärke sieben? Dann würde die See sich bereits türmen, und der weiße Schaum der Brecher würde sich in Streifen zur Windrichtung legen.

Es beruhigte Sara, sich die Tabelle über Windgeschwindigkeiten und Wellen in Erinnerung zu rufen. Wenn sie so tat, als könnte sie den Naturgewalten da draußen mit wissenschaftlichen Erklärungen beikommen, fühlte sie sich nicht ganz so hilflos.

Etwas schepperte und knallte laut. Sara schrie auf. Dann versuchte sie zu lachen, aber es kam nur ein ängstliches Keuchen aus ihrem Mund.

In ihrem Rücken lag Bella jetzt ganz still, wie erstarrt.

Sara griff nach hinten und streichelte die kleine Hündin. »Alles wird gut, hab keine Angst.« Als Antwort bekam sie ein leises Winseln. Wieso, überlegte sie, ist Vroni nicht hier?

Nach ihrer Rückkehr war die Freundin wieder mit ins Hexenhäuschen gezogen. Vorläufig, wie sie erklärt hatte. Bis sie mit Ragnar zusammenleben würde. Vroni war eben eine Optimistin. Aber sie hatte sich eindeutig den falschen Abend ausgesucht, um bei ihrem Strandräuber zu bleiben.

Und Keno? Wo war der, wenn sie ihn mal brauchte?

In der nächsten Sekunde fiel ihr wieder ein, dass es ja aus war zwischen ihnen. Sie schluchzte auf, und Bella jaulte dazu.

Da musste Sara lachen. »Wir klingen schlimmer als die eingebildeten Wölfe.«

Sie griff nach ihrem Smartphone und rief Vroni an. Alles, was sie hörte, war ein statisches Rauschen. Offenbar war das Handynetz gestört. Sophie hatte ihr mal erzählt, dass so etwas bei Sturm vorkommen könnte. Auch das Internet würde dann zusammenbrechen, und sie hätte mit Matteo schon äußerst romantische Stunden ohne Netz und Strom verbracht.

Na toll, dachte Sara. Ich habe bloß niemandem zum Kuscheln. Außer Bella, natürlich – aber ein etwas größeres Lebewesen wäre ihr schon lieber. Unwillkürlich musste sie an Benedikt denken. Der saß jetzt bestimmt sicher in seinem Kurhotel und hatte genug Gesellschaft.

»Nur ich bin allein!«, schimpfte Sara laut. Wütend zu sein war besser, als vor Angst aufzuschreien. »Gleich morgen früh gehe ich zu Pauline und sage ihr, dass ich ausziehe. Ich will im Ort wohnen, in einer schönen, sicheren Wohnung, mit ganz viel Backstein um mich herum. Nicht bloß ein paar dünne Wände, die ächzen und stöhnen.«

Sara zwang sich, aufzustehen. Bella kroch unter die Bettdecke.

»Dieses Häuschen ist sicher!«, verkündete Sara. »Uns wird nichts passieren!«

Noch einmal kam ihr Pauline in den Sinn, aber sie wusste nicht genau, warum. Schnellen Schrittes lief sie nach unten und ging in die Wohnküche, um sich einen schönen heißen Tee zu kochen. Vielleicht würde sie auch einen Schuss Rum reingeben.

Strom hatte sie wenigstens. Aber dann überlegte sie, dass es eine Weile dauern würde, bis so ein Tee fertig war. Gleich ein Gläschen Rum würde ihre Nerven ohnehin besser beruhigen.

Oder ein Schluck von Paulines Aquavit. Doch davon hatte Sara nichts im Haus.

Pauline.

Schon wieder Pauline …

Sie holte die Rumflasche aus dem Küchenschrank, schraubte sie auf, goss ein wenig von der goldbraunen Flüssigkeit in ein Glas, und nippte daran.

Pauline! O nein!

Auf einmal durchlief ein Zittern Saras Körper. Sie stellte schnell das Glas ab, dann fischte sie ihr Handy aus der Hosentasche.

Immer noch tot.

»Verdammt!«

Sie ging zum Fenster. Es regnete in Strömen, aber die Blitze hatten nachgelassen. Und der Wind? Er heulte mit unverminderter Stärke. Oder nicht? Sara konnte ihren Sinnen nicht mehr vertrauen. Was sollte sie bloß tun? Sie hatte doch viel zu viel Angst, um sich allein nach draußen in die feindliche Natur zu trauen.

Aber dann dachte sie wieder an Pauline. Eine Frau allein in ihrer Bude am Strand. Ganz sicher war sie nicht heimgegangen, denn ihr Strandkorbverleih bedeutete ihr alles, und wenn ein Unwetter aufzog, blieb sie erst recht vor Ort, um auf alles aufzupassen.

Sara wusste, sie hatte keine Wahl. Sie musste versuchen, sich über die Dünen bis zum Strand durchzuschlagen. Pauline brauchte Hilfe, und sie, Sara, war die einzige, die schnell genug bei ihr sein konnte.

Sie kippte ihren Rum in einem Zug herunter, lief dann wieder hoch in ihr Schlafzimmer und sagte zu Bella: »Du bleibst hier.« Und, zur Sicherheit: »Sitz!«

Der kleinen Hündin quollen fast die Augen aus dem Kopf, aber sie rührte sich nicht.

Unten stieg sie in ihre Gummistiefel und zog die gelbe Regenjacke an. An der Eingangstür schnappte sie sich eine starke Halogen-Taschenlampe und schaltete sie ein. Gott sei Dank, sie funktionierte. Dann trat Sara hinaus. Ein Schwall Wasser traf sie vom Reetdach, riss ihr die Kapuze weg und lief ihr in den Kragen.

Sara schnappte vor Schreck nach Luft. Regen lief ihr in den Mund, sie klappte ihn schnell zu.

»Das bisschen Wasser hält mich nicht auf!«, knurrte sie.

»Ich bin mutig!«, erklärte sie dann dem Hexenhäuschen, dem kleinen Vorgarten und dem Weg, der zu den Dünen führte. »Schüchtern vielleicht, aber nicht feige.«

Als Antwort bekam sie nur ein fernes Donnergrollen. Einige Sekunden später sah sie einen Blitz aufleuchten. Er war ziemlich weit weg und kam aus der Richtung des Festlandes.

Das Unwetter zog ab! Sie hatte gute Chancen, heil zu Pauline zu gelangen. Auch der Regen ließ etwas nach, und am Himmel riss die schwarze Wolkenmasse auf. Das graue Licht der Abenddämmerung erschien Sara wie ein Hoffnungsstrahl.

Der Wind jedoch pfiff noch immer stark, und als sie den Holzbohlenweg über die Dünen erreichte, ließ sie sich kurzerhand auf alle Viere nieder – aus Angst, einfach weggeweht zu werden.

Nach wenigen Metern schmerzten ihre Knie, und ein großer Splitter bohrte sich tief in ihre rechte Handfläche. Sara jedoch gab nicht auf. Sie kroch weiter, wenn auch immer langsamer.

Als sie endlich oben angekommen war, musste sie pausieren. Keuchend hockte sie sich auf die Fersen und hob den Blick.

Was sie sah, entsetzte sie zutiefst.

Die Nordsee wirkte beinahe schwarz, und ein Horizont war nicht zu erkennen. Hohe Wellen rollten unaufhörlich an den Strand, höhlten ihn aus, trugen ihn fort. Dazu grollte das Meer, als hege es eine besondere Wut auf Langeoog und seine Nachbarinseln.

»Herrgott!«, stieß Sara aus.

Dort, wo sie sonst mit Bella entlanglief, war jetzt nur noch Wasser. Bestimmt ein Viertel, wenn nicht ein Drittel des Strandes war verschwunden. Ihr Blick flog zu Paulines Buden und zum Eiscafé. Alle drei Gebäude standen fest und machten einen sicheren, geradezu ungerührten Eindruck.

Regen, vermischt mit Salzwasser, schlug Sara ins Gesicht, Strandhafer klatschte nass gegen Beine und Arme.

Und doch schien es ihr, als würde der Wind nachlassen. Ganz langsam stand sie auf. Ein paar Sekunden wankte sie hin und her, aber sie wurde nicht umgeweht.

Also schöpfte sie neue Hoffnung und lief den Weg hinunter zum Strandkorbverleih.

Als sie in den nassen Sand trat, wurde es furchtbar schwer, vorwärtszukommen. Jeder Schritt bedeutete eine große Kraftanstrengung, und Sara war schon nach wenigen Metern völlig erschöpft. Aber sie stapfte weiter, hielt den Kopf gesenkt, schaute nur ein paarmal hoch, um sicher zu sein, dass sie in die richtige Richtung ging.

Als sie Paulines Bude erreichte, brach sie vor der Tür zusammen.

Es dauerte ein paar Minuten, bis sich ihr Herzschlag wieder normalisiert hatte und ihr Atem ruhiger ging. Sara begann zu zittern und klapperte mit den Zähnen. Endlich hob sie eine Hand und klopfte gegen die Tür.

Keine Reaktion.

Sie hämmerte mit beiden Fäusten dagegen.

Nichts.

Sie begann zu schreien, stand auf, trat mit den Füßen gegen das Holz.

Die Tür wurde aufgerissen, der Schwung ließ Sara vorwärts stolpern und unsanft auf Paulines kleinem Sofa landen.

»Da haste aber mannig Glück, dass dat Teil direktemang gegenübersteht«, knurrte Pauline.

»Du lebst!«, rief Sara erleichtert aus. Sie richtete sich auf, rieb sich das schmerzende linke Knie, mit dem sie gegen einen niedrigen Tisch geprallt war.

Pauline kniff die Augen zusammen. »Jo, wat soll ich sonst tun?«

»Ich … ich hatte Angst um dich.«

»Wegen dem bisschen feuchter Luft da draußen? Sei nicht albern, Sara. Ich habe schon ganz andere Wetterchen überstanden. Wenn ich da an die Sturmflut von 1962 denke! Ich sag dir, dat war kein Pappenstiel.«

Sie sprach von der Jahrhundertflut, als sei die erst vor zwei, drei Tagen aufgelaufen. Sara rieb sich weiterhin das Knie, während nun auch das Zittern und Zähneklappern wieder einsetzte. Außerdem machte sich der Splitter in ihrer Handfläche mit einem dumpfen Pochen bemerkbar.

»Wieso biste pitschenass?«, erkundigte sich Pauline freundlich. »Nicht genug, dass du mich wecken musstest, jetzt tropfst du mir auch noch meine schöne Stube voll.«

Sara sagte nichts, klapperte nur noch ein bisschen lauter.

»Also gut, ich hol dir ein Handtuch und einen Aquavit, aber dann lässt du mich weiterschlafen.«

Nun hatte Sara endgültig genug. »Ist dir eigentlich klar, dass ich mein Leben riskiert habe, um dich zu retten? Könntest du dich wenigstens mal bedanken?«

»Danke«, brummte Pauline ungerührt. »Aber keiner hat dich gebeten, herzukommen. Warum bist du nicht gemütlich im Hexenhäuschen geblieben, zusammen mit Bella?«

Sie schlug sich die Hand vor den Mund, trat auf Sara zu, griff nach dem nassen Friesennerz und riss ihn auf. »Du hast doch wohl hoffentlich nicht die arme kleine Hündin mitgeschleppt ... Nein, den Meeresgöttern sei Dank! Einen Funken Verstand hast du also noch. Und wieso heulst du jetzt?«

»Das ... ist bloß Regenwasser ...«

»Papperlapapp! Du hast einen Schock, weil du unbedingt die Heldin spielen wolltest. Na, es gibt nichts, was ein guter Schnaps nicht wieder in Ordnung bringen könnte.«

Gerade als Pauline sich abwenden wollte, wurde die Tür aufgerissen und ein ebenfalls klatschnasser Benedikt stürzte herein.

Sara schrie leise auf, aber Pauline behielt auch jetzt die Ruhe. »Verdammt! Hätte wieder abschließen sollen. Wenn das so weitergeht wird meine Bude nicht vom Meer, sondern von meinen feuchten Besuchern weggespült.«

Benedikt starrte erst Pauline, dann Sara an. Dann grinste er schief, und schließlich senkte er verlegen den Kopf.

»Zwei Handtücher, zwei Aquavit«, entschied Pauline und verschwand nach nebenan.

Saras Tränen waren vor Schreck versiegt. »Was machst du denn hier?« fragte sie Benedikt, der mit hängenden Schultern vor ihr stand. Ganz aufrichten konnte er sich ohnehin nicht, dazu war die Decke der Bude zu niedrig.

»Hast du dich auch um Pauline gesorgt?«

Langsam schüttelte er den Kopf. »Nein ... um dich.«

»Um mich?«

»Ich habe befürchtet, du könntest vielleicht in deiner Bar sein.«

»Und da bist du losgelaufen, um mich zu retten.«

Er nickte leicht.

»In den schönen Wildlederschuhen?«

Nun zog er ein klägliches Gesicht. »Ich habe die erstbesten Schuhe angezogen, die ich greifen konnte. Gummistiefel wären wohl besser gewesen.«

»Definitiv. Die da sind jetzt ruiniert.«

»Sehr bedauerlich.«

Dieser Mann wollte mich retten, überlegte Sara. *Er hat dafür den Naturgewalten getrotzt. Und ich rede mit ihm über Schuhe? Bin ich jetzt völlig irre?*

»Entschuldige«, sagte sie.

»Wofür denn?«

»Es ist sehr mutig von dir gewesen, in den Sturm rauszugehen.«

Benedikt winkte ab. »Hast du doch auch gemacht.«

»Stimmt. Ich hatte Angst um Pauline.«

Er lächelte. »Und ich kann mir denken, wie sie es dir gedankt hat.«

Sie kicherten beide. Sara rieb sich wieder das Knie, benutzte dazu allerdings die Hand mit dem Splitter darin.

»Aua!«

»So schlimm? Soll ich mir das mal anschauen?«

»Dem Knie geht's schon wieder gut, es ist die Hand.«

»Lass sehen.«

Benedikt hockte sich vor das Sofa und nahm vorsichtig ihre Hand in seine. Sara starrte auf seine nassen schwarzen Locken und verspürte den unbändigen Wunsch, sie zu berühren.

»Der Splitter sitzt ziemlich tief«, erklärte Benedikt, »Ich brauche eine Nadel, eine Pinzette und Alkohol.«

»Alkohol kommt«, sagte Pauline.

»Kannst du das auch?«, fragte gleichzeitig Sara.

Benedikt ignorierte sie beide. Er holte eine Stehlampe heran und richtete den Lichtstrahl auf den tief unter der Haut sitzenden Splitter. So sanft hielt er ihre Hand, dass Sara von einem wohlig-warmen Gefühl überwältigt wurde.

Als Pauline eine Flasche Aquavit und Gläser hochhielt, erntete sie von Benedikt einen strengen Blick. »Ich meinte medizinischen Alkohol, keinen Schnaps.«

»Jo. Eins nach dem anderen.«

Sie schenkte ein, reichte jedem ein Glas und trank. Sara tat es ihr nach, Benedikt stellte sein Glas zur Seite. Sie musste sich eingestehen, dass dieser Mann sie von Minute zu Minute mehr beeindruckte. Er wirkte ruhig und besonnen. Sein Blick blieb auf Pauline geheftet. Das war nicht mehr der schüchterne Kunde, den Sara in Füssen gemieden hatte – das war ein selbstsicherer, tüchtiger Mann.

»Ist ja gut«, maulte Pauline, ging zu einer Kommode und holte einen Erste-Hilfe-Koffer heraus.

»Glaubst du, ich bin nicht gut ausgerüstet? Was meinst du, wie oft meine Gäste auf scharfe Muschelschalen treten? Oder sie holen sich den Sonnenbrand ihres Lebens, machen Bekanntschaft mit Quallen und verknacksen sich die Knöchel, weil irgendein Kind vergessen hat, eine Grube im Sand wieder zuzuschütten. Jemanden wie dich könnte ich gut gebrauchen.«

Sara wunderte sich über die letzte Bemerkung, sagte aber nichts. Benedikt fragte sie nach ihrem Lieblingsplatz auf Langeoog, und während sie ihm vom Pirolatal erzählte, entfernte er geschickt den Splitter.

»Aua«, sagte sie, obwohl es gar nicht besonders wehgetan hatte.

Er lächelte, desinfizierte die kleine Wunde und legte einen Verband an.

»Ist das nicht ein bisschen übertrieben?«, fragte Sara.

»Ein Pflaster hält nicht auf der Handfläche, und es sollte kein Dreck in die Wunde kommen.«

»Okay. Übrigens, sehr clever.«

»Was denn?«

»Wie du mich abgelenkt hast.«

Sein Lächeln vertiefte sich, und sein Gesicht war dem ihren ganz nah. In seinen Augen entdeckte sie ein Licht, das sie wie magisch anzog. Im nächsten Moment jedoch lehnte er sich zurück und wandte sich ab.

»Ich sollte wieder gehen«, murmelte er, schnappte sich sein Glas und kippte den Aquavit.

Pauline lachte ihr meckerndes Lachen. »Kinners, mit euch ist es hoffnungslos.«

»Ich weiß nicht, wovon du redest«, gab Sara eingeschnappt

zurück. In Wahrheit war sie nicht auf Pauline, sondern auf Benedikt böse.

Was soll das?, fragte sie sich. *Erst ist er so nett und dann zeigt er mir die kalte Schulter.*

Die Tür zur Bude flog auf, und Keno platzte herein.

Sara schnappte nach Luft. Pauline, die eben zwei Handtücher verteilt hatte, fluchte. »Ich sag's ja, bald steht wegen euch alles unter Wasser.«

Benedikt reagierte gar nicht. Er räumte nur den Erste-Hilfe-Koffer auf und erhob sich.

Keno machte ein verdutztes Gesicht. »Ist hier eine Party im Gange?«

»Jo!«, rief Pauline und hielt die Flasche hoch. »Auch einen? Wir feiern, dass mich das Meer nicht verschlungen hat. Bist du hier, um mich zu retten, oder bist du auch der Lütten nachgelaufen?«

Keno kratzte sich am Kopf. Für eine Sekunde stieg Hoffnung in Sara auf.

Da sagte Keno: »Wieso sollte ich ihr nachlaufen? Ich habe mir um dich Sorgen gemacht, Tantchen.«

20. Kapitel

Benedikt und Keno standen einander nun gegenüber. Zwei große Männer, die in der niedrigen Bude die Köpfe einziehen mussten. Dies war aber auch schon die einzige Ähnlichkeit zwischen ihnen, fand Sara. Keno wirkte wie ein schwerer, gefährlicher Seelöwenbulle, Benedikt eher wie ein eleganter, schwarzer Kormoran.

Keno reckt das Kinn vor. »Wer bist du, und was hast du mit meiner Tante zu schaffen?«

»Benedikt Hoffmann, guten Abend.«

»Spar dir das Rumgesülze! Ich will eine Erklärung!«

Benedikt wich zurück. Sara hoffte, Keno würde ihm eine Lektion erteilen. In ihrem ganzen Leben hatten sich noch nicht zwei Männer um sie geprügelt. Das wäre mal was! Dann fiel ihr ein, dass Keno jetzt eine schöne Freundin hatte, die »Hei!« sagte, und er außerdem nicht wegen ihr, Sara, hier war. Benedikt dagegen hatte sie retten wollen.

Aber prügeln dürfen sie sich trotzdem, entschied sie im Stillen. *Dann muss eben Benedikt gewinnen.*

Andererseits – Benedikt hatte sich eben erst von ihr zurückgezogen.

Ziemlich kompliziert, das Ganze. Vielleicht hätte sie auf den Rum im Hexenhäuschen nicht Paulines Aquavit kippen sollen. Es kam noch hinzu, dass sie seit dem Frühstück nichts mehr gegessen hatte. Sara rieb sich über das Gesicht. Ihr Herz wollte sich spontan für Benedikt entscheiden, was sie gehörig überraschte. Ihr Herz war eben dumm. Das hatte es ja auch schon bewiesen, als es jahrelang vergeblich für Keno geschlagen hatten.

»Ich fürchte, ich bin betrunken«, sagte sie zu niemandem im Bestimmten. Sie wurde glatt überhört.

Benedikt hatte noch immer nicht geantwortet, aber er war jetzt fast bis zur Tür zurückgewichen.

Verständlich, dachte Sara. *Wer legt sich schon gern mit so einem Kerl an?*

Sie hätte ihm vielleicht erklären können, dass Keno in Wahrheit ein freundliches und sanftes Wesen besaß – zumindest, wenn er nicht einer neuen Eroberung nachjagte. Doch sie fürchtete, eine solche Bemerkung könnte falsch aufgefasst werden. Außerdem fiel ihr auf, dass sein Blick unruhig zwischen ihr und Keno hin- und herflog. Offenbar wusste Benedikt ganz genau, wen er da vor sich hatte. Bestimmt hatte Vroni ihn in allen Einzelheiten über seinen Konkurrenten aufgeklärt. Eventuell hatte sie ein paar Details ausgelassen – Kenos Körpermaße zum Beispiel. Und dass er, wenn er einmal wütend war, einem angriffslustigen Wikinger ähnelte.

»Lass den armen Mann in Ruhe!«, herrschte Pauline ihren Neffen an. »Er ist ein guter Kerl, und wir können ihn auf der Insel gut gebrauchen. Außerdem ist er wegen Sara hier, nicht wegen mir.«

Sara verstand nicht, was Pauline meinte. Wieso brauchte man auf Langeoog einen schüchternen Schuhliebhaber?

Keno schien ebenfalls verwirrt. »Wegen Sara? Warum denn das?« Er war definitiv von niemandem informiert worden. Zudem klang er derart ungläubig, dass es sie tief verletzte.

»Das geht dich gar nichts an!«, rief sie ihm vom Sofa aus zu. »Kümmere du dich lieber um deine neue Freundin.«

»Wat?« Er drehte den Kopf zu ihr, sah sie mit gerunzelter Stirn an.

»Nichts, vergiss es.«

»Bist und bleibst eben ein Holzkopp«, sagte Pauline. »Verschwinde jetzt, Keno. Du störst nur.«

Sara hoffte, er würde der Aufforderung seiner Tante nachkommen – dann wieder wünschte sie, dass er blieb. Keno war ein Insulaner, er kannte sich aus, er würde sie im Notfall allesamt retten können.

»Vielleicht wäre es besser, wenn wir alle zusammen gehen«, schlug sie deshalb vor. Sie stand auf und stellte sich zwischen die beiden Männer. Ein bisschen ungemütlich war es da, aber vielleicht hilfreich. »Hier ist es nicht sicher.«

»Papperlapapp!«, rief Pauline. »Der Sturm hat sich schon fast verzogen. Ich rühre mich nicht vom Fleck.«

»Aber ein ganzer Teil des Strandes ist fortgespült worden«, gab Sara zu bedenken. »Das habe ich vorhin selbst gesehen.«

Pauline schenkte sich einen weiteren Aquavit ein und trank, bevor sie antwortete: »Jo, dat ist übel. Aber dat wird nich schlimmer. Wir haben jetzt ablaufende Flut. Und was weg ist, wird wieder aufgefüllt. Damit haben wir auf Langeoog Erfahrung.«

»Wie geht denn das?«, fragte Sara neugierig und stellte gleichzeitig fest, dass sie ziemlich dicht bei Keno stand, während Benedikt anscheinend noch weiter zurückgewichen war. Wenn er so weitermachte, würde er gleich mit der Eingangstür verschmelzen.

»Wir zapfen die Sandbänke an, die vor der Küste liegen«, erklärte Keno. »Da kommen Bagger, Dumper und Raupen zum Einsatz.«

»Was sind denn Dumper?«, erkundigte sich Benedikt und machte einen halben Schritt vor. »Und kann man bei einer solchen Aktion zusehen?«

Kenos Kiefermuskeln mahlten, und der Blick, den er Benedikt zuwarf, ließ Sara erzittern, obwohl er sie nur leicht streifte.

Prompt wich Benedikt wieder zurück.

Die einzige, die sich nicht beeindrucken ließ, war natürlich Pauline. »Krieg dich wieder ein, Keno! Hast jetzt genug den starken Nordmann raushängen lassen.«

Und zu Sara und Benedikt: »Ein Dumper ist ein riesiger Laster, mit dem große Mengen Sand auf einmal transportiert werden können. Und zuschauen darf man nur aus großer Entfernung. Da geht's ja nicht um ein paar Kinder, die am Strand spielen. Es werden Tonnen von Sand bewegt.«

»Interessant«, erwiderte Benedikt höflich. »Vielen Dank. Ich … mache mich jetzt besser auf den Weg. Kommst du mit, Sara? Ich kann dich nach Hause begleiten.«

Überrascht schaute sie ihn an. Vorhin hatte er sich von ihr abgewandt, jetzt wollte er, dass sie mit ihm kam.

»Warum?«, fragte sie und musste daran denken, dass sie am Vormittag dieselbe Frage an Keno gerichtet hatte.

Benedikt legte den Kopf schief. »Ich … verstehe nicht.«

Sara wollte ihren ganzen Mut zusammennehmen und in Erfahrung bringen, warum er mal nach ihr suchte, sie dann fachmännisch verarztete, sich anschließend von ihr abwandte, um sie dann nach Hause zu bringen. Sie musste jedoch feststellen, dass nach diesem Tag nicht mehr genug Mut übrig war.

»Ach, nichts. Lass uns gehen.«

Benedikt fuhr sich kurz durchs Haar und wandte sich dann an Pauline. »Ich glaube, ich würde jetzt gern noch einen Aquavit trinken.«

Pauline reichte ihm stumm sein Glas, das auf dem Sofatisch stand, und klopfte ihm so kräftig auf die Schulter, dass er sich an seinem Schnaps verschluckte und husten musste. Daraufhin schlug Keno ihn auch, und Benedikt brach fast zusammen.

Sara zog ihn schnell aus der Bude. Draußen hörte sie noch, wie Pauline abwechselnd lachte und mit ihrem Neffen schimpfte.

Die Nacht war hereingebrochen, und am Himmel leuchteten helle Sterne.

»Die Wolken sind fort«, sagte Sara staunend.

»Und der Wind hat nachgelassen«, ergänzte Benedikt. »Unglaublich, wie schnell das ging.«

Sara lief hinüber zur Strandbar. Es war ihr im Augenblick egal, ob Benedikt ihr folgte oder nicht. Der Mann sandte widersprüchliche Signale aus, und sie war zu erschöpft, um sich einen Reim darauf zu machen.

»Scheint alles in Ordnung zu sein«, murmelte sie, nachdem sie einmal um die Bude herumgegangen war. Auf der Terrasse hatte sich Sand angehäuft, aber der würde sich leicht wieder entfernen lassen. Fenster, Türen und Wände waren heil geblieben. Soweit sie erkennen konnte, war auch das Dach noch an seinem Platz. Dennoch schloss sie auf, schaltete das Licht ein und sah sich um. Alles war noch genauso wie am Vorabend, als sie das letzte Mal hier gewesen war.

»Wirklich schade«, meinte Benedikt.

Er war ihr also nachgekommen. Sie tat, als interessiere sie das nicht.

»Wieso schade? Es ist doch alles in Ordnung.«

»Eben.«

Sara schloss wieder ab und machte sich auf den Heimweg. Benedikt folgte ihr.

»Keine Ahnung, wovon du redest«, sagte sie und ließ ihre Stimme gleichgültig klingen.

Er lächelte, das konnte sie auch im Sternenlicht sehen. »Ich finde es äußerst schade, dass eine so schöne Bar nicht eröffnet wird.«

Sara blieb stehen und stemmte die Fäuste in die Hüften. Sie hatte schon fast den Holzbohlenweg erreicht, aber nun konnte sie nicht mehr so tun, als erreichten sie seine Worte nicht. »Wer behauptet das?«

Sein Lächeln erlosch, er verschränkte die Arme vor der Brust. »Verzeihung. Ich habe nur gehört, dass …«

»Von wem?«, fragte sie scharf.

»Von … nun … einer Freundin.«

»Die zufällig Vroni heißt?«

»Na ja … also …«

»Jetzt hör schon auf, hier so herumzustottern!«, schimpfte Sara. Vielleicht lag das an dem überstandenen Abenteuer, vielleicht hatte sie es auch nur endgültig satt, leise und zurückhaltend zu sein. So oder so klang ihre Stimme jetzt scharf und selbstbewusst. »Ich weiß genau, dass Vroni mich mit dir verkuppeln will, schon seit Jahren!«

Benedikt zuckte zusammen wie unter einem Schlag.

»Das stimmt so nicht«, gab er dann mit fester Stimme zurück. »Es ist richtig, dass ich oft in Vronis Laden gekommen bin, weil ich dich ... bezaubernd fand. Aber Vroni hat sich nie erlaubt, sich einzumischen. Sie war stets nur freundlich zu mir und hat mich mit sehr gutem Schuhwerk versorgt.«

»Ich glaube dir kein Wort!«

»Aber ich lüge nicht.«

Etwas an seinem Tonfall hätte Sara warnen sollen. Dann wäre sie mit ihrer Wortwahl vorsichtiger gewesen. Dann hätte sie möglicherweise nicht alles verdorben. Aber sie war viel zu sehr in Fahrt, um auf solche Feinheiten zu achten. Sie war auch immer noch verletzt, weil er sich vorhin bei Pauline von ihr abgewandt hatte.

»Nur, dass du es weißt!« Sie schrie jetzt. »Du warst mir früher wirklich unheimlich, wie du immer aufgetaucht bist! Und als du hier nach Langeoog gekommen bist, da wusste ich, dass Vroni das eingefädelt hatte. Ihr zwei habt euch gegen mich verschworen! Ich hoffe, du verlässt endlich freiwillig die Insel, damit ich hier in Frieden leben kann!« Sie schleuderte ihm die Worte entgegen.

»Das meinst du nicht ernst«, sagte er leise.

»Und ob!«

»Sara, hör mir zu.«

»Nein! Ich komme damit nicht klar!«

Der Ausdruck seiner Augen veränderte sich. Sie erkannte

eine große Traurigkeit darin und auch so etwas wie Resignation.

Unsinn, sagte sie sich. *Es ist viel zu dunkel, um irgendetwas zu deuten.*

Seine Stimme jedoch war sehr gut zu hören, obwohl er jetzt nur noch im Flüsterton sprach.

»Es tut mir leid, dass du es so siehst. Und es tut mir leid, dass du dich von mir verfolgt fühlst. Ich hatte geglaubt, zwischen uns ... Nun, ich bin von Natur aus zurückhaltend. Mein Fehler.«

Sie wollte etwas entgegnen, aber er hob die Hand.

»Bitte lass mich reden – nur dieses eine Mal. Du musst wissen, ich war viele Jahre glücklich verheiratet. Als meine Frau starb, brach meine ganze Welt zusammen, und ich habe mich vollkommen zurückgezogen. Einzig den Kindern habe ich es zu verdanken, dass ich überhaupt weitergemacht habe.« Er verstummte, sein Blick schien in die Vergangenheit gerichtet.

Ein Witwer mit Kindern?, fragte sich Sara. *Wieso habe ich davon nichts gewusst?*

Sie fühlte sich auf einmal wie der gemeinste Mensch auf Erden, aber bevor sie eine Entschuldigung anbringen konnte, sprach Benedikt schon weiter: »Irgendwann bin ich zufällig in Vronis Schuhladen gekommen. Allein durch ihre fröhliche, lockere Art hat sie mich an einem meiner schwärzesten Tage aufgemuntert. Und als ich dich sah, war ich verzaubert.«

Falls es möglich war, sich noch schlechter zu fühlen, so passierte mit Sara jetzt genau das.

»Seitdem gehörten meine Besuche bei euch zu den schönsten Momenten einer jeden Woche. Nur fand ich nie den Mut, dich anzusprechen. Ich dachte, du hättest bestimmt eine

Menge Verehrer und würdest nicht auf einen langweiligen Mann wie mich warten.«

Wenn du wüsstest, dachte Sara. *Ich habe jahrelang an einem dummen Traum namens Keno festgehalten, weil es einfacher war, sich an eine vergangene Urlaubsliebe zu klammern, als sich der Gegenwart zu stellen.*

Ob es irgendwie möglich war, die Zeit zurückzudrehen? Nur um die letzten zehn Minuten? Sie seufzte tief.

»Als *Vronis Schuheck* dann plötzlich geschlossen war, bin ich tatsächlich sehr traurig gewesen«, fuhr Benedikt fort. »Einige Zeit verging, bevor ich Vroni Anfang des Monats zufällig in der Reichenstraße traf. Sie erzählte mir geradezu unglaubliche Dinge. Dass du nun auf Langeoog lebst und mit einem Wikinger zusammen bist. Ich habe mich ... nun ... ein bisschen schwergetan, das zu glauben.«

Beinahe, aber nur beinahe, hätte Sara gelächelt. Sie konnte sich lebhaft vorstellen, wie Vroni ihre neuen Lebensumstände ausgeschmückt hatte.

»Na, und als sie meinen bösen Husten hörte, kam eins zum anderen. Aber sie hat mich keineswegs angestiftet, dich zu verfolgen. Sie meinte nur, Langeoog sei eine reizende Insel mit ausgezeichneten Kurhotels.«

Sara wollte nach den Kindern fragen, ließ es aber bleiben.

»Nun, das ist mehr oder weniger meine Geschichte«, schloss Benedikt. »Wie auch immer. Ich wollte dir nicht zu nahetreten. Es wird nicht wieder vorkommen.« Er zeigte zum Holzbohlenweg. »Ich habe versprochen, dich nach Hause zu bringen. Wenn du also vorgehen magst, folge ich dir in gebührendem Abstand und kehre dann ins Hotel zurück. In ein paar Tagen reise ich ab.«

»Aber ich …«

»Nein, Sara. Gestern Abend in deiner Bar und vorhin bei Pauline habe ich deutlich gemerkt, dass du nichts von mir wissen willst.«

Verstehst du es denn nicht?, wollte sie fragen. *Siehst du nicht, dass ich nur versuche, mich selbst zu schützen? Weil ich Angst vor einer weiteren Enttäuschung habe?* Aber sie schwieg hilflos.

Er senkte den Blick, und sie wusste, auch er würde keinen Ton mehr sagen. Sie hatte alles verdorben. Es gab nichts, was sie tun konnte, um es wiedergutzumachen. Also ging sie los, setzte mechanisch einen Fuß vor den anderen, überquerte die Dünen, sah das Hexenhäuschen auftauchten, spürte Benedikts Nähe, bis er plötzlich abbog und verschwand.

Die Haustür wurde aufgerissen, und Vroni kam herausgelaufen.

»Ragnar, sie lebt!«, rief sie über die Schulter zurück, packte Sara und drückte sie fest an sich. »Ich habe mir solche Sorgen gemacht, Süße!«

Das war zu viel für Sara. Sie schluchzte laut auf und klammerte sich fest an ihre Freundin.

»Ist ja gut, ist ja gut«, sagte Vroni. »Komm erst mal rein. Was ist mit deiner Hand passiert?«

Drinnen stand Ragnar an der Küchenzeile und schaute ihr besorgt entgegen. Bella kam herbeigehüpft und sprang an ihr hoch. Sara nahm sie auf den Arm, und für einen kurzen Moment fühlte sie sich getröstet. Vroni schickte sie unter die Dusche, und als Sara kurz darauf wieder hinunter in die Wohnküche ging, war Ragnar verschwunden.

»Habe ihn nach Hause geschickt«, sagte Vroni und reichte

ihr einen Becher heißen Tee. »Was ist passiert? Als das Handynetz zusammengebrochen ist, sind wir hergekommen, aber du warst nicht da. Ich bin echt tausend Tode gestorben. Und war das nicht Benedikt, den ich vorhin draußen gesehen habe?«

Sara trank erst ein paar Schluck Tee, dann berichtete sie von Anfang an.

»Du hast mit Keno Schluss gemacht?«, rief Vroni. »Na endlich!«

»Vielleicht auch er mit mir. Ich bin mir da nicht so sicher. Aber lass mich bitte ausreden.«

Also schwieg Vroni und stieß nur von Zeit zu Zeit einen Schreckenslaut aus, als Sara schilderte, wie der Sturm immer mehr zugenommen und sie sich auf den Weg zu Pauline gemacht hatte. Auch Benedikts und Kenos Auftauchen ließ sie nicht weg, ebenso wenig die schreckliche Szene, die sich zwischen Benedikt und ihr in den Dünen abgespielt hatte.

Als sie geendet hatte, schwieg Vroni lange.

»Warum hast du mir das nie erzählt?«, fragte Sara.

»Was denn?«

»Dass Benedikt ein Witwer mit Kindern ist.«

Vroni drehte nachdenklich eine rote Haarlocke um den Finger. »Ich weiß selbst erst seit ein paar Wochen, dass er seine Frau verloren hat. Und was die Kinder betrifft, ich denke, das sollte er dir lieber selbst erklären.«

»Wieso? Ist es ein halbes Dutzend oder was?«

»Sprich noch mal mit ihm, Sara.«

»Das hat keinen Sinn«, gab sie dumpf zurück.

Vroni erwiderte nichts darauf, sondern sagte nur: »Stell dir vor, Ragnar heißt in Wahrheit Peter Köhler.«

Sara runzelte die Stirn. Sie erinnerte sich daran, dass Pauline an ihrem ersten Tag auf Langeoog diesen Vornamen genannt hatte.

»Wirklich?«

»Ja. Ragnar Asmussen ist sein Pseudonym. Er schreibt Bücher. Genauer gesagt: bisher eins, aber es soll eine Reihe werden.«

»Wirklich?«, fragte Sara verblüfft.

»Ist ein Ding, was? Historische Krimis, die auf Langeoog spielen. Deshalb kennt er sich so gut mit der Geschichte der Insel aus. Und deshalb hat er sich auch so oft vor mir zurückgezogen. Auf dem Dachboden hat er seine Schreibstube. Außerdem wollte er, dass ich mich in *ihn* verliebe, und nicht in den Autor, der seiner Meinung nach spätestens nächstes Jahr, wenn sein Erstling erscheint, berühmt werden wird. Und ein Strandräuber ist er auch nicht. Er sammelt Bernstein. Du siehst, für alles gibt es eine Erklärung.«

»Und wie soll mir das mit Benedikt jetzt weiterhelfen?«

Vroni hob die Schultern. »Wenn dir etwas an ihm liegt, musst du das selbst herausfinden.«

21. Kapitel

»Lauter Banausen«, schimpfte Sara vor sich hin. »Rum-Cola, Whiskey auf Eis und Gin Tonic. Kein Mensch will einen vernünftigen Cocktail.«

Sophie sah zu ihr hinunter und lachte. »Gib den Leuten Zeit. Matteos Peperoncino-Eis und seine Spezialität, das Basilikum-Eis, wurden auch nicht von einem Tag auf den anderen die großen Verkaufshits.«

Unwillkürlich verzog Sara das Gesicht. »Und heute sind sie es aber?«

»Nein, immer noch nicht.« Sophie schüttelte den Kopf, lachte aber weiter. »Manche Sachen sind einfach nicht unters Volk zu bringen, aber deine wunderbaren Cocktails werden schon noch ihre Abnehmer finden.«

»Wollen wir's hoffen«, entgegnete Sara, gab Eiswürfel in vier Gläser und füllte Whisky ein. Sie musste sich weit nach oben strecken, aber diese kleine Unbequemlichkeit nahm sie gern in Kauf.

»Wann kommst du endlich aufs Podest?«, fragte Sophie. »Hier ist es ein bisschen einsam ohne dich.«

»Wenn alle Gäste wieder weg sind«, gab Sara zurück.

»Oh, das kann dauern. Es ist brechend voll, und draußen auf der Terrasse drängen sich die Leute zu Dutzenden.«

»Das habe ich befürchtet.«

Sophie zwinkerte ihr aufmunternd zu. »Freu dich lieber. Eine halbe Stunde gebe ich dir noch, aber ich schätze, demnächst kommt Pauline angerauscht und zerrt dich mit Gewalt hoch.«

Sara schauderte. Sie war ihren Freunden dankbar, dass sie ihr an diesem ersten Abend halfen, aber sie würde sich von niemandem zwingen lassen, sich den vielen fremden Gästen zu stellen. Das ging einfach über ihr Kräfte.

Die vergangenen zwei Tage waren schon anstrengend genug gewesen.

Nach dem Debakel erst mit Keno und dann mit Benedikt hatte Sara nur eine Lösung gewusst, um nicht völlig durchzudrehen: Sie musste ihre Strandbar eröffnen, und zwar so schnell wie irgend möglich. Wenn sie nämlich Zeit gehabt hätte, über alles nachzudenken, hätte sie sich womöglich freiwillig im Watt versenkt. In den Gesichtern von Vroni, Sophie und Pauline hatte sie deutlich lesen können, dass diese Frauen ihr bei aller Sympathie kein glückliches Händchen in Liebesdingen bescheinigten – um es nett zu sagen.

Also blieb nur eins zu tun: allen Kummer in Arbeit zu ertränken.

»Mittwoch?«, hatte Vroni vor zwei Tagen erstaunt gefragt. »Du willst Mittwoch eröffnen? Hast du gestern vielleicht einen Schlag auf den Kopf abgekriegt?«

»Nein«, hatte Sara geantwortet. »Ich will nicht länger warten. Alles ist bereit. Übermorgen ist der erste September. Da mache ich auf.«

»Verrückt.« Vroni hatte wohl befürchtet, Sara sei nicht bei Verstand. Als jedoch klar war, dass sie an ihrem Plan festhalten würde, mobilisierte Vroni die Freunde, damit sie mithalfen. Vroni selbst hatte zwar versprochen, ihr als Kellnerin beizustehen, doch eine Kraft allein würde nicht reichen, und so schnell war kein Personal aufzutreiben.

Einige Sorge bereitete Sara, dass keine Zeit blieb, um ordentlich Werbung zu machen. Doch da hatte sie nicht mit Pauline gerechnet: Sie setzte den Inselfunk in Gang, und als die Strandbar um Punkt sieben Uhr abends eröffnete, drängten sich draußen schon die Leute.

Das war der Moment gewesen, an dem Sara entschieden hatte, hinter den Tresen zu flüchten und den Abend für alle unsichtbar zu verbringen. Ihr reichte schon das laute Stimmengewirr. Sie fragte sich, was in drei Teufels Namen sie bloß geritten hatte, als sie beschloss, ausgerechnet eine Cocktailbar zu betreiben. Noch nie hatte sie sich so intensiv in das Lager von *Vronis Schuheck* in Füssen zurückgewünscht wie in diesem Moment.

»Hoffentlich geht es Bella gut«, sagte sie zu Sophie und reichte ihr die Gläser hoch. Sie hatte die kleine Hündin im Hexenhäuschen gelassen, wo Riccardos Freundin Annabel zusammen mit ihrer Tochter Francesca auf sie aufpasste. Sara hätte Bella gern bei sich gehabt, aber der Krach wäre zu viel für die empfindlichen Hundeohren gewesen.

»Hundertprozentig«, erwiderte Sophie. »Auf Annabel ist Verlass. Aber mit der Zeit wird die Lütte natürlich lernen müssen, auch mal ein paar Stunden allein zu bleiben.«

»Ich weiß. Und ich werde das mit ihr trainieren. Versprochen.«

Eine Weile arbeiteten sie schweigend, dann sagte Sara: »Ihr seid alle so tolle Leute. Du, Matteo, Riccardo, Annabel und Pauline. Ohne euch hätte ich es nie geschafft.«

»Danke«, sagte Sophie. »Aber geschafft hast du es erst, wenn du hier raufkommst.«

Sara stöhnte auf. In der nächsten Sekunde wurde sie von Vroni in die Seite gepufft. »Wer sind hier die tollen Leute? Gehöre ich etwa nicht dazu?« Sie stellte ein Tablett mit leeren Gläsern neben der Spüle ab und funkelte Sara gespielt zornig an. »Und was ist mit Ragnar? Der gibt übrigens auf der Terrasse seine Strandräuber-Geschichten zum besten. Die Leute sind begeistert.«

»Du bist die Beste!«, rief Sara. »Und Ragnar ist auch ein Schatz.«

»Dann ist ja gut. Aber eins sage ich dir: Morgen werden nicht mehr alle Helfer zur Verfügung stehen. Auch in der Nachsaison haben die meisten gut zu tun.«

»Ich weiß«, gab Sara schnell zurück. »Ich habe Pauline schon gebeten, sich nach Leuten für mich umzusehen. Sie meinte, das würde kein Problem sein, da viele Servicekräfte ab September händeringend Arbeit suchen.«

»Okay.« Vroni wandte sich an Sophie: »Dein Matteo ist ruber ins Eiscafé, um frische Pizza zu backen. Die Stücke werden ihm nur so aus der Hand gerissen.«

Sophie runzelte die Stirn. »Das ist natürlich klasse, aber ich hoffe, er wird in Zukunft nicht jeden Abend bis spät arbeiten.«

»Keine Sorge«, sagte Sara schnell. »Die Eröffnung heute ist eine Ausnahme. In Zukunft betreibe ich die Bar nur von Freitag bis Sonntag. Zumindest bis zur nächsten Hauptsaison. An

Wochentagen wird sich der Betrieb wahrscheinlich sowieso nicht lohnen.«

Es würde nicht leicht werden, dann viel Zeit nur mit Bella zu verbringen, aber Sara war entschlossen, es zu schaffen. Sie konnte neue Cocktails erfinden, einen Onlinekurs in Buchhaltung absolvieren, lange Spaziergänge mit Bella am Strand und im Pirolatal unternehmen. Doch! Sie würde zufrieden sein mit ihrem Leben auf Langeoog. Und vielleicht war Zufriedenheit ja genauso viel wert wie Glück.

»Ich bin ja auch noch da«, sagte Vroni, die wie immer ihre Gedanken erriet. »Wir können viel zusammen unternehmen.«

Sara warf ihr einen dankbaren Blick zu, aber sie wusste auch: Vroni war kein Single mehr. Sie hatte andere Prioritäten, und das war auch gut so.

Sophie stellte die Gläser mit Scotch auf Vronis Tablett. »Du brauchst eine Pause«, sagte sie zu Vroni und warf ihr einen Blick zu, den Sara nicht zu deuten wusste.

Vroni nickte, nahm sich eine kleine Flasche Wasser und hockte sich auf das Podest.

»Es gibt da etwas, das du erfahren solltest, Sara.«

»Wenn es Keno oder Benedikt betrifft, will ich es lieber nicht wissen. Beide habe mir wehgetan – das ist echt zu viel für mich.«

Und ich werde mich niemals wieder verlieben, fügte sie in Gedanken hinzu. Liebe war verwirrend, Liebe war enttäuschend, Liebe war schmerzhaft. Und peinlich obendrein. Denn hatte sie sich nicht lächerlich gemacht, als sie geglaubt hatte, Keno zurückgewinnen zu können?

Und hatte sie sich nicht entsetzlich geschämt, als Benedikt ihr seine Sicht der Dinge geschildert hatte und schließlich fortgegangen war? Mehr noch: Obwohl sie Tag und Nacht gearbeitet hatte, um alles für die Eröffnung vorzubereiten, hatte ein dumpfes, schweres Gefühl im Herzen sie nie verlassen. Und Sara wusste genau, warum sie so traurig war – nur wollte sie das allein mit sich ausmachen, aus Angst, der Schmerz könnte übermächtig werden, wenn sie ihn in Worte fasste. Nein, sie konnte mit niemandem darüber reden. Nicht einmal mit Vroni, die sie nun mitleidig anschaute. Auf der anderen Seite des Tresens wurde gelacht, geredet, getrunken und sogar gesungen.

»Hast du ihn gern?«, fragte Vroni.

»Wen?«

Vroni rollte mit den Augen. Dann stand sie auf. »Wenn du das immer noch nicht weißt, ist dir nicht zu helfen.«

»Warte.«

Vroni hockte sich erneut hin. »Ich erzähle dir jetzt einfach, was ich weiß, Süße. Und dann entscheidest du, was du tun wirst.«

Gar nichts werde ich tun, dachte Sara bei sich, nickte aber.

»Also gut. Keno erzählt auf der ganzen Insel herum, er habe seine große Liebe gefunden. Dabei kennt er die Finnin erst seit ein paar Tagen.«

»Finnin?«, fragte Sara geistesabwesend. Sie war enttäuscht, weil die Neuigkeit von Keno handelte, nicht von Benedikt. Aber der war bestimmt schon wieder abgereist.

»Ja, sie heißt Erja, ist ziemlich groß und hat grüne Augen.«

»Ich … bin ihr mal begegnet.«

Vroni grinste. »Kenos große Lieben dauern bekanntlich nur einen Urlaub lang, aber diesmal scheint es ihm ernst zu sein. Pauline sagt, so hätte sie ihn noch nie erlebt.«

»Schön für ihn.« Sara horchte auf ihr Herz. Doch da war nichts. Es schlug ganz normal weiter.

»Und Benedikt …«, begann Vroni.

Prompt raste Saras Herz los. »Der ist abgereist, oder?«

Gerade als Vroni zu einer Antwort ansetzte, kam Pauline um den Tresen gefegt und rief: »Das müsst ihr euch ankieken, Kinners! Neulich spinnefeind, heute beste Kumpels.«

Vroni sprang auf, Sara zögerte. Aber dann stieg auch sie auf das Podest und lugte vorsichtig über den Rand des Tresens. Was sie sah, verschlug ihr den Atem.

Sie schluckte ein paarmal, bevor sie leise zu Vroni sagte: »Wie kann das sein?«

»Keine Ahnung, ehrlich. Ich wollte dir nur sagen, dass …«

»Schöne junge Frau, kann ich ein Bier haben?«, fragte ein Mann mit Ruhrpott-Akzent Vroni.

Sie funkelte ihn so zornig an, dass er zurückwich. »Bier gibt's hier nicht! Das ist eine Cocktailbar, du Trottel!«

»Ihr Fischköpfe seid doch alle gleich eingebildet«, gab der Mann zurück und verzog sich.

Vroni strahlte stolz. »Hast du das mitgekriegt? Der hält mich für eine Einheimische. Ich bin begeistert!«

»Vroni, bitte«, sagte Sara und deutete hinüber zu der einen von zwei Sitzecken, wo drei Leute in schönster Eintracht beisammensaßen. Keno, Benedikt und die grünäugige Schönheit aus Finnland. »Was soll das bedeuten?«

»Wenn ich das wüsste, Süße. Wenn ich das nur wüsste! Aber ich kann dir verraten, dass Benedikt noch nicht abgereist ist. Er hat nämlich ein tolles Jobangebot bekommen, und nun bleibt er bis Ende der Woche, damit er in Ruhe darüber nachdenken kann.«

»Ein Job?« Ein paar Gäste drehten sich zu ihr um, und sie versteckte sich schnell wieder.

»Was für ein Job?«, fragte sie, als Vroni sich zu ihr gesellte.

Vroni öffnete schon den Mund, aber dann schloss sie ihn wieder. »Die anderen mögen der Meinung sein, du solltest informiert werden, aber ich finde nach wie vor, dass du schon selbst mit Benedikt reden musst.«

Pauline mischte sich ein, wie das so ihre Art war: »Denn man los, Deern. Tu endlich das Richtige. Und richte meinem Neffen aus, ich halte ihn immer noch für einen Holzkopp. Schließt auf einmal Freundschaft mit Benedikt, bloß, weil er glaubt, dass der sich in Zukunft um die Kinder kümmern wird, die er mit der Finnin in die Welt setzen will.«

»Um die auch noch?«, fragte Sara verwirrt. »Hat er nicht genug mit seinen eigenen zu tun?«

Pauline und Vroni tauschten daraufhin einen amüsierten Blick, dann gab Pauline Sara einen kräftigen Stoß, und plötzlich stand sie mitten in der Bar.

Um sie herum ragten die Leute auf. Es war furchtbar eng und laut und stickig, und ihr brach der kalte Schweiß aus.

Ein Schwindel erfasste sie, ihr Magen revoltierte.

»Hilfe«, flüsterte Sara. »Hilfe, Hilfe, Hilfe.«

Ihre Knie gaben nach, und wie in Zeitlupe sackte sie zusammen. Eine halbe Sekunde, bevor sie auf den Dielenbrettern aufschlagen konnte, fasste jemand sie unter den Achseln und zog sie hoch. Sara erhaschte nur einen Blick auf dunkles Haar.

»Danke«, murmelte sie und glaubte, Matteo oder Riccardo seien zu ihrer Rettung geeilt.

»Macht mal Platz, Leute!«, rief eine laute, befehlsgewohnte Stimme. Die Menge der Barbesucher wich zurück.

»Gut so. Und jetzt lasst uns durch!«

Sara kannte die Stimme, wusste sie aber nicht zuzuordnen. Das waren weder Matteo noch Riccardo. Sie sah hoch, ihre Sicht wurde wieder klar. Vor ihr teilten sich die Leute in zwei Gruppen, so dass ein schmaler Durchgang bis zur Tür frei wurde.

»Benedikt!«, rief Sara staunend aus. Noch nie hatte sie ihn so selbstsicher reden hören.

Er schaute sie nicht an, nahm sie nun mit festem Griff am Ellenbogen und führte sie hinaus. Auch auf der Terrasse wurde Platz gemacht. Dafür sorgte Keno. Er wartete an der Tür auf sie und preschte dann einfach vor. Wer nicht schnell genug auswich, hatte Pech gehabt. Der bekam einen festen Stoß oder Schlimmeres ab.

Jemand klatschte. Sara bemerkte Pauline, die auf einem der niedrigen Tische stand.

»Gute Jungs!«, rief sie. »Und nun, Leute, geht die Party weiter. Die nächste Runde geht auf mich!«

Allgemeiner Jubel brach aus, und alles drängte in die Bar.

Sara schüttelte sich. »Wenn ich mir vorstelle, ich wäre noch da drinnen ...«

»Du wirst dich daran gewöhnen«, sagte Benedikt ruhig. »Und es wird nicht immer so voll sein wie heute.«

»Jo«, stimmte Keno zu. »Und mein Tantchen gibt auch nur heute einen aus. Kommst du jetzt allein klar, Kumpel? Ich geh mal wieder rein. Nicht dass mir einer meine Erja wegschnappt.«

»Oder deinen Drink«, gab Benedikt schmunzelnd zurück. »Klar, geh ruhig. Sara braucht nur etwas frische Luft.«

Keno grinste und verschwand.

»Wieso seid ihr plötzlich Freunde?«, wollte Sara wissen, obwohl das nicht ihre dringendste Frage war.

Benedikt lächelte. »Wieso denn nicht? Wir sind Männer. Wenn wir uns nicht um dieselbe Frau streiten, vertragen wir uns.«

Sara ließ das lieber unkommentiert.

Nur wenige Gäste waren auf der Terrasse geblieben. Ein Gratisgetränk konnte sie offenbar nicht davon abhalten, den Sonnenuntergang zu bewundern.

»Komm«, sagte Benedikt. »Lass uns ein Stück gehen.«

Sie zogen die Schuhe aus und liefen dann barfuß durch den Sand bis zum Ufer. Während ein roter Feuerball den Horizont in Flammen setzte, atmete Sara tief durch. Der Lärm blieb hinter ihr zurück, und sie fühlte sich gleichzeitig frei und klein inmitten dieser grandiosen Natur.

Benedikt hielt sich neben ihr, blieb aber auf Abstand, berührte sie nicht mehr.

Vielleicht war es die Weite des Meeres, die Sara den Mut gab, zu reden. »Es tut mir leid. Was ich neulich gesagt habe, das … habe ich nicht so gemeint.«

Sie schaute ihn dabei nicht an, hielt ihren Blick auf die untergehende Sonne gerichtet, als könnte sie sich an deren verlöschenden Strahlen festhalten.

Benedikt schwieg lange. Als er endlich sprach, klang seine Stimme wieder so zurückhaltend wie immer. »Nun, ich schätze, ich habe mich in Füssen wirklich seltsam benommen. Aber inzwischen …«

»Du bist ganz anders!«, platzte Sara heraus. »Du bist freundlich und hilfsbereit und …«, sie zögerte, sagte dann jedoch voller Überzeugung: »Und wenn du mit deinen Kindern nach Langeoog ziehen willst, würde ich das schön finden. Wir könnten ... gute Freunde werden.«

Benedikt runzelte die Stirn. »Meinen Kindern?«

Sara vergrub die Zehen tief im nassen Sand. »Wie viele hast du?«

»In Füssen? Nun, ich denke so um die hundertzwanzig.«

»Hundertzwanzig? Spinnst du?«

Benedikt lachte leise. »Vielleicht auch mehr. Aber ich teile mir die Praxis mit einem Kollegen. Falls ich hierherziehe, muss er zunächst einen Nachfolger für mich finden.«

Sara rieb sich die Schläfen, dann verstand sie.

»Du ... bist Kinderarzt«, sagte sie staunend.

»Ganz recht. Und hier auf der Insel sind vor Kurzem zwei Kollegen in den Ruhestand getreten.«

»Dann bleibst du also?«

Statt einer Antwort zog er sie zu sich heran. »Ich möchte mal etwas klarstellen, Sara Wegner: Ich will nicht dein guter Freund sein.«

Ihr Puls raste plötzlich, und genau in der Sekunde, als die Sonne hinter den Horizont sackte, erkannte sie, dass sie diesen Mann liebte. Vielleicht hatte sie ihn schon die ganze Zeit geliebt und es nur nicht wahrhaben wollen. Vielleicht war ihre Liebe auch erst in diesem Moment erwacht. Es war nicht wichtig.

Nur eines musste sie noch wissen: »Du hast mich vorhin gerettet, obwohl du gar nicht in meiner Nähe warst.«

»Du hast um Hilfe gerufen«, erklärte er sanft.

Sara blickte ihn groß an. »Ich habe nur geflüstert.«

Benedikt schaute ihr tief in die Augen. »Und ich habe dich im Herzen gehört.«

»Oh«, sagte sie nur, dann stellte sie sich im Ufersand auf die Zehenspitzen und küsste ihn. Benedikt schlang seine Arme um sie und erwiderte ihren Kuss mit unendlicher Zärtlichkeit. Endlich wusste Sara, dass ihr neues Leben auf Langeoog beginnen konnte.